曾有一个人爱我如生命

FIRST LOVE FOREVER LOVE

完美纪念版

舒仪 著

湖南文艺出版社
HUNAN LITERATURE AND ART PUBLISHING HOUSE
博集天卷 CS-BOOKY

FRIST LOVE
FOREVER LOVE

年轻的时候，我们往往不懂什么是爱情。

年少的我，曾以为爱情可以超越一切，那时我不明白，世上另有一种力量，叫做命运，只能承受，不可改变。

当我在学校空旷的浴室里，扯着嗓子唱“I love you more than I can say”的时候，我并不知道，这样的故事，有一天也会发生在我身上。

我第一次见到他，是在一个血肉横飞的场合，乌克兰，奥德萨市。

FRIST LOVE FOREVER LOVE

引子

我记得那美妙的一瞬，
在我的面前出现了你，
有如昙花一现的幻影，
有如纯洁之美的精灵。

在无望的忧愁的折磨中，
在喧闹的虚幻的困扰中，
我的耳边长久地响着你温柔的声音，
我还在睡梦中见到你可爱的面容。

许多年过去了，
暴风骤雨般的激变，
驱散了往日的梦想，
于是我忘记了你温柔的声音，
还有你那精灵似的倩影。

在穷乡僻壤，在囚禁的阴暗生活中，
我的岁月就那样静静地消逝，
没有倾心的人，没有诗的灵感，
没有眼泪，没有生命，也没有爱情。

如今心灵已开始苏醒，
这时在我的面前又出现了你，
有如昙花一现的幻影，
有如纯洁之美的精灵。

我的心在狂喜中跳跃，
为了它，一切又重新苏醒，
有了倾心的人，有了诗的灵感，
有了生命，有了眼泪，也有了爱情。

—— 普希金 《致科恩》

Contents
目录Ⅰ

Contents
目录Ⅱ

Chapter 1 第一章

月 亮

已不会再有那样的月夜，
以迷离的光线，
穿过幽暗的树林，
将静谧的光辉倾泻，
淡淡地，
隐约地照出我恋人的美丽。
——普希金《月亮》

“2，3，4……”我双手插在外套兜里，盯着跳动变换的楼层数，在心中下意识地默数着，手心因为莫名的恐惧，已渗出一层汗水。

陈旧的电梯发出吱吱嘎嘎的噪声，艰难地一层一层往上爬。电梯轿厢的显示面板上，只有十层亮着红灯，这是我要去的楼层，很显然，也是电梯里另一个人的目的地。

不知为什么，我总觉得对面那个男人的身上，散发着一股危险而紧张的气息。

那人穿得很整齐，衣服却明显不合体，好像是临时借来的。他走进电梯时打量我的那一眼，只能用“杀气腾腾”来形容，让我浑身的血液几乎降至冰点。

我偷偷看他，他仿佛有第六感应，眼珠立刻转过来落在我身上，棕黄色的瞳孔映着顶灯，冰冷得令人窒息。

我不安地低头错开视线，只盼着电梯快点停下。

这是一座十二层的建筑，位于奥德萨“七公里”市场的旁边，其间进进出出的，除了附近的阿拉伯人、罗马尼亚人以及波兰人，百分之七十是市场里的中国商人。而眼前这个奇怪的男人，从五官到衣着，明显也是一个中国人。

这时，七层的显示灯开始闪烁，此层有人叫梯。

门开处，我看到一双男式的黑色软皮鞋，一直走到我身边。一角驼色的风衣，熨服地贴在深灰色的长裤边。

狭小的空间内多了一个人，不安的气氛却缓和下来。我没有抬头，只悄悄吐出一口长气，眼看着新上来的人伸手按下了数字“12”。

十层到了，我凑近电梯门等它缓缓打开，一面在心里编排理由，琢磨着该怎么和彭维维解释迟到的原因。

事情就在这一刻急转直下。

我连吓带惊，事后很多细节都记不得了。我只记得，门开处眼前黑压压一片人。

我尚未反应过来，已经被人拽住扔出了电梯，后脑勺重重地撞在对面的墙上，眼前金星乱冒。

等我的视力恢复清明，身体早已失去了应变能力。视线里只有棍棒和菜刀上下挥舞的影子，人体在地板上挣扎翻滚，血肉模糊，一片狼藉，眼前呈现的，竟是一场比黑帮电影真实百倍的残酷杀戮。

我开始狂叫，手脚并用地向旁边爬动，可是却躲不开四处飞溅的血肉。我大哭，浑身哆嗦成一团，就像儿时的梦魇，除了哭叫，没有别的办法让我从噩梦中逃脱。

某户人家被惊动，屋门开了又关，屋主人变了调的尖叫在楼道里回荡，经久不绝。

远远的警笛声，从四面八方向此处汇集而来。

有人大喝一声：“警察！走！”是明明白白的中国江浙口音。

十几个黑影迅速作鸟兽散，扔下一地沾血的凶器。地板上一动不动地趴着的，是一摊血糊糊的烂肉，早已辨不出人形。

我当时不知道脑子里哪根筋搭错了线，居然立刻噤声，翻身爬起来，视线锁定在触目的鲜红上，无法挪动分毫，竟然下意识地琢磨着，这里那里究竟是原来的什么器官。

正看得津津有味，眼前忽然黑下来，刺眼的红色消失了。我闭上眼睛，闻到一股烟草混着皮革的淡淡香气。很久以后我才知道，是有人用衣襟罩在我的头顶上。

一个声音附在耳边，用汉语轻轻地说：“告诉警察，你什么也没有看到，明白吗？”这是我对现场最后的记忆。

第一章 月 亮

等我的记忆又能接上榫的时候，人已在警察局。

乌克兰警察的制服，是一种暗淡的灰蓝色，有点像国内某版铁路制服的颜色。

对警察，在国内就没有太好的印象。到了乌克兰，除了同胞间的耳濡目染，入境时海关警察贪婪的嘴脸，更让我对他们的第一印象，早就打了个百分之五十的折扣。

我转着脑袋四处打量，发觉自己置身于一间封闭的问讯室，室内只有一张长桌、两把椅子，顶灯雪亮，照得我有点头昏。

大脑皮层开始活跃，记忆渐渐恢复，方才血淋淋的一幕又重归眼前。我把头埋进臂弯，努力控制，但无法止住身体的颤抖，椅子被我抖得咯吱作响。

对面的警察却没有丝毫怜香惜玉之心，咳嗽一声，用英语开始例行公事的盘问。

“名字？”

“玫。”我撑着额头勉强敷衍。

“家族姓氏？”

“赵。”

“国籍？”

“中华人民共和国。”

“身份？”

“奥德萨国立音乐学院的学生。”

“地址？”

我报上当前的居住地址。他皱起眉头：“为什么和签证上的地址不符？”声音虽然生硬，英语发音倒是罕见的标准，不比一般的乌克兰人，说起英语嘴里像含着一大口伏特加酒。

“因为签证时没人告诉我，房客还包括蟑螂和老鼠。”我不耐烦，皱起眉头看着他，“难道阁下没住过学生公寓？”

他板得紧紧的脸稍稍松动，启齿露出一丝微笑。我这才注意到，对面坐着的是位面目端正的乌国帅哥。帽檐下一双深邃的眼睛，像阳光下的黑海，碧蓝清澈。

这点恩赐似的微笑，如同乌云背后的阳光，云缝里露露脸又很快消逝，后面的问题开始愈加尖锐。

“我什么也没看到。”面对他的逼问，我来来回回只有这么一句。事实上，我的确什么也没看到，我有限的俄语修行，也只够支持我语法正确兼发音清晰地表达这一句。

而那个富有磁性的声音，一直在耳边徘徊不去，“告诉警察，你什么也没有看到，明白吗？”

我极力想回忆起那个男人的其他特征，却什么也想不起来，脑子里的画面只剩下那角棕色的风衣。

终于被送出警局的时候，已是半夜。眼前是彭维维那张画得无懈可击的俏脸。

“赵玫，你丫可真够命大的。”她迎上来笑，双眼的焦点却不在我的脸上，直盯着我的背后。

我扭头，原来身后跟着那个身材高大的帅哥警察，难怪维维的神色像小熊维尼看到蜂蜜，两只圆溜溜的杏核眼，此刻眯成了两弯月牙儿，完全当得起“媚眼如丝”四个字。

“小姐，你忘了护照。”这小子大概见惯了女人色迷迷的眼光，毫不在意维维的惊艳，只是不动声色地向我伸出手。

他的手心里，摊着一本棕色的护照。

我接过护照翻了翻，随即揣进衣兜，草草地点头致谢，拉起维维的手：“我们走。”

她很不高兴，努力想甩脱我的控制：“这么急干吗？”

我不想理她，心里多少有点埋怨，因为今天的遭遇跟她有直接关系。

维维一直想买件国内进口的羽绒服，也不知道谁跟她说的，直接去找批发商买，比市场里的价格要便宜一半。大部分中国批发商的中转仓库都设在那座楼里，但那地方比较乱，维维一个人不敢去，所以我才会下了课就赶过去陪她。然后她照例迟到半小时，躲过一劫，我运气不好就碰上这种倒霉事。此刻我只想快快离开警察局，可是下午的血腥场面在眼前挥之不去，心头作呕，双腿发软，几乎迈不开脚步。

维维见我脸色不善，立刻乖觉地闭上嘴，伸手扶住我。

“赵小姐，”“蜂蜜”在身后提醒，“你的签证马上就要到期了，需要尽快续签。”

我回头看看奥市警察局的标志建筑，有些犯迷糊，我怎么会来这儿？满天的星光在我眼前一下消失。

醒来的时候，触目所及是一片全白。

我冒出一句任何失去知觉两小时以上的人都会说的话：“我怎么会在这儿？”

彭维维捏捏我的脸蛋：“小丫挺的你撞上黑帮火并了，居然没被灭口，现在还能耳聪目明四肢健全！”

我皱起眉头，正式表示反感。

彭维维是我在音乐附中的同学，那时我主修钢琴，她主修声乐。原来挺秀气文雅的一个女孩，来乌克兰不到一年，就变得满嘴粗话。

但是，等等，黑帮火并？霎时间记忆全部回来了，我看着她，慢慢蜷起身体，无法自控地放声大哭，“妈……妈……”还是和小时候一样没用，但凡遇到倒霉事，第一反应就是找妈妈。

“医生！医生！”维维抱着我手足无措，大声呼喊着护士。

手臂被人用力按住，一阵冰凉，一阵刺痛，我渐渐哭不出声，开始断断续续地抽噎，后来就睡着了，大概是镇静剂的功效。

几天之后，当地报纸登出了现场的大幅照片。原来不仅是我，奥德萨市的市民皆有幸目睹了一场百年难遇的火暴场面。事发当天，几十辆警车如临大敌，将整栋楼围得水泄不通，无数媒体云集在中国市场附近，兴奋得像打了鸡血。毕竟奥德萨市民风淳朴，多少年没有遭遇过类似的恶性案件。

警方初步怀疑是两派黑帮的仇杀，但比较讽刺的是，半个城市的警察，在十二层建筑里过完粗筛过细筛，搜查了一遍又一遍，却没有抓到一个真正的嫌疑犯。最后只好带走了十几名疑似现场目击人。

据说我和另一名中国男子，是最接近原始现场的两名目击证人。这样倒是可以理解了，为什么奥市警局会对我紧追不舍。而我的记忆出现断层的时间，显然错过了最热闹、最富历史性和戏剧性的时刻。

把现场的情况讲给维维听，她歪头想了很久才回答，那个男人对我的叮嘱应该是好意，假如我不对警方守口如瓶，一旦和黑帮扯上恩仇，后面会有无穷无尽的麻烦。

那几天我常常出神，一遍遍在脑海中回放着那个男人的声音，好奇地猜测他究竟是个什么样的人。

一周后出院，又在家里休息了一天，收拾好上学的琴谱和书本，忽然想起签证的事，心里不由得略略一沉。因为我不得不再跑一趟警察局，那个在噩梦里会反复出现的地方。

从警察局移民办公室出来，我的心情沮丧得难以形容。一路踢着满地金黄的落叶，只想大喊两声以散去心中的郁闷。怎么也没想到，一个无意的疏忽，竟然会造成如此致命的后果。

三年前我毕业于首都那所著名的音乐附中，专业成绩一直很好，高考时因为贪吃了一碗麻辣烫，连拉了三天肚子，文化课考试自然一塌糊涂，与自小梦寐以求的中央音乐学院失之交臂。

我既不愿服从分配，又不想重回高三再吃二遍苦，从此成为父母眼中的无业游民和问题少年。吃了半年闲饭之后，同学介绍了一份工作。每天下午我在一家四星级酒店的大堂演奏钢琴，收入勉强够养活自己。

这么着晃了两年，我彻底厌倦了替别人的衣香鬓影做活动布景的生活。我的终极梦想，是能够进入法国或奥地利的艺术学院深造。但我的父母只是某部设计院的普通工程师，家境不过小康，高额的学费和居高不下的拒签率，都令人望而却步。

直到彭维维从乌克兰发来一封邮件，把奥德萨吹得天花乱坠，再加上留学中介巧舌如簧的忽悠，我终于动了心，靠着父母有限的积蓄，于三个月前持短期临时签证入境，成为奥德萨国立音乐学院的预科学生。

出发前，我趴在世界地图上寻找奥德萨的位置。对于乌克兰，我只知道，蓝眼睛的保尔·柯察金，是乌克兰人，二战时苏联红军的元帅朱可夫，也是乌克兰人。

奥德萨市位于乌克兰南部，濒临黑海，曾是苏联最重要的海港城市，始建于古希腊。从这里，可以乘船到达罗马尼亚、法国、希腊、意大利和土耳其。官方语言是乌克兰语，街市流行语却是俄语。

奥德萨国立音乐学院则是乌克兰最古老的音乐高等教育学府之一，也是欧洲音乐学院协会成员。我希望这只是一条折中之路，两三年后能够拿这段求学经历当做跳板，得到其他欧盟国家的签证。

但这个梦想，方才已被那位面目呆板的移民官员打击至粉碎。他懒洋洋地告诉我，由于签证申请材料的居住地址与现住址不符，如果我想续签，必须由学校出具学生公寓的居住证明。

我说：“对不起，我已经搬离公寓了。”

“那就没有办法了。”他耸耸肩，表示爱莫能助，“法律规定，你必须提供和签证地址一致的居住证明。”

“这是什么白痴规定？”我很纳闷，难道在乌国居住十年，为了续签还要搬回十年前的居住地不成？

“或者，你可以搬回公寓。”他果然给我出这种馊主意。

“你大爷的！”气急败坏之下，我的中文粗口秀脱口而出，反正他也听不懂。前社会主义国家的官僚作风，果然和国内如出一辙。

他则面无表情地摊开手，一本正经地说：“否则，你只能回到你来的国家去。”

我恨得想越过桌子掐死他，此刻距离我签证到期的日子已不到十天。学生公寓如今人满为患，哪儿会有空位给我留着？

可是不如期续签的后果，他也说得很清楚，从此我将成为非法移民，即“黑人”。从黑人变回合法移民，视个人的运气，不是没有成功的先例，但花费的时间和金钱，不比重新办份申请省时省力。

我怏怏地返回学校，在公寓管理部泡了一个下午却毫无收获，只好无精打采地沿着海滨林荫道溜达回去。

梦游一样在路上晃着，我开始认真考虑后事，如果得不到续签，接下来该怎么办。

经过一个三岔路口时，我想得出神，压根儿没注意到斜刺里忽然冲出一辆跑车，等我意识到危险，早已躲避不及，大脑刹那一片空白。

刺耳的刹车声里，那辆跑车的前脸，紧贴着我的身体左侧停下。我傻立在路中间，手指头都忘了如何移动。

那司机可能同样被吓傻了，好半天才拍开车门，气冲冲地下来，手指几乎点在我的鼻子上，用俄语大声质问："你！怎么回事？"

我抬起头，看到的是一张漂亮而嚣张的脸，中国男人的脸。

忍了一天的怒气在这一刻突然爆发，我扬起手中的背包一下砸了过去，用中文破口大骂："你他妈的撞了人还这么牛逼，你谁呀你！有辆宝马你了不起吗？有本事你回中国放肆去，在人家土地上充大爷，算什么东西！"

那人显然被我泼妇似的发作吓了一跳，倒退两步躲避着包中四散的杂物，也换了中文回应："哟嗬，挺秀气一小姑娘，怎么这么泼呀？走道不看路，你还有理了你！哎哟，还打人，你信不信我还手？"

我有点儿破罐子破摔，索性把泼赖进行到底，直逼到他的脸前："行啊，你现在就还，不还手你是孙子！"

他盯着我，脸上划过一丝奇异的表情，仿佛是惊讶，接着是恍然，然后笑了起来："成，算你厉害，今儿我真走了眼！"

背包带被他攥在手里，我用力抽了两下，但纹丝不动，我狠狠瞪着他，他却笑眯眯的，目光肆无忌惮地在我脸上逡巡。

另一侧车门打开，一身材惹火的当地妞儿扭下车，袅袅婷婷地倚在车门上叫他："马克，上车来。"声音娇媚得滴得下蜜水来。

奥德萨十月中旬的气温，已经相当低了，她还穿着抹胸和豹皮短裙，细腰长腿完全暴露在秋季的寒风里。也不怕冻死，我撇撇嘴。

这种装扮的女孩子，在奥德萨街头随处可见。她们都有着惊人的美貌，十六七岁就开始出道，目标人群是侨居奥德萨的中国商人和阿拉伯商人。正是花一样的年纪，洋妞最美丽的时候，牛奶一样的肌肤，花瓣一样的嘴唇，恍如拉斐尔笔下的花季少女，却出卖得异常廉价，二十美金就能陪人睡一夜。

那些沉浸在脂粉阵里的中国商人，早已是乐不思蜀，他们管自己叫做"大清炮队"。"大清"，当然指代中国，"炮队"两字则只可意会不可言传。而在街道上开车横冲直撞，在卡奇诺赌场一掷千金，说起话来不知天高地厚的，也是同一批人。

听到女伴的声音，那人对我笑笑，松开手走过去，搂着那小妞儿的腰，贴在她耳边说了句什么。她便大声地笑，一眼一眼地打量我。

我一声不响地蹲下身，一件一件收拾着满地乱滚的东西。酸痛却从心底深处直泛上来，眼前顿时模糊一片。我不明白自己为什么要离开父母，放弃北京温暖舒适的家，来这个破地方到处为难，还要被这样的人渣欺负。

眼泪啪嗒啪嗒地落在鞋面上，我带点赌气，用手背狠狠地抹去，跟自己说：大不了回家，有什么可哭的，赵玫你可真没用！

“哎，原来你叫赵玫。”一双棕色麂皮靴出现在我眼前。

我的心突然大力一跳，这声音如此熟悉，似早已镌刻在记忆深处。我抬起头，顺着牛仔裤、麂皮夹克一路看上去，那死小子手里正捏着我的护照，津津有味地翻看着。

我一把夺过来塞进背包，站起来就走。不可能，我在心里嘀咕，不过是偶然的相像而已，那个声音多么温和，它的主人怎么会如此浅薄庸俗？

“嘿，嘿，我说，”他追在后面喊，“你也不看看，有没有打残我，甩手就走，将来医药费算谁的？”

“你去死吧！”我回头恶狠狠地说。

长这么大，最瞧不起的，就是这种恃靓行凶的绣花枕头。我抱着书包飞跑，这一刻觉得世界都是灰的，天地虽大却无我容身之处。眼泪再不受控制，哗哗地往下落，我就这么着一路哭进了家门。

回到和彭维维合租的公寓，我筋疲力尽，一头倒在床上。

彭维维一向约会奇多，很少在家里待着，今天却出乎意料没有出去，听到动静，她糊着一脸面膜过来看我。

“赵玫，你怎么了？”

我拉过被子蒙上头：“别烦我！”

“你又犯什么牛脾气？来，跟我说说……”她爬到床上扒开被子，用力扳过我的脸。

我被她揉搓得难受，只好一五一十地如实交代。

“嗨，就这么点破事儿，你愁成这样？”听完我的遭遇，她颇不以为然。

我翻个身：“你当然不在乎，我要是这么着被遣返回国，我爹会打断我的腿。”

“得了得了，交给我，瞅你那样儿。”她推我，“有个朋友是专门吃这行的，我找他帮忙去。”

“真的？”我看到点儿希望，略微打起精神，“需要多少钱啊？”

“哎哟，你可真没意思，俗！我让他按自己人收费，成了吧？别再吊着脸了。”

我坐起身，心头的郁闷渐渐消散，开始关心闲事：“你那些牛鬼蛇神呢？怎么今儿一个都不见？都认清你本质开始改邪归正了？”彭维维的男友多得让我眼花缭乱，平日张冠李戴是家常便饭。

“谁说的？”她拿着我的护照回自己房间，笑声透过门缝传过来，“你丫对我太没信心了。”

凭良心说，维维实在是个美丽的女孩儿，在附中时就盛名在外，经常有痴情的小男生，风雨无阻地候在校门处，就为能看她一眼。可惜她遇人不淑，两年前跟着男友抛家离国来到乌克兰，没想到那男人却迷上了赌博，在卡奇诺赌场欠下别人一大笔钱无力偿还，在一个寒冷的早晨，狠心扔下她就此人间蒸发。

我不知道维维曾经遭遇过什么，也不知道那段天天被人堵着门追债的日子，她是怎么熬过来的。三个月前我在基辅机场见到她时，惊讶于当年的校花，容颜依旧俏丽如初，但眼角眉梢堆积的，却是这个年龄的女孩不该有的沧桑。

她不再是昔日那个娇俏纯真的女孩儿，此刻围绕在她身边的男人，各种各样的条件和背景，却都有着共同的特征：有钱，而且舍得为她花钱。

我们住的这套公寓，位于市区最繁华的济里巴斯大街附近。原是她一个人住着，我来之后便占去一间卧室，两人合用客厅和厨房，每月象征性的，她只收我八十美金。

我觉得过意不去。因为每月的水电气暖加起来，就已经超过五十美金，更别提这个地段的公寓，通常贵得离谱。父母的收入，只够支持我每月二百五十美金的生活费。离开维维，我只能与人在中等住宅区合租公寓。而那些地方的燃气和暖气，因为总有居民拖延缴费，时不时会停止供应。在冬天的乌克兰，这样的问题会带来致命的麻烦。

为了补偿，我自觉担任起公寓的清洁工作，每天下课后再赶回来做顿晚饭。但很多时候都是我一个人寂寞地吃完饭，蒙眬睡过一觉，才能听到她稀里哗啦的洗浴声。

“嗨，觉得好看吗？”出门前，彭维维一朵花似的站我跟前。灰绿色的大衣，搭肩扣襻，一顶俏皮的船形帽斜扣在头顶，颇有二战时期苏联女兵的风味。

“好看。”我放下手中的俄语书，心不在焉地敷衍。

她笑着问：“像不像当地人？”

“一点儿都不像。你长得就是标准中国娃娃范儿，充什么当地人？”我撇嘴，突然心里一动，想起一个人，“维维，你是不是勾搭上那只小蜜蜂了？”

小蜜蜂就是我在警局遇到的那个帅哥警察。我们在背后提起他，说着说着叫岔了，小熊维尼的蜂蜜，就变成了小蜜蜂。

“怎么着，你也看上他了？”彭维维促狭地笑，“是我让给你还是咱姐俩一块儿上了他？”

“去你的！”我啐她，“狗嘴里吐不出象牙。”

维维大笑，把香喷喷的脸蛋凑上来，在我脸上响亮地啧了一下：“放心亲爱的，你先看见他，他就是你的，我才不做挖人墙脚的事儿。”

我追上去踹她，她已经一阵风似的飘出门。

窗外传来几声汽车喇叭响，我好奇地探出头，看到路边停着辆醒目的宝马六系列。那两只著名的鲨鱼眼车灯，让我感觉眼熟，正要再仔细看个究竟，却发现一个穿黑色皮大衣的男人，靠在车门处吸烟。一点暗红半明半灭间，他忽然仰起脸，吓得我立刻缩了回去。

楼下的引擎声咆哮着逐渐远去，我收拾好第二天上课的杂物，洗完澡上床睡觉。

半夜被惊醒，似有细细的絮语声从另一个卧室传过来，夹杂着维维银铃一般的轻笑，侧耳细听却消失了，我翻个身再次睡熟。第二天起床，只有维维一个人坐在厨房喝咖啡，神色不见任何异样。

“昨晚玩得好吗？”我一边动手做早餐，一边随口问她。

“啊？”维维抬起头，脸上有点可疑的红晕，显然方才是在神游天外，根本没有听见我说什么。

“我说，你昨晚玩得好吗？”

“就那样，有什么好不好的？”她伸个懒腰，颇有点意兴阑珊的味道。

我狐疑地看看她，不再说什么，怀疑昨晚听到的动静，也许是自己的梦境。

六天后，彭维维把护照扔还给我。

我扑过去，看到新的签证，犹如劫后余生，简直是感激涕零：“费用多少？”

“一百刀。”（刀：黑话，指美金。）

我愣了一下，这个价钱相对于这种案例，便宜得有些过分。

“这样不太合适吧？”我犹豫着问。

“朋友说，原打算免费，但不能开这个先例，所以只收一点儿，算个意思。”

我立刻明白了，伸手刮着她的脸取笑：“这朋友挺够意思，也是你的红粉军团吧？”

“赵玫，”她不接我的话茬，只是细细凝视着我，“原来你真长得挺好看的。”

“你想干吗？”

“没事。”维维捅捅我的腰，“起来，收拾收拾，跟我去见见人家。”

“什么？”我跳起来叫，“彭维维，你居然卖友求荣你！”

“小样儿！”她把靠垫砸过来骂我，“能卖我早卖了，留你到今天？别人替你办事，你总要说声谢谢吧？”

我明天要交的功课还没有完成，但实在禁不住她的撺掇，只好磨磨蹭蹭地换了衣服，跟着她出门。

我们去的地方，是海港附近著名的奥德萨饭店。餐厅内帷幔低垂，温度清凉，到处弥漫着一种华丽奢靡的气息，大提琴幽怨的声音在四壁流淌，让人浮躁的心情立刻沉寂下来。

身穿燕尾服的侍者，带着彭维维和我绕过几张餐桌，走近廊柱后的落地长窗，向我们做了个“请”的手势。长窗外就是碧波万顷的海面，窗下坐着个前额略微秃顶的中年男人，见到我俩立刻站了起来。

彭维维愣住了，从我的臂弯中抽回手，声音里是掩不住的惊讶：“老钱？就你一个人？嘉遇呢？”

那被称做老钱的中年男人，白白胖胖一张圆脸，五官异常紧凑，给人的第一印象，简直就像个发面包子。

他笑着上前，亲自替维维拉开椅子，待她落座，把手放在她的肩膀上摩挲着说：“维维，你不能一入洞房就把媒人丢过墙吧！”

维维一把打掉他的手，几乎是怒目相向：“你他妈少趁乱占我便宜！”

老钱笑笑，似乎并不以为忤，讪讪地坐下，眼光转到我脸上：“这是……”

“我同学。”彭维维硬邦邦地回答，看上去并不愿和他多说。

我只好冲他笑一笑自我介绍：“我叫赵玫，这回签证的事儿，太谢谢您了。”

一旁维维挑起眉毛斜眼看着我，表情十分古怪。我没有反应过来她什么意思，依然顺着说下去：“以后还请您多照应。”

老钱笑容可掬地回答：“哦，好说，好说，维维的同学嘛……”

“行了老钱，甭看见个长得漂亮的就巴巴地往前凑。”维维打断他，不屑地扁扁嘴，“签证靠的还不是孙嘉遇的面子，你有那本事吗？”

我这才意识到错把冯京当做马凉，闹了个乌龙，虽然有点不好意思，还是忍不住笑起来。老钱的脸上闪过两团很淡的红色，他到底挂不住了，连连摇头：“维维你这张嘴啊……”

我也替他尴尬，觉得维维有点儿过分，于是向她频频使眼色。维维却根本不看我，一直扭头望着窗外，脸色很不好看，像在跟什么人赌气。过一会儿，她开口问老钱：“孙嘉遇这小子跑哪儿去了？他竟敢放我鸽子！”

“清关出了问题，小孙还在港口耗着，今儿个晚上是回不来了。”

“哎哟，奥德萨还有他孙嘉遇摆不平的场子？当我傻子呢，骗我也找个像样的理由，别又是被哪个小姑娘缠上了吧？”

“你瞧你，说实话吧你从来不肯相信。”老钱慢腾腾地回答，“我不骗你，这会儿小孙真在港口。”

“他怎么回事儿？得罪人了？”

“不干小孙的事儿，是海关内部自己摆不平，分赃不均引起内讧，如今城门失火，殃及池鱼。”

第一次进这种档次的餐馆，我异常局促，手脚几乎不知如何摆放才算得体。方才落座前，习惯性地自己动手去脱大衣，侍者早已在我身后伸出两臂等着，一声轻柔的“女士”，他没什么，我的脸却刷地红了，自觉这样的情形落在别人的眼里，一定笨拙得可笑。

彭维维和老钱的谈话，我似懂非懂，心里莫名其妙有点喘不过气的郁闷，想起家里桌子上空白的作业本，非常后悔来这一趟。

分手时，老钱递给彭维维一个盒子："这是你要的新款诺基亚，刚从国内带来的，小孙让我交给你。"

她漫不经心地瞟了一眼，顺手接在手里，毫无诚意地说："替我谢谢他。"

维维是真没当回事我知道，家里至少扔着三部旧手机，加上我手里这部摩托罗拉，都是她玩厌了换下来的。

回去的路上，彭维维阴沉着脸，一句话也不说，不停地拨打着手机，扬声器里传出的，永远是那个呆板的女声。我听不懂乌克兰语，但也能猜到，一定是“您拨打的用户已关机”之类的。

第二天一整天的时间，彭维维的脾气喜怒不定，我小心翼翼地躲着她，竭力避免成为擦枪走火的导火索。直到下午，她接了一个电话，开始还声色俱厉，那边不知说些什么，她“扑哧”笑出声，脸色终于多云转晴，声音也顿时明快起来。

晚饭我做了蛋炒饭和火腿圆白菜汤，维维仿佛忘掉了她的减肥大计，吃了很多，一副如释重负的样子。

吃完她良心发现，捧着我的手指一脸惋惜：“未来钢琴家的手，糟蹋在厨房里，实在是暴殄天物，罪过罪过……”

我托着腮帮看着她笑，对那个叫孙嘉遇的人充满了好奇。彭维维此刻仍维持着挂名学生的身份，是学院内的名人，裙下之臣要以打计算，我也有幸目睹过几场痴情郎君薄情女的闹剧。如果能让以凉薄著名的彭维维牵心扯肺地惦记着，这人得有多高的段数?

饭后有电话不停地进来找她，我只好暂时充做接线生。她在一边挤眉弄眼地比画，我哼哼哈哈地应付着电话那头：“维维啊，她不在……去哪儿了？不知道……”

直到九点以后，电话铃声才渐渐消停。我回房去复习功课，维维跟进来，倒了杯伏特加坐在我身边，半天没有说话。她刚从浴室出来，一头濡湿的黑亮长发直披到腰际，铅华未施的脸上，有股罕见的稚气。

我等了半天不见她开口，不禁诧异：“维维，你想说什么？”

“亲爱的，”她终于说，“哪天我玩得掉了底，记得替我把骨灰带回中国。”

“维维！”我震惊过度，看着她张口结舌说不出话来。

“吓着你了？”她把杯中的残酒一饮而尽，腮边两个酒窝若隐若现，又恢复了一脸灿烂的笑靥，“赵玫，你丫真他妈的纯洁，纯洁得让人嫉妒。”

活这么大感情依然白纸一张，这点一直被她拿来嘲笑，老说我白活了二十二年。

我有点颓丧，低下头嘀咕：“这能怪我吗？我喜欢的人一直没有出现。”

“小白花儿，”维维放下酒杯，“你的心上人是什么样的，说出来听听，我也帮你留意着。”

我扔开书本，侧头想了想说：“首先，他要英俊……嗯，然后，他要优秀，智商怎么也得超过一百二。”

“嗯，还有呢？”维维咬着嘴唇忍笑。

“哦，他要痴情专一，弱水三千他只爱我这一瓢，整个世界放他眼前，都没有我重要……”

“哎呀……”维维立刻爆笑。

“还有还有，”我一本正经地再加一条，“他还要有充满磁性的性感声音，会用十五种不同语言说‘我爱你’。”

维维捶着桌子，笑得几乎说不出话：“真……真恶心……”

我不干了，扯着她衣袖问：“彭维维，我都交心了，你呢？你想找个什么样的人？”

“我？”她渐渐收起笑意，低头拨弄中指上的一枚戒指，沉默不语。

那是一枚三色素戒，从我来乌克兰，就看她一直形影不离地戴在手上。维维说，是卡地亚今年春季的最新款。我对这些没有研究，只觉得光秃秃的没什么特别之处，想不通为什么会卖那么高的价钱。

“这个……”我指着她的戒指，小心翼翼地问，“会是你的真命天子吗？”

“他？谁知道呢？”维维把手指伸到眼前，打量着灯光下玫瑰金和铂金交织出的柔和光芒，嘴角微微挑起，笑意有点嘲讽，“我对他没什么要求，只要他对我真心，什么时候都不要骗我。”

我想起她的前男友，不觉恻然，言不由衷地胡乱安慰她：“你长得这么漂亮，谁舍得骗你？”

“哼！”她冷笑，“你不懂，这和长得漂亮不漂亮没关系，只和运气有关。男人没什么好东西，每天就会惦记着一件事。”

“什么事？”

她拉长声音：“做——爱——”

我登时石化。

维维推门出去，留下我一个人对着满桌的俄文课本，再也看不进一个字。

时间过得飞快，转眼就到了十月底。

万圣节的下午，彭维维带回两套女吸血鬼的衣服，除了维多利亚时代风格的黑色披风，还有足能以假乱真的獠牙。

我把两颗尖利的獠牙套在牙齿上，望着镜中白森森的齿尖，忍不住哈哈大笑。

CHAPTER 1
第一章 月 亮

彭维维把一头漆黑的长发染成金黄，用大卷做出繁复的波浪。《夜访吸血鬼》曾是我俩的最爱，她热爱布拉德·皮特，我痴迷汤姆·克鲁斯。这个造型，一眼就知道是那个暗恋路易斯，永远长不大的小女孩克罗迪娅。

“你的路易斯呢？他会来接你吗？”我提着吹风机帮她做出造型。

她正在画眼线的手停下，表情忽然之间复杂起来，阴晴不定，但是她依然在微笑：“克罗迪娅怎么死的你还记得吧？吸血鬼是见不得光的，一旦暴露在阳光下，只能化尘化土。所以克罗迪娅是绝对不能有真情的。”

“哎呀哎呀，把人酸得牙都倒了，您老若认煽情第二，琼奶奶也不敢认第一。”我一边笑一边嘀咕，“我还知道，西南苗寨有一种情蛊，沾上它一辈子不能动情，您要不要试试？”

“这是谁家的段子？卫斯理？”她茫然地抬起头，漂亮的眼睛里有丝阴郁，“情蛊？真有这种东西？”

我闭上嘴不再说话，傻子也能看出来，他们之间肯定出了什么问题。屋内只有吹风机呜呜的声音在空洞地回响。

临到出发的时候，她换了衣服，化妆整齐，一张标致的面孔涂得雪白，粉蓝的眼盖，鲜红的嘴唇，右眼角被我特意用蓝色的眼线笔，画了一颗心形的泪滴，并不觉诡异，只有一种浓郁的华丽。

我由衷地称赞：“真美！”

她却抓住我问：“你为什么不化妆？”

我摊开手无奈地回答：“你看看我的衣服，除了牛仔裤还是牛仔裤，甭出去丢人了。”

维维从床上掀起白床单披我身上，哧哧笑道：“那就扮贞子得了。”

我吓得倒退两步：“别别，我对贞子有心理障碍。”当年看完《午夜凶铃》，我一个多月不敢看电视，总怕看着看着电视机里爬出一什么东西来。

最后我还是换上维维的蕾丝衬衣和丝绒长裤，素着一张脸跟她出门，临时在路边买了一张面具充数。

万圣节的派对在一座海边别墅里举行。今晚这里汇集了当地华商中的大部分精英，还有无数不同种族却同样身份暧昧的淘金女人。

舞会现场至少有一打黑披风吸血鬼，十个八个白衣贞子。维维很沮丧，因为吸引眼球的创意完全失败。

到了后半夜，人们完全玩疯了，四处弥漫着一种末日狂欢的气氛。维维索性褪去披风，一件鲜红的丝绒短裙出尽风头。她正跳得兴奋，身边舞伴换了一个又一个，香汗淋漓脂粉退却，肌肤却愈见晶莹，那颗蓝色的泪滴似乎摇摇欲坠。

也许是红酒喝多了，或者是面具戴久了，我觉得头晕胸闷，悄悄溜出客厅，沿着走廊一路走过去，发现尽头有间书房，门半开着，里面黑魆魆的，只亮着一盏幽暗的壁灯。

我伸头看看，好像没有人，于是蹑手蹑脚地走进去，想坐椅子上喘口气，一扭头，意外地看到一架钢琴，琴身上“Blüthner”的标志引人注目。这就是“布吕特纳”，被众多钢琴家交口称颂的钢琴牌子，我见过无数次，但从来没有亲手触摸过它的琴键。

这个诱惑对我实在太大了，我犹豫半天，终于上前掀起琴盖，试试音，缓缓奏出熟悉的旋律，“Tonight I celebrate my love for you，It seems the natural thing to do，Tonight no one's gonna find us ，We'll leave the world behind us…”

一直喜欢这首歌，我跟着哼出声：“Tonight our spirits will be climbing，To a sky filled up with diamonds，When I make love to you，tonight I celebrate my love for you…”

黑暗中有声音轻笑着问：“When I make love to you，谁是那个幸运的人？”

我浑身一震，心脏仿佛跳漏半拍，琴声戛然而止。我认得这个声音。就是这个声音，在梦中一次次出现，把我带离鲜血淋漓的噩梦。

“你究竟是谁？”我听到自己的声音在微微发抖。

暗影里打火机嚓地一亮，有人从沙发上坐起来，“告诉你名字，你又能记多久？”他深深吸口烟，“这歌真老，多少年没听过了。第一次听到的时候，是十年前，感动得一塌糊涂……”

我看不清他的脸，傻坐着听他说话，心底有种奇异的感觉，如被催眠。

他走过来向我俯下身，彼此的气息咫尺可闻，那是一种鞣制的皮革与烟草的混合味道，魅惑人心。他的手指滑过琴键，一片杂乱的叮咚声。

“宝贝儿，再来一遍吧。”他说。

我坐着不动。

“你是谁？”他亦低声问我，手心轻轻覆盖在我的手背上，温热的呼吸扑在我耳后最敏感的地方，混杂着淡淡的酒精味道，一阵战栗像涟漪一样扩散，我全身都软了下来。

耳边突然轻不可辨的啪嗒一响，顶灯大亮，瞬间的目眩之后，我愣住了。两张脸距离只有三十厘米，对面那张脸上分明是一种白日见鬼的神情，我相信自己的表情也好看不到哪儿去。

这样近距离的对视，十几天前曾在海滨林荫道上演过一次。眼前这人，就是那个跑车上载着艳女的中国男人。

我转过眼光，彭维维正站在门口，手指仍旧按在开关上，嘴巴张成一个O型。

那人直起身，吊儿郎当地对我笑笑：“原来是你。”

我看着维维，她拦在门口，大眼睛眯起来，冷笑连连：“孙嘉遇，你胃口是不是忒好了？荤素不忌，也不怕吃多了撑死。”

嘿，孙，嘉，遇！所有的记忆碎片拼在一处，我低下头，心里像打翻了五味瓶，酸甜苦辣混在一处。

世界真是小。

Chapter 2 第二章

我曾经爱过你

我曾经沉默地、毫无希望地爱过你。
我既忍受着羞怯，
又忍受着嫉妒的折磨。
我曾经那样真诚那样温柔地爱过你，
愿上帝赐给你的也像我一样坚贞如铁。

——普希金
《我曾经爱过你》

万圣节当晚，维维没有再和我说一句话，径自喝得烂醉，几乎人事不省。我们返家的时候，已是凌晨四点。

孙嘉遇帮我把维维抱进卧室，然后一言不发地转身出来，坐在客厅沙发上。

我取湿毛巾给维维抹净手脸，又去厨房煮了咖啡提神，也递给他一杯，不满地问："你们到底怎么一回事儿呀？怎么闹成这样？"

孙嘉遇捧着脸不出声，过半晌抬起头，眼神充满困惑："她闹着要和我分手，我说那就分吧，谁知道今晚她唱的，又是哪一出啊？"

我愣了愣，想起刚才替维维擦手，手指光溜溜的，的确没有看见那枚三色戒指。克罗迪娅，我这才明白维维说那番话是什么意思，不由得叹口气，心说这都不理解，她就是冲着你孙嘉遇也在那里才去参加舞会的。

孙嘉遇跟着叹口气："维维喝醉了会胡闹，你要辛苦了。"

"她喝成这样，你不心疼？"

"我比较心疼你。"他翘起一边嘴角看着我笑，调笑的意味极浓。

他笑起来真是好看，牙齿雪白，五官标致，眉眼的轮廓像极了高加索人，却有着当地人比不了的细腻。所以明知道他在占我便宜，我的一边面孔还是不争气地热辣辣的发麻。

"那什么，上回在'七公里'市场……那件事儿，谢谢你。"我强作镇静。

“承蒙不弃您还记得我，真让人感动。”他利索地干掉一杯咖啡，“我把你交给警察的时候，你可是一句话都不会说，死死抱着我不肯撒手，只会流眼泪。”

我完全没有思想准备，脸迅速地红了，简直不敢看他。那段时间的记忆，对我来说一直是个残片，就像人喝醉了酒，事后无论如何都想不起自己曾做过些什么。

我嗫嚅着岔开话题：“还有签证，你帮我一个大忙，也没机会当面道谢。”

“这话我爱听。”他似笑非笑地看着我，“你打算怎么谢我？”

我接不上话。这人顺竿爬的水平倒不坏，想起维维说她只要他对她真心，想起那个细腰长腿极尽妖艳的当地女孩儿，我沉下脸。

“记着啊，你欠我一顿饭，我保留随时追债的权利。”他很识相，抓起大衣开门走了。

天快亮的时候，彭维维醒了，在床上反复辗转，痛苦不堪地呕吐呻吟，我跑进跑出地服侍着，为她擦脸抹手，换床单拖地板，累得腰酸背痛。

她睁开眼睛，仿佛不认识我，沙哑着声音说：“你去睡，我没事儿。”

“维维，我不认得他，昨晚是个误会，真的。”我急急地解释。

“算了，不关你的事儿，是我自己犯贱，对不起。”她疲倦地微笑，化妆完全糊掉，一大半眼影洇在下眼睑上，另一半全抹在雪白的枕套上。

那张脸依然漂亮，美丽的眼睛里却带着煞气。我不敢胡乱说话，只能顾左右而言他：“起来洗个澡，吃点儿东西再睡吧。”

她躺着没动，眼圈乌青，像大病过一场。“你知道吗？”她笑得似乎很欢畅，“我以为他是路易斯，没想到他是莱斯塔特。”

我一下笑出声：“你个白痴，真以为自己是克罗迪娅？”

“赵玫，你可千万别碰他，那不是人，是个浑蛋，简直人尽可妻。”

我含含糊糊着答应，她打了个呵欠，终于又沉沉睡去。

上午有两节语言课，我不想错过。窗外曙光初露，补觉是不可能了。此刻倒下，不到中午十二点甭想起床，我索性换上跑鞋出去晨练。

一路穿过半圆广场和著名的"波将金"台阶，沿着海滨大道一路跑下去，对面有跑步的人经过，目光在我脸上长时间地驻留。我没有在意，冲他笑了笑，两人擦肩而过。

落叶在脚下刷刷作响，早晨的空气寒冷却清冽而纯净，弥散着海洋的气息。身后有脚步声追了上来，我回头，清冷的空气里看到一脸和煦的笑容，犹如春日午后的阳光。

"早安。"他用英语说，"我是安德烈·弗拉迪米诺维奇，还记得我吗？"

我仔细辨认片刻，差点失声叫出来："小蜜蜂……"

真的是他，不过今日完全便装，笑容温柔，完全没有警察局里故作冷酷的模样。

安德烈，奥德萨市警察局刑事犯罪科的警员，今年二十五岁，毕业于奥德萨国立大学。这是他的自我介绍。

此次邂逅之后，他像是对我产生了浓厚兴趣，每天清晨都会在"波将金"石阶的尽头等我一起锻炼，逼得我天天按时起床和他会合。混得熟了，有时候下了课，也会和他一起去快餐店吃顿饭。

我大概是有严重的"制服诱惑"情结，曾经因为对德国军服的崇拜，被人在网上狂砸过板儿砖。而安德烈平时干净得像个学生，穿起警服就帅得难以形容，深邃的蓝眼睛在帽檐下带点冷冷的神情，是我见过的最英俊的警察。

不过比起中国人的伶俐，安德烈和大部分东欧的同龄人一样，有点没心没肺的淳朴，思维总是直来直去，好像脑子里缺根弦。

他开着一辆二手"拉达"，苏联著名的国产品牌车，四四方方一个壳，乌里八涂的颜色，要多难看有多难看。虽然他并不承认这是辆破车，可北京街头曾经一块二一公里的破夏利，都比他的车整齐。

他为此严重抗议："拉达也曾是世界十大汽车品牌之一。"

我不跟他争辩，只是问他："听说你们做警察的，黑钱收得很厉害，黑社会都黑不过你们，你怎么窘成这样？"

安德烈的脸慢慢涨红了，无意中提高了声音："玫，我希望你向我道歉，我不知道你从哪儿听来的消息，但我从没有起过任何渎职的念头，我很骄傲我是个警察。”

“对不起，”我没想到他这么敏感，连忙认错，“我言重了。”

“你应该道歉，玫，你是一个美丽的女孩子，我喜欢你，可是你不能误解我。”他说得很认真。

安德烈真是个英俊的男孩儿，连生气的时候都让人心折，我把手插在裤兜里，看着他笑：“安德烈，你真像个孩子。中国有句老话，叫做近墨者黑，总有一天，你会觉得这是很正常的一件事。”

他叹一口气，无可奈何地望着我：“也许你说得对，警局已经三个月没有发薪了，人总要活下去。”

他说的是实情。一个警察的起薪，通常只有四百格里夫纳（乌克兰货币），不到八十美金。

二〇〇二年的乌克兰，经济已经开始复苏，但平均收入仍低于国内，物价却比国内高出一倍有余。进入天寒地冻的冬季，蔬菜瓜果更是贵得让人咋舌，西红柿每公斤接近八美金，黄瓜则超过十二美金。我每月有两百多美金的生活费，也只能偶尔打打牙祭，而当地人的餐桌上，仅有土豆、洋葱和胡萝卜，吃到让人反胃。

我耸耸肩，学着瓦西里的口气说：“算了，安德烈同志，面包会有的，一切都会有的。跟我走，我请你喝酒。”

“真的？”他喜出望外，看得出是真正高兴。我走过去接受他的拥抱，然后把手臂穿进他的臂弯。

来乌克兰四个月，对斯拉夫民族表示亲热的方式，我从最初的惶恐已经逐渐适应，但和男性实施起来还是不大自然。不过在安德烈面前，我总是控制不住地言行轻佻，也许是他太实在，很容易就让人消除戒心。

酒馆里人声嘈杂，挤满了口沫飞溅的当地居民。安德烈护着我穿过柜台前的人群，在一个相对安静的角落里坐下。

那天他喝了很多，也说了很多，他的父母，他的兄弟姐妹，他的工作前途，英文中夹着俄文单词，我默默地听着。

其实社会的变革，也就两种方式，要么像钝刀子拉肉似的和平演变，要么是手起刀落的政治剧变。反正承受家国劫难的，永远是底层的普通百姓。

和大多数苏联人一样，他们无限怀念苏维埃解体前的生活水平，那时的卢布曾是世界上最值钱的货币之一，而如今的俄罗斯黑市，一美金可以兑换到四百卢布。

安德烈的家庭背景，和我很像。父母都是乌克兰最大造船厂的工程师，五十年代在中国工作过，所以安德烈也能说几句蹩脚的中文。他们家在苏联解体前，曾属于生活优裕的中上阶层，1991年之后则物是人非。

安德烈自己在大学修的是西方文学史，毕业后却设法进入了警局，因为警察至少职业稳定，又比一般的公务员多些保障。

“安德烈，”我终于瞅了个空子插进话，问出心中埋藏许久的疑问，“你第一次见我的时候，我什么样子？”

我一直想弄明白，我记忆空白的那段时间，究竟发生过什么。

“非常狼狈。”他看着我，眼底有一丝柔软的笑意，“一直在哭，脸上身上全是血，我以为你受了伤，让女警替你洗过脸，才发现什么事都没有，就把你带进问讯室，后来的事，你应该都记得。”

安德烈描述的，好像和孙嘉遇说的差不多。我红着脸问：“就这些？”

他眨眨眼：“就这些。”

“现场不是还有一个中国人吗，他说了些什么？”

“你说的，是那个姓孙的中国人？”他看着我，似乎有些困惑，最终摇摇头，“和你一样，什么也没说。你认识他？”

“不，只是好奇。”望着安德烈的眼睛，我忽然觉得心虚，“你干吗这种表情？”

“幸好你不认识他。”他慢吞吞地说，“否则我们两个就不能坐在这里喝酒了。”

“为什么？”我睁大双眼。

“孙一直是税警和警察的目标，几进几出警局，因为没有足够的证据，每次只能不了了之。”

我有点明白安德烈的意思了。他身在犯罪科，如果我和孙嘉遇相熟，作为涉案警察，他自然需要避嫌。

“可是……”我迟疑地问，“每次都要花钱才能放人，是吧？”

安德烈紧闭双唇不肯回答，但是他的表情分明已经默认。

我冷笑一声：“刚才还说不黑呢，中国人在你们乌克兰警察眼里，就是花旗银行。”

“他是真的有犯罪嫌疑。”安德烈拼命摇头，“你听说过‘灰色清关’吗？”

我点点头。

“孙就有一家这样的清关公司，他帮助进口商偷税漏税和走私！”

“那又怎么样？”我瞪着他。

对我的是非不分，安德烈表示出极大的震惊。他凑近我，将近一厘米的棕色长睫下是碧蓝冷峻的眼睛：“玫，你太幼稚，我知道他是你的国人，可这里是乌克兰的土地，如果他违法就要受到惩罚。”

我不快地闭上嘴，表示和他无话可说。说我幼稚，其实他才是真正的纯情。

灰色清关是独联体国家的一道独特风景，出关的进口商品，不论贵贱，拢堆儿按货柜算钱，没有任何清关单据，货主从此祸福自担。

即使我不清楚其中的真正内幕，但也知道这种清关公司，基本上都有当权的大人物做后台。简单地说，就是典型的官商勾结，如果没有乌克兰当地政府的默许，灰色清关不可能如此猖獗。

在乌克兰的华商，提起灰色清关恨得牙痒，却又无可奈何。因为按照正常的清关程序，进口商品均以奢侈品300%征税。以廉价为卖点的中国商品，不走点歪门邪道，难道让那些批发商喝西北风？

不过我确实没想到，孙嘉遇做的竟是这一行，一直以为他是进口批发商。

察觉到我的不悦，安德烈也不再说话，气氛有些尴尬。

酒馆古老的留声机里放着怀旧的歌曲，一曲《山楂树》，让我想起爸妈，一时间有点难过。爸年轻的时候，拉一手漂亮的手风琴，就是靠几首苏联的“靡靡之音”才把我妈追到手，这首歌我自小就耳熟能详。

我摇晃着身体，跟着旋律轻轻哼唱：“那茂密的山楂树白花开满枝头，哦，你可爱的山楂树为何要发愁……”

安德烈看我自得其乐的样子，明显松口气，过一会儿问我：“玫，你的名字在中文里是什么意思？”

我举起啤酒杯子笑笑：“你猜。”

“m-e-i，很像May的发音，”他低头想了想，试探着问，“五月？夏日？”

“错了。给你个提示，你想想，五月里乌克兰有什么花开放？”

“铃兰？鸢尾？矢车菊？”他仰头望着天花板，猜着猜着就开始胡说八道，“向日葵？”

酒精在身体里渐渐发散，我感觉到飘飘然的愉快，不禁大笑：“不对，再猜。”

“难道是玫瑰？”见我点头，他伸出手抚摸我的面颊，带着一点醉意，“美丽的名字，非常适合你。”

我有点儿不安，略略侧身避开他的手：“安德烈，你醉了。”

他依然固执地抚着我的脸：“玫，能否允许我说爱你？”

我站起身：“我累了，对不起，我想回家。”

安德烈一怔，随即明白我的意思，脸上分明有受伤的表情，放下手臂看我很久，才招来侍者结账，我抢着付了钱。

喝了酒不能再开车，我们在酒馆门口分手，他没有说送我，也没有说再见，一个人默默走开，我想他是真的醉了。

我明白这样对安德烈不公平，失去他的友谊我也很遗憾，可我心中渴望的那个人，并不是他。

那晚之后，我喜欢窝在他坐过的地方，细细回忆着他的每一个动作和每一个细节。虽然知道他是令维维伤心的人，可是我管不住自己的心。

马路上人烟稀少，我皱着眉头拉紧大衣，慢慢往回走。脸上不时感觉到冰凉，原来又下雪了，硕大的雪花从天空缓缓飘落，柔软得令人难以置信。我抬起头，鼻子不禁隐隐发酸，想家，也想北京。

奥德萨地处乌克兰南部，因为喀尔巴阡山脉的阻挡，不会经受西伯利亚寒流的侵袭，没有北京街头凛冽的寒风，但有整整三个月的冰雪覆盖期，一场大雪接着一场大雪，直到来年三月，方可冰消雪融。

这里的冬天，触目皆白，是让人倍觉寂寞的冬季。

进入十二月，西方圣诞的气氛一日浓似一日。说它是西方圣诞，是因为乌克兰以东正教徒居多，而东正教的圣诞日是元月七日。

就像中国的春节一样，离放假还有半个多月的时间，学校的气氛已经逐渐松弛。平常人满为患的琴房，一下子冷清了好多。我抓紧机会练琴，每天回家的时间越来越晚。

自从万圣节过后，彭维维很是消沉了一段日子，独自在家里孵了许久。很多次我从学校回去，都能看到她蜷缩在客厅的沙发里，对着电视机发呆。电视里有时候播着新闻，有时候播着综艺节目，没有声音，只有屏幕上忽明忽灭的蓝光，映着她表情呆滞的脸庞。

直到最近两个星期，她才像缓过神来，恢复了常态，重新开始她花枝招展的生涯，每天打扮得漂漂亮亮的，去赴不同的约会。候在楼下等着接她的座驾，从奔驰到保时捷，几乎没有哪天重过样，简直像世界名车秀。但是我再也没有看到过那辆黑色宝马。

找个机会我小心地问维维："后来孙嘉遇找过你吗？"

她本来还笑吟吟的，一下翻了脸："以后少在我跟前儿提这个人。"

我十分难堪，但也知道自个儿多管闲事，有点儿过分，即刻噤声，并提醒自己，以后不要和她提起任何与孙嘉遇有关的话题。

这天在学校，我正和同学兴致勃勃地商议假期的去处，有女孩儿跑来告诉我："亲爱的，有位英俊绅士在门外等你。"

我以为是安德烈，从上次酒馆分手，他有将近一个月没和我联系了，于是披上大衣高高兴兴地走出去。

在琴房的门口，背风处站着一个穿黑色长皮大衣的男人，门前路灯的光晕透过灯罩射下来，如同舞台上的聚光灯一般笼罩着他，贴身剪裁的大衣款式，明明白白勾勒出宽肩细腰的V形身段。

我迟疑地放慢脚步，这不是安德烈。安德烈是个淳朴的男孩，穿着举止仍像大学男生。而这位，只看背影，就知道是个风流人物。

我站住，可是方才的脚步声还是惊到了他，他转过脸，侧面线条如同完美的雕刻，眼睛更是黑得像寒冬的夜色。

这人竟是孙嘉遇。我的心开始怦怦乱跳，是意外，也有点小小的窃喜。

“你好！”他笑眯眯地招呼我，“我来讨债的，你没忘记欠我什么吧？”

在他面前，我轻而易举地就变得笨嘴拙舌，一向的伶俐消失得无影无踪。维维的警告言犹在耳，但吃顿饭应该没什么吧？何况我确实欠着他的人情。抗拒再抗拒，最后我还是乖乖地跟着他上了车。

他带我去的地方，是一家私人俱乐部。叶卡捷琳娜二世时的古老建筑，温暖的帷幔和恰到好处的灯光，是源自洛可可风格的瑰丽细腻，陌生但让人神往的布景。

我顿时退缩，磨蹭着不肯进去。

孙嘉遇奇怪：“你怎么了？”

“这种地方我请不起你。”我如实回答。

“你请我？”他大笑，“你成心想寒碜我是吧？”

“没有，我真的想谢谢你。”

他不由分说，一把拉住我的手，直接拽进了大门。侍者笑容满面地迎上来，这回我学了乖，解开大衣纽扣，由着侍者帮忙褪下衣袖，取了大衣和帽子收进衣帽间。

旁边桌的人走过来招呼，像是孙嘉遇的熟人。“马克，好久不见。”那人的眼睛向我溜了溜，笑道，“哟，傍尖儿又换了？你丫的怎么越玩越回去了？”

“你他妈的就是故意的，成心毁我是不是？”他有些挂不住，一脸窘态。

我只能转过头，假装欣赏墙上的装饰画。

菜上来了，大概是为了掩饰尴尬，孙嘉遇自己不怎么动，却不停地劝我：“尝尝这个，乌克兰的特色菜，味道怎么样？”

“嗯，挺好，不过原料是什么？”

“老实说，我也不知道，只知道俄文叫做‘庐卜提斯’。”他卷起舌头发出一个奇怪的音节。

我忍不住笑：“你是俄语专业出身吧？”

“不是，咱自学成才成嘛！在这鬼地方待了七年，都快赶上八年抗战了。”

我停下刀叉，吃惊地看着他：“你在这儿待了七年？这个地方？”

“啊，怎么了？”他点起一根烟，人在烟雾后笑，“别只顾发呆，吃菜吃菜，再来点鱼子酱？”

我连连摇头：“不不不不……”简直像生吃鱼肝油，那股子腥臭味道，我永生难忘。别的不说，能忍受食物方面的不适和贫乏，在这里坚持七年，我就非常佩服。

等到甜食上来的时候，孙嘉遇递给我一个包装精美的盒子。于是我看到了时尚杂志中见过无数遍的标志，那两个著名的大写字母：CD。掀开盒盖，里面是六个形态各异的小香水瓶。

“不知道哪种适合你，都试试得了。”他说。

“我从来不用香水。”摸索着那些晶莹剔透的玻璃瓶，明知不妥，想还回去又舍不得，心里矛盾万分。

“女孩儿哪儿能不用香水？”他隔着桌子伸出手，在我手背上拍了拍，“宝贝儿，你得学会让某种香氛成为你的特征。”

这句话让我动了心，维维似乎也说过同样的话。伊人已去，余香犹在，若有若无间沁人心脾，会让男人印象深刻。

“我不要。”犹豫半天我还是把盒子推回去。天下没有白吃的午餐，这顿晚餐的代价，我还不知道是什么呢。

“你这人，怎么这么事儿啊？”他不耐烦，抓过我的背包，直接把香水盒塞进去。

这时候再拿腔作态就显得过了，我只好朝他笑一笑：“那就谢了。”

出门他就势拉起我的手，我任他握着，脸上有点发烫。他的手心温暖而干燥，指腹和虎口处却有一层薄薄的硬茧。

我用手指挠挠他手心的茧子：“这什么？劳动人民的手，嗳？”

他看着我做了个惊异的表情，两条眉毛一上一下倒悬着成了八点二十：“我爸是时传祥，你不知道？”

“时……时什么？”我从未听说过这个名字，难免一脸迷糊。

他跺跺脚长叹一声：“代沟啊，我怎么就给忘了？来，帮你扫扫盲，时传祥，一九五九年全国劳动模范，对了，那时候你还没出生呢，他的职业是淘粪工人。哎，你不会连什么是淘粪工人都不知道吧？我打小就跟着他走千家串万户……”

“去你的！”听明白他在消遣我，我拨开他的手，自顾自往前走。

“哎，别生气啊！”他追上来，嬉皮笑脸地揽住我的肩膀，“我说实话，被健身器械磨的，行了吧？”

我还没来得及说话，就看见两个七八岁的洋童跑过来，拽住他的衣襟不放，“先生先生……”稚嫩的童音，“买后视镜吗？五十美金一个。”

一个孩子扬起小手，举着一只后视镜给他看。

“不要不要。”他一边摆手一边取出钥匙为我开了车门。

“买吧，先生，便宜，不买你会后悔的。”两个孩子依旧缠着他。

“走开！”他板起脸，做出一副凶恶的模样，“不然我叫警察抓你去警局了啊。”

提到警察，那洋童似乎瑟缩了一下，松开手向周围看看。他趁机推开两个孩子坐进来，关门点火松手刹，犹自恨恨地说：“你不知道，这些小孩儿特别讨厌……”他的声音忽然高了八度，“嘿，我说，这他妈的叫什么事儿啊？”

我凑过去看一眼，“扑哧”一声笑出来，原来车两旁的后视镜已经一个不剩，全都消失了。

他推开车门，换了俄语大叫：“你们两个，给我回来！”

那俩孩子看他脸色不善，吓得撒腿就跑。可是人小腿短，很快就跑不动了，被他拎着领子揪了回来。

一番讨价还价，孙嘉遇最终掏出三十美金赎回了他的后视镜。他提着它们走回车子的时候，气得脸都是绿的。

我远远地看着，靠在座椅背上笑得喘不上气，断断续续地说：“这买卖……太值了，真换个新的，BMW……还不得敲你一百美金？”

他的脸色缓和下来，伸手拧我的面颊：“三十美金能换你一笑，还挺划算。”

我指着窗外，依旧笑得说不成话。两个洋童拿了钱屁颠屁颠地跑了，不远处还站着几个十五六岁的当地少年，显然这几个才是始作俑者。

孙嘉遇啼笑皆非："这帮兔崽子，被他们算计好几回了！刚才我还一个劲儿琢磨，怎么这玩意儿瞧着这么眼熟呢？"

他送我回家，车穿过市区的街道，街边的煤气灯在车窗外掠过，像一颗颗流星划过。

望着他英俊的侧脸，我渐渐笑不出来，只要他看着我，我的心就紧张得怦怦直跳，第一次尝试到这种自虐一样的感情。为什么会这样，我无法解释，但我希望我能知道。或许这就是爱情的感觉。真正爱上一个人，不需要理由，更不需要逻辑。

他侧过脸看我一眼："怎么突然不说话了？"

"不知道说什么。"

他扶着方向盘笑起来，问我："你是北京人？"

"嗯。"

"音乐附中毕业的？"

"嗯。"

"除了嗯，你还会说点儿别的吗？"

我白他一眼："我的护照你看过，我和彭维维是同学你也知道，你问的可不都是废话吗？"

他咬着下唇，似是忍俊不禁："这不是帮你找话题嘛，好吧，换你问我。"

于是我问："别人叫你马克，是你英文名吗？"

"嗯。"他原样还给我。

"为什么叫M-a-r-k？有什么典故？"

"典故？"他仰头想了想，微笑，"还真有，不过挺俗的。上学的时候，外教给我起个英文名叫Jay，我不要，坚持叫Mark，老太太一个劲儿追问，why？why？"

"到底为什么？"我也好奇。

"因为啊，"他慢条斯理地回答，"那个时候，英镑、美元都在疲软状态，只有德国马克最坚挺。"

“可怜的外教，”我勉强忍着笑，“有没有被你气着？”

他一本正经地摇头：“没有，老太太早被我气成习惯了。你是不知道，从小学到大学，就很少有老师喜欢我，每次家长会，我们家也没人愿意去。因为每次我都是带枷示众的反面典型。”

“要是老师要求一定参加呢？”

“那大家就撺掇我姥爷去。反正老爷子耳背，老师说什么他都听不明白。”

“哎呀，谁上辈子没烧高香，摊上你这种学生？”我得用力握紧拳头才能忍住大笑。

“喊，没有我，他们的教学生涯该有多寂寞！S中的语文老师，至今还记得我。有次期末考试，给古文填空，上句是穷则独善其身，哎，你知道下句是什么吗？”

“不就是那什么达则什么什么天下吗？”

“什么跟什么呀，我直接就在下句填上了‘富则妻妾成群’把老头儿气得直哆嗦，说这辈子遇到我，总算开了眼！”

我则笑得浑身哆嗦：“你爸妈也不管你？”

“我妈？”他耸耸肩，“我妈比我还神。那时候为逃晚自习看《射雕》，天天找我妈磨唧。她嫌烦，干脆写了一本请假条给我，随用随填日期，各种各样的理由，一个学期我就高烧了七八回，把班主任吓得不轻，以为我得了白血病。”

我捶着仪表面板几乎笑背过气去，这什么人啊这是！

“就你这样的，还能考上大学？真没天理了！”

他得意扬扬地笑：“别说，我居然上了B大的分数线，当年可是全校轰动啊！”

眼看着公寓在望，他的笑声突然停顿，猛踩一脚刹车。我没有防备，向前猛冲一下，脑门差点磕在玻璃上。

我有点恼：“怎么回事儿？”

他一声不响，盯着前方的某个地方，神色惊疑不定，似乎无法相信自己的眼睛。我诧异，顺着他的目光看过去，我住的公寓楼下，停着一辆黑色的奔驰，映着车灯雪白的光柱，车牌上“TTT”三个打头字母异常醒目。

一对沉浸在激情中的男女，正吻得难舍难分。女人的腰肢后仰，几乎贴在发动机盖上，及腰长发委顿于上，如一朵盛开的黑色大丽花，这不是维维还能是谁?

她被跑车的引擎声惊动，挣扎着朝这边转过脸。远远看过去，她的五官模糊不清，仿佛带着讥讽的笑意，接着她扭头，索性把整个身体都紧紧贴近那个男人，两人吻得愈发如火如荼。

我偷眼看孙嘉遇，他脸色铁青，难看得吓人。我一时也不知说什么好，只好沉默。

过了一会儿，他突然打转方向盘调头，竟朝着来时的路驶过去。

“哎哎哎……你干吗?”我有些着急，连声叫着，“已经到了，你先放下我再说啊……”

他像是没听见我说话，一直把车驶离公寓区，才停在路边熄了火，摸黑点起一支烟。

路上不时有车经过，车头大灯的光亮扫过，照着他没有任何表情的脸。

我觉得无趣而尴尬。这最后的香艳场面，维维是为了做给他看，显然他对维维还有旧情，那我杵在这儿又算什么呢?

我推开车门同他道别：“我走了。”

他“嗯”了一声别过脸，神色有点茫然。也许是我多心，类似的表情，在维维脸上似乎也出现过。这么时髦悦目的一对男女，他们在一起才算旗鼓相当，我没法儿跟维维比，可也犯不着做别人闲暇时的点心。

走出十几米，他追上来拽住我的手臂：“你干吗?上车，我送你回去。”

我勉强挤出一个笑容：“谢谢你的晚饭。我自己能走回去。”

他用力扳着我的肩膀，把我的脸转到路灯下：“好好的，突然这么别扭，我得罪你了吗?”

“没有。是我自己心情不好。”

“国内的女孩儿怎么都这样?”他非常不耐烦，“一个比一个难伺候。”

我笑笑：“再见。”

这次他没有再追过来。

我一个人在路上走了很久。天气极冷，呼吸间眼前被一片白雾笼罩，我想笑，眼泪却淌下来，流了一脸。

是我错了，被黑暗里的声音所迷惑，做了一场不该做的绮梦，起了不该起的奢望。洋葱一层层剥开，我也流了泪，可里面并没有让我惊喜的内容，最终还是个洋葱头。

取出钥匙开了家门，屋里依旧漆黑一团，维维并没有回来。我不想开灯，黑暗里摸索着倒杯伏特加慢慢喝下去，渐渐浑身松弛，然后明白，为什么维维会在家中常备着烈酒。

在沙发上胡乱滚着睡了一夜，第二天起来天已大亮。维维的房门依然关着，没有回来过夜的痕迹。我匆忙洗把脸，换好衣服赶到学校。因为宿酒未消，整个上午头痛如裂，镜子里的脸色有点发青，两个大黑眼圈，吓得我暗自发誓，下回再也不喝酒了。

课上到一半，包里的手机开始振动。我出去接电话，电话那头是彭维维，她居然在警察局。

"赵玫，带点儿钱赎我出去。"她的声音沙哑疲惫，不复平日的圆润。

我吃了一惊，手机几乎脱手落地："维维，出什么事儿了？"

她垂头丧气地回答："你来了再说。"

"好，你等我。"

我挂了电话，顾不上收拾书包，只取了钱包和护照就冲出校门。

奥德萨街头的出租车极少，我拦辆私家车讲好价钱，先到银行取了现金，再直奔警察局。百忙当中不忘打个电话给安德烈："安德烈，麻烦你帮我问问，到底为了什么？"

到了警察局，一身警服的安德烈站在大门口等我。我跳下车朝他跑过去，他快步迎上来，一边带我往里走，一边把事情经过尽量简洁地告诉我："两人半夜喧扰，女方试图纵火，邻居报了警。"

"维维纵火？"我几乎不敢相信自己的耳朵，"那个人是谁？"

他不出声，朝一边的走廊努努嘴。

我的视线追随过去，呵，我竟然看到了孙嘉遇。他一动不动地靠墙站着，嘴里叼着一支烟，已经结了长长一条烟灰。眉骨上方贴着一块纱布，衬衣上血迹斑斑，揉得一团糟，脸上分明有几处指甲刮过的血痕。

我望着他，心头划过一阵异样的疼痛，一时间呆住，竟然忘了来这里的目的。

直到安德烈提醒我："玫，你怎么了？"

我回过神，强压下心里的痛楚："彭维维呢？"

"还在接受警方的询问。"

安德烈指点着我办理复杂的保释手续。我忍不住质问："为什么男方无须做这些？"

"赵小姐，是你的朋友伤人在先，又试图放火与对方同归于尽，几乎造成燃气爆炸。"那美丽的女警笑着回答，"你说该控告谁？"

我顿时哑然，闭上嘴不再说话，默默地交钱签字。值得吗，维维？我在心里叹息，非要闹得两败俱伤，倒让不相干的人看了笑话去？

手续办完，一名女警带着维维出来。一夜未眠，她憔悴了很多，下巴愈发尖俏，大眼睛里一片空洞。我原想教育她两句，见此情形，一句话都说不出来了。

看到我，维维脸上仿佛有羞愧之色一闪而过，不过片刻便消失了，她依然倔犟地仰起脸，绷紧了唇角。

我向安德烈致谢道别，他吻我的脸颊，依依不舍地说再见。

我笑他婆婆妈妈像个女人，可是心里非常感动。因为还记得上次的事，所以颇有点不好意思。他们当地孩子，就是有这点好处，什么事情都摆在明处，开心是开心，生气就是生气，即使不负责任，至少磊落大方。

我扶着维维离开，没想到孙嘉遇还在大门口等着。

"我送你们回去。"他走过来。

"你滚开！"维维声音尖利，一点儿都不客气。

"彭维维！"他也动了气，眼瞅着额头的青筋一根根暴起，几乎是咬着牙说，"你愿意自暴自弃没人拦着你，这件事儿我会替你摆平，以后再没人为你收拾后事，你好自为之！"

"谢了！"维维冷冷地看着他，黑眼睛里似有火花迸溅，"孙嘉遇，我也告诉你，出来混，总有一天要还的，你还是惦记着给自己收拾后事吧！”

她拉着我从孙嘉遇跟前走过，扬长而去。

我回头看他一眼，他也盯着我，眼睛里的神情极其复杂，我却看不出任何端倪。

回去的路上，我终于没能忍住，开口问维维：“到底出了什么事儿？”

“没什么，彼此看着不顺眼。”维维头抵在车窗玻璃上，说得轻描淡写。

我不好再接着问，回家催她洗澡换过衣服，又看着她吃完饭上床躺下，才匆匆赶回学校取我的书包。

回来胡乱看了几页书，又收拾一下房间，时间已过十二点。我换了睡衣钻进被窝，正要关掉床头灯，房门毕剥毕剥响了两声，维维在外面说：“赵玫，你睡了吗？”

“没呢。”我立刻坐起身。

她在床边坐了很久，只是低头盯着自己的脚尖，表情冷漠，却不肯说话。

我把她的手拉进被子暖着：“维维……”

她忽然笑了：“你是不是觉得我今天特别丢人？”

“没有，”我几乎指天发誓，“我要是这么想过，出门被雷劈。”

“你个傻蛋，谁让你赌咒来着？”维维嘴角动了动，笑容勉强且带着几分自嘲，“知道吗赵玫？我长这么大，从来没有求过人，连那个浑蛋当初欠下一屁股债跑掉，我手里没有一分钱，逼债的天天堵在门口，房东要赶我出门，我都没有求过人……”

她的脸上浮现出一抹悲凉，声音不觉变得哽咽。我不敢插话，屏住声息听她接着说下去：“可是我求过他，放软了声音求他，他还是我行我素……这辈子我真正动过心的男人，也就两个……”

一滴眼泪慢慢滑出眼眶，维维闭上眼睛。外面的世界瞬间变得寂静，我怔怔地望着她，一颗心也缓缓下沉。

“那……你们以后……”我问得非常小心。

“没有以后，这个人对我来说已经死了！”维维睁开眼睛，又恢复了之前冷冷的神情。

她再也没说什么，站起身离开我的卧室。我听到她的房门轻轻关上，吧嗒一声落了锁。

夜里我翻来覆去睡得极不安稳。以前我不曾见识过，原来爱情不全是风花雪月，它的分量也会如此沉重，让人黯然，让人流泪，伤人，然后自伤。

这件事过后，彭维维变了很多，衣着逐渐往暴露上走，原来那点艺术系学生的雅皮气息渐渐消失，夜不归宿变成家常便饭。

我很担心，却又无从劝起。既然帮不了她，只能装做看不见。

安德烈又和我恢复了邦交，每天清晨还是在老地方等我。

他对彭维维印象深刻，一直追问："玫，你那美丽的朋友还好吗？"

我叹口气不说话。

他看看我的脸色，又问："那天你是怎么回事？脸色真难看。"

"别担心，"我拍拍他的臂膀，"以后再也不会那样了。"

这一次安德烈隔了很久，才说："你爱上那个男人了？"

"哪个男人？你在说什么？"我明知故问，脸却不由自主一下子就红了。

他也叹口气："我们有句谚语，只有爱情和咳嗽是瞒不过的。你看他时的眼神，和平日不一样。"

"安德烈，见你的鬼！"我大叫，假装被得罪，紧跑两步，其实双颊已经热得发烫。

"我不会怪你，"他追上来说，"他长得那么漂亮，没有女孩子抵挡得住。我见过的中国男人，很少有这样整齐的。"

的确，奥德萨街头经常能看到灰头土脸的中国人，说是民工不会有人有异议，但真正的身家亮出来，往往吓人一跟头。像孙嘉遇这样有点儿钱就如此招摇的，确实不多见。

我使劲白他一眼，用中文说："那你去追求他吧，我可以为你拉皮条。Gay如今正流行。"

安德烈笑着拍拍我的后脑勺。这语速极快的一串中文，他虽然听不太懂，可是察言观色，大概也知道我说的不是什么好话。

我感到胸口似憋着一口气，非常想做点什么发泄，于是超过他一直冲到前面去。

“玫，你别怕！”安德烈再次追上来，在我身后说，“如果他不爱你，还有我爱你呢！”

我被他逗得笑起来。

我喜欢安德烈这点天真和坦率。他的心里藏不住任何事，从来不装模作样，也很少愁眉苦脸，但他并不傻，什么都知道。像孙嘉遇那样的人，谁喜欢上他都是一个劫数，维维就是个现成的例子。

“算了吧，安德烈。”我夸张地皱起眉头，“你们乌克兰的女人，简直像苦力。生七八个孩子，每天上班贴补家用，下了班牛一样忙家务。我听说有更离谱的，丈夫回来还要跪着给脱靴子……”

他大笑，伸手要捏我的鼻子：“胡说！至少我不会这样对待我的妻子。”

我嘻嘻笑，在林荫道上左右穿梭着躲避他，正玩闹着，前方有辆加长卡迪拉克经过，车牌号是666888。我觉得好玩，一路追着看，顺便告诉他中国人对吉祥数字的崇拜。

安德烈点点头：“乌克兰也有，你知道吗？车牌前三位是000的，肯定是政府的车。”

我心里一动，趁机问他：“那前三位是TTT，又代表什么意思？”

他的脸色顿时凝重：“你们中国的黑社会首领。”

“什么？”

“他们都叫‘大哥’。”

我眼前恍惚一黑，被鹅卵石一跤绊倒，结结实实地摔在地上。

安德烈吓得扑过来扶我：“玫，你还好吗？”

我捂着膝盖坐在地上，嘴里大抽冷气，双手也被擦伤，火辣辣作痛，一时半会儿站不起来。

安德烈蹲在我身边，连连问：“没事吧？你没事吧？”他紧张得声音都变了调。

我顾不得膝盖处传来的刺痛，一把抓住他的手问：“安德烈，你刚才说的，是真的？你没骗我？”

“我从来不骗你。”他神情严肃，像在教堂发誓，“这几年乌克兰的中国黑帮越来越庞大，地位比较高的几个人，他们的车牌号上，都有TTT三个字母。”

臀部下面的寒气一丝丝侵染上来，我像被冻僵了一样，半天动弹不得。

我想不明白，维维虽然脾气火暴，可是一向做事还有分寸，她怎么就会招惹上黑帮呢？

Chapter 3 第三章

春 天

你的来临对我是多么沉重，
在我的心灵里，
在我的血液里，
引起多么痛苦的陌生。
一切狂欢和所有的春光，
只会将厌倦和愁闷注入我的心。
请给我狂暴的风雪，
还有那幽暗的漫长冬夜！
——普希金《春天》

自从安德烈揭晓车牌的奥秘，我一连几天心神不定，做事丢三落四，恍惚得像走了真魂。

以前我对黑社会的了解，只停留在对九十年代港产片的印象里，天黑了就拎着刀当街乱砍那种。但是上次在“七公里”市场亲历的一幕，让我亲眼见识到其中的血腥残酷，我为维维感到不安。

心不在焉地坐在钢琴前，简简单单一部练习曲，辅导教师纠正了无数次，但每次到了同一小节，我依然会犯同样的错误。

辅导教师几乎被我气得背过气去，“玫，你根本不在状态，这是在浪费我们两个人的时间。”

我索性提前结束练习，收拾东西回家。家里还是没有人，维维已经三天不见人影，她的手机也一直处在关机状态。

冬日的傍晚黑得极早，我一个人坐在黑糊糊的客厅里，翻来覆去地瞎琢磨，记起那天在警局孙嘉遇说过的话，心里更是忐忑。想找他问个究竟，可是怎么才能联系上他呢？我并不知道。

踟蹰良久，忽然想到一件事。孙嘉遇曾送给彭维维一部最新型的诺基亚手机，她用了一段时间，不知什么时候，又换回原来的三星手机。想来那段时间，正是两人开始龃龉的时候。

我决定碰碰运气，拉开维维的梳妆台抽屉，果然，那部红色的诺基亚，正孤零零地躺在抽屉的角落里。然后同样幸运地，从名片夹里找到孙嘉遇的手机号。

我用固定电话一个个按着号码，心脏却扑通扑通跳得厉害。

“喂？”电话通了，背景一片嘈杂，很多人在说话，还有隐隐约约的音乐声。

“你……你好。”我莫名其妙地结巴起来，“我……我是……赵玫。”

“你你你你好，是是是想我了吗？”他的声音懒洋洋的，明显带着促狭的笑意。

我装没听见，努力让舌头恢复柔软：“有点儿事儿，我想问问你。”

“我就知道，没事儿你不会找我。说吧，什么事？”他那边的声音一下清楚很多，像是换了个安静的地方。

我定定神，口齿顿时伶俐起来：“我一直找不到维维，只好找你。”

“就这事啊。”他轻佻地笑，“你以为我能把她怎么地？她本事大着呢，哪儿用得着别人操心？”

“你一早就知道，维维沾上了黑社会的人，对吧？”我不想和他绕圈子逗贫，索性直接挑明了。

电话里一下没了声音，过半晌他才问：“你怎么知道的？”

“甭管我怎么知道的，你就说‘是’，还是‘不是’？”

他总算收起那副玩世不恭的腔调：“也不是很早，那天晚上看到车牌才明白。”

“你就眼睁睁看着她搅进去撒手不管？”

“啧啧，这才是六月飞雪，我比窦娥还冤哪。你在警局也看到了，鄙人不过规劝几句，结果多年的旧账被翻出来清算，差点儿就和她同归于尽。”

“不被逼到绝境，女孩儿才不会钻牛角尖儿。”我忍不住为维维辩护。她虽然脾气很坏，是那种宁为玉碎不为瓦全的主儿，却不是不讲道理的人。

他沉默片刻，再次笑出声：“绝境？这就上纲上线了嘿？我说小姑奶奶，您就是想打抱不平，也得先弄弄明白，到底是谁逼谁呀？我一句话没说完，一个大花瓶连汤带水儿砸过来，要不是我躲得快，那得当场出人命啊！”

想起他眉骨处那块醒目的纱布，我被堵得无话可说，但还妄图解释一下：“可是……”

“好了好了。”他放柔了声音，“甭管闲事了，她的事儿你管不了。千万别去问她，彭维维的脾气是属山东驴子的，赶着不走打着倒退，越说越来劲。她要胡来你就让她胡来，你使劲晾着她，晾够了她自己就找台阶下了，听见没有？”

我闭紧嘴唇不肯接他的茬儿。

于是他换了话题：“你吃饭了没有？”

“没有。”

“出来吃，我请你。”

“不想出去，谢谢你了，再见！”不等他回答，我就匆匆放下电话。

在黑暗中又闷坐了很久，心口像压着一块磨盘，按一按就隐隐作痛，却找不到这块心病照应在什么地方。

草草洗完澡，正裹着头发收拾浴室，便听到有人敲门。我以为又是查验身份的警察，特意检查了一下防盗链，才小心地错开一条门缝。门一开，我不禁大吃一惊，几乎以为自己出现了幻视。

门外站着的，居然是孙嘉遇。

我隔着门缝说：“维维不在。”

“我知道。”他抬脚撑住门板，将手里拎着的纸袋，对着门缝晃了晃，“我是来找你的，送外卖。”

孙嘉遇带来的，竟是牛肉圆白菜馅儿的饺子。

没有在国外待过的人，大概很难想象长年旅居者对中国食物的刻骨思念。我才出来半年，就已经熬不住了。经常会在梦里走进北京的餐馆，奢侈地点上一桌炒菜，不过很多次，都是菜未进口，人就流着口水醒了。

奥德萨有中餐馆，价格昂贵暂且不说，颜色香气固然无法奢望，可连味道也是怪怪的，完全徒具其表。

有这些背景，也就不难想象，我见到那一饭盒圆胖饱满的雪白饺子，是如何垂涎欲滴。我没能忍住嘴馋，几十个饺子我就把自己卖了。

我放他进屋。

“有点凉了，你们有煎锅吧？热一热再吃。”他熟门熟路地摸进厨房。

我赶紧跟进去，从他手里抢过锅铲：“我来我来，你吃了吗？”

“你打电话的时候，刚刚吃完。”他退到厨房门口，“有个乌克兰朋友，最近忽然迷上了中国食文化，我们就都成了她家的食物处理机。”

“哦，那多好。”我顾不上多说，只胡乱应着。煎锅里嗞嗞作响的饺子，在鼻子尖底下散发着诱惑的香气，已经吸引了我的全部注意力。

锅铲上的水珠不小心落进热油中，嘭一声炸开了，其中一两滴落在手背上，不是很痛，却吓人一跳，我尖叫一声退后两步。

“真笨！”他抢着盖上锅盖，“还是我来吧。”

“不用不用……”我跳脚，“快快，围裙帮我拿过来。”

他取过围裙征询：“系上？”

“嗯。”我边翻饺子边点头。

他略微低下头，将围裙绕到前面，拦腰打了个结。但他的手在我腰间停留的时间，实在太长了点，我才觉得不妥，正要开口抗议，他的人已凑近，声音就在耳边：“你的腰真细。”

或许是呼吸，或许是他的嘴唇，轻轻擦过我的耳廓。我浑身一哆嗦，锅铲差点儿失手落地。

他轻笑，放开手，居然施施然出了厨房，隔着房门撂过来一句话：“别傻站着了，再不出锅就煳了。”

饺子味道还真不错，就是圆白菜有点软，大概是焯水焯得火候过了，口感不那么清爽干脆。

“慢点儿，小心别烫着，好吃吗？”

“好吃。”我一边往嘴里填着饺子一边意犹未尽地叹气，“什么时候再吃一顿猪肉白菜馅的？我快要想疯了！”

都说人离乡则贱，物却以稀为贵。国内几毛一斤的大白菜，到了这儿就变成稀罕物，平日难得一见。

他坐在对面含笑看着我，眼神却有些奇怪，像是想起了什么久远的往事，有点柔软，也有点恍惚。听到我的奢想，方回过神，伸手在我脑门上弹个栗暴，“你这小妞儿，怎么这么事儿啊？”

我扭头躲开了，只是闷头吃，心里颇有些瞧不起自己。如果我够义气，明白了自己想知道的，应该立刻站起来与他划清界限。可是维维黯然的神色还在眼前，我却没事人似的，竟和这个男人同在一个屋檐下，娓娓而谈闲话家常，是不是有点无耻?

“圣诞节准备去哪儿玩儿？”他问我。

我嘴里塞着饺子，半天说不出话，好容易咽下去，才回答：“哪儿也不去。节后我要考试，在家复习功课。”

奥德萨音乐学院预科生入系的淘汰率一向高得惊人，我一点儿都不敢懈怠。

“嚯嚯嚯……”他显然不相信，“那些学生我见得多了，哪一个不是拿着家里的钱胡造？有几个真正用功的？”

“我跟他们不一样。”我闷闷地说。

当年高考失利，对我是个沉重的打击。从小到大生活在赞誉中，走路一直都是抬着下巴的，一心以为自己是哈斯姬尔再世。没想到一跤栽在高考上，接到成绩那一刻，想死的心都有了。（注：哈斯姬尔，罗马尼亚著名女钢琴家。）

我用功，大半是为了重拾过去的骄傲。

孙嘉遇笑笑，没再说什么，起身在屋里四处转悠，什么都拿起来看一看，特别不见外。

等我洗了碗从厨房出来，就见他拎着块硬纸板，正翻过来掉过去地摆弄。

那快长条形硬纸板的背面，贴着一张标准的钢琴键位，平时不去学校的日子，我就用它练练指法，虽然简陋，但聊胜于无。

“你就拿这个练琴？”他抬起头，一脸困惑。

“嗯，怎么啦？”

“为什么不在实物上练？”

我撇嘴：“琴房太贵了，我基本上都是周末去，周末半价。”

半价一小时还要十五美金呢，简直是在抢钱，而且要提前一周预约。像我这样的预科生，想得到辅导教师的指点，更得另行付费。

他心不在焉地“哦”一声，轻轻放下纸板，见我按着胃部一脸不爽，忍笑问：“撑着了？”

我不好意思地点点头。方才吃得太急没感觉，这会儿才感到实在吃多了，胃部像个铅球沉甸甸地往下坠。

他揉揉我的头发，哈哈大笑："真是，又没人和你抢，吃不了你留下顿啊！"

我拨开他的手，翻个白眼给他，勉强维持着色厉内荏的表象，其实觉得自己特别没出息。

"我陪你出去散步消消食儿？"

我没得选择，只能点头答应。

离公寓不远就有个小公园，我们沿湖边慢慢溜达着，两个人都没有说话。白雪覆盖着脚下的草地，草还是绿的，上面结着冰碴儿，踩上去咔嚓作响。

湖面上结了薄冰，映着路灯闪着微弱的光芒。湖边生长着成片的野玫瑰和山楂树，据说暮春的时候会开满丰润的花，浓烈的香气让人沉醉，铁石心肠也会为之软化，但此刻看过去只有一片荒凉。

我穿着厚厚的羽绒服，裹得像个粽子，可还是冷，手指几乎僵硬。我脱下手套放在嘴边呵气。

他握住我的手，放进他的大衣口袋里。隔着厚厚的手套，我依然能感受到他的体温。那种感觉难以形容，仿佛极致的性感。

后来的情景我有点迷糊，事后回忆起来，影影绰绰地总不像真的，像梦中的碎片。

他转身轻轻抱住我，我忍不住开始发抖，想挣脱，以为他会吻我，但他没有，只是用嘴唇轻触着我的耳根。耳后颈部的皮肤像通了电一样阵阵发麻，如有一根细丝连着心脏，连带着心脏都频频抽紧。

"Diorissimo，"他低声说，"你果然喜欢这一款。"

是，CD其他款的香水，都太甜蜜或者太风情，并不适合我。只有Diorissimo纤细清冷，香味没有任何侵略性。我悄悄睁开眼睛，他的侧影轮廓分明，嘴角的线条却是说不出的孩子气。

忽然想起他孤零零站在警察局走廊时的样子，心里竟是一疼。

他的嘴唇终于不由分说地压了下来。我在昏乱中笨拙地配合着，并没有欲仙欲死的感觉，只是有点眩晕，可能因为缺氧。

天色晦暗，路边的煤气灯一盏盏点燃，照得周围一片雪白。眼前是落得光秃秃的树杈，纵横交错着伸向灰暗的天空，脸上有湿润的凉意，原来又下雪了。

我把脸埋在他的胸前，耳边是清晰的心跳。原来他还有心，而且好好地待在他的胸腔里，我暗暗叹口气。

他解开我的衣领，从颈部一路吻下去，嘴唇摩擦着我的锁骨，如羽毛般轻轻掠过。灵魂渐渐出窍，飘向不知名的去处。万籁俱寂的地方，适合吸血伯爵的黑披风出没，柔弱的猎物心甘情愿地成为他的受害者，在意乱情迷中幸福地沉沦，从此万劫不复。

维维的影子忽然在眼前闪过，我打了个寒战，如梦初醒，用力推开他。

这个人，浑身上下如有魔障，一旦接近，意志力会被完全摧毁。

“你怕什么？怕我吃了你？嗯？”他很意外。

我看着他不肯说话，眼泪一直在眼眶里滴溜溜打转。我的初吻，就这么没了！给了一个中国商人圈里有名的花心萝卜！

他伸手抱我：“宝贝儿……”

我再次推开他，撒腿跑了，全然不顾他在身后大声叫我的名字。

家里出乎意料地有灯光。我用钥匙开了门，多日未见的维维坐在灯下，正弯腰给十根脚趾涂指甲油，一种诡异的蓝紫色，看久了会眼睛痛。

“赵玫，家里有人来过？”她抬起头问。

我心虚得厉害，简直不敢看她：“没……是，同学来借琴谱。”

维维并没有留意我的脸色，点点头，又去服侍她的趾甲。

我松口气，也没敢问她这些日子去了哪里，蹑手蹑脚地回自己房间，躺在床上抚着嘴唇惆怅了很久。

维维这次回家，原来只为了收拾换洗衣服。第二天一早，我默默地看着她把衣服扔进箱子，想起孙嘉遇的叮嘱，存了一肚子话却无论如何开不了口。

最后她合上箱子盖，坐在我身边，熟练地点起一支烟。

我实在看不下去：“又抽烟又喝酒，你的声带会彻底完蛋。”

她是学声乐的，声带一旦受伤，则是不可逆转的伤害，对一个声乐系的学生来说，就意味着一切结束。

沉默片刻，维维冷冷地说："谁在乎？"

"你要去哪儿？"

"利沃夫，滑雪。"

"你自己？"

"嘿，利沃夫那种地方，当然要和男友一起去。"

"维维，你觉得自个儿真的高兴吗？"

她碾灭香烟，一脚一脚踢着脚下的皮箱："高兴！我为什么要不高兴？我不会为个不爱我的人糟践自个儿。我得活得好好的，气死他！"

我只好沉默，既然她明白自己在做什么，作为朋友也只能适可而止。

维维走了，十几天后才回奥德萨。圣诞节我一个人无处可去，平安夜是在安德烈家度过的。

安德烈的父母热情而好客，他还有一对十八九岁的孪生妹妹，活泼漂亮。听说我在学钢琴，便硬拉着我一起合奏，又逼着安德烈在一边伴唱。

我才发现安德烈还有一个好嗓子，唱起歌来低沉悦耳，有几分保罗·麦肯特尼的味道。

这个夜晚过得十分热闹，钟声敲十二点，大家乱糟糟地许愿，然后分拆礼物。我带来的礼物是一套中国的刺绣桌旗，恰好被安德烈的妈妈拿到，她很高兴，过来吻我的额头，连声说着谢谢。

像安德烈兄妹一样，我也得到一份圣诞礼物，一双彩色的毛线手套。大家皆大欢喜。

平安夜结束，在我的坚持下，安德烈送我回去。车一驶入黑暗的街道，曲终人散的孤寂让我沉默下来，感觉两颊的肌肉笑得酸痛，方才的欢声笑语仿佛来自另一个世界。

"玫，你是不是累了？"安德烈的声音也像来自遥远的地方。

"没有，就是有点困。"我强打起精神。

他看我一眼："你想好了？真不和我们去滑雪，一个人过圣诞节？"

"是啊，我要复习，不是跟你说了吗？"

他回过头专心开车："我总觉得你有心事，不知什么时候，就一下沉到自己的世界里去了，所以放不下心。”

我拍着他的肩膀：“我又不是三岁的孩子，你担心什么？”

他哼一声：“我知道你为什么。”

我忍不住笑：“你知道什么？安德烈，不要总是扮演先知，你会很累的。”

他不出声，一直把我送到公寓楼下，然后吻我的脸道别：“圣诞快乐，我亲爱的女孩！”

我站在大门口，眼看着他的小拉达摇摇晃晃地上了大路，才转身进电梯。

房间里黑魆魆的，只有室外的灯光映在家具上，反射着微弱的光泽，隔壁人家彻夜狂欢的笑声、音乐声，透过未关严的窗扇漏进来，愈发衬出一室岑寂，扑面而来。

平日无数细微的不如意处，身在异乡的孤独无助，在这个万众同欢的夜晚都被无限放大，催生出一股酸楚的热流，生生逼出我的眼泪。

这种时候，我通常不敢给爸妈打电话，怕控制不住自己的情绪，惹得他们无谓担心。

我只能捂在被子下面，断断续续哭了一场，等我蒙眬睡去，窗外的天色已经透亮。

圣诞节的下午，我是被手机铃声叫醒的。

我翻个身，极不情愿地伸出手臂，闭着眼睛摸到手机，含含糊糊地问：“谁呀？”

“孙嘉遇。”

我一下惊醒，霍地坐起来：“你干吗？”

“怎么这声儿啊？还没睡醒呢吧？快起来，我给你看样好东西。”

我真是怕了见他，于是随口扯了个谎：“我不在奥德萨，我出来滑雪了。”

“扯淡！”他在那头笑，“你说谎也打个底稿，我就在门外，电话声我都听见了。”

我屏住声息，果然听到有人在嘭嘭嘭敲门。我顿时哑口无言，脸有些发热。

“给你二十分钟，我在楼下等你，快点啊！”不待我再找理由搪塞，他已经不由分说挂了电话。

在他面前我好像总是处在被动地位，玩不得半分猫腻。于是飞快跳下床，以前所未有的速度刷牙洗脸梳头，然后穿衣戴帽。

外面天气很冷，又有点下雪的意思，露在外面的皮肤不一会儿就冻得颜色发紫，我不由自主地裹紧大衣。

孙嘉遇正靠在车门边抽烟，见我走近才扔下烟头，露出一口白牙笑道：“还行，挺麻利的。”

我依然为糊里糊涂失去的初吻耿耿于怀，努力板紧脸，冷冷地问他：“你要给我看什么？”

我冷淡的态度，他仿佛置若罔闻，极其戏剧化地拉开车后门，做了一个“请”的姿势：“亲爱的公主殿下，请看……”

两棵白生生绿莹莹的大白菜，静悄悄地躺在后座上，散发出诱惑的光泽。

“天哪……”我故作矜持的姿态一下消失得无影无踪，惊喜地问，“你……你怎么搞到的？”

他的唇贴近了，在我脸颊轻轻碰了碰，愉快地回答：“昨天使馆分大白菜，我正好路过，连夜翻墙进去，偷了不少。”

“又胡说！”

他看着我笑：“你管它怎么来的呢？先想想怎么吃了它。”

“哎哟，那就多了：醋熘、干煸、凉拌、白菜肉丝炒年糕……”我掰着指头数，数得口水都要掉下来了，最后我俩几乎同时说，“猪肉白菜饺子！”

他大笑，把我推进司机副座：“走吧，到我那儿去，全套的家伙什儿，就看你的水平了。”

孙嘉遇住在市区最好的地段，一座灰色的旧式小楼，分左右两户，上下两层。南面整扇长窗正对着波涛粼粼的黑海。上回和彭维维一起见过的那个老钱，还有另外一个姓邱的中国商人与他同住。

我感觉怪异，无论怎么看，他都不像能和不相干之人和睦而邻的人。

对我的疑问，他解释得云淡风轻：“哪天死在房子里，总算有人知道。”

“就是就是。”我再次想起失去的初吻，充满恶意地附和他，“省得肉烂了都没人知道。”

他回头瞪我：“你一个小姑娘，怎么说话这么歹毒啊？”

我故作委屈地撇撇嘴：“我说的是实话嘛，你别不爱听。”

我还真没有说谎，安德烈曾讲过一个故事，成功地恶心了我一个星期，看见肉就躲得远远的。

那个案子里，有一个福建商人，被同乡在室内杀死，尸体剁碎煮熟后冲入马桶，堵塞了楼下邻居的管道。邻居请来修理工，打开下水道后，发现里面充斥着碎骨和烂肉。

邻居还以为是被虐杀的猫狗尸体，气愤之下当即报警。警察在管子里掏啊掏啊，粉碎的内脏和筋骨取之不绝，最后看到一截人类的手指头，所有人都唬在当场。

此案曾在奥德萨轰动一时，并引起房屋租金暴涨，因为当地人宁死不肯再租房给中国人。

“你说说，好好在国内待着不好吗？非要出来，结果把命赔在异乡，图什么呢？”我十分不解。

对这个故事，孙嘉遇眉毛都没有抬一下，自顾自熄了火拔下钥匙，然后才说：“你还记得‘七公里’市场那档子事儿吧？”

我点点头。之前一直避而不谈，如今他终于提到这件事。

“那小子身中一百多刀，几乎没了人样，你知道为了什么？”

虽然亲眼目睹了那个命案，我还是狠狠地打了个哆嗦，忙不迭地摇头。

一百多刀，那得需要多大的恨意？

孙嘉遇冷冷地笑一笑：“他是青田帮的人，常年在‘七公里’市场收保护费，作恶太多，场内的商人都恨透了他，实在忍不下去，凑了钱，想请乌克兰当地黑帮做掉他。可惜那小子命大，提前得到消息，跑了。过了半年，他突然在附近出现，被人发现。一个电话，‘七公里’市场提前关市，满场商户几乎倾巢出动，终于找到他。结果就是你看到的。”

我的腿开始发软，简直拉不开步子，想起当日遭遇，依然手脚冰冷。

“动手砍人的，大部分是他的同乡，从没有案底的清白商人。浙江人平常说话软了吧唧的，砍起他来却一点儿都不手软，你就知道这家伙民愤有多大。"

我打着摆子问："最终结案了吗？"

"三十多号人，警察找谁去？法不责众。同乡会出面，塞些钱这事就完了。中国人内部的事，警察才懒得管。"

我说不出话来，原来真相是这样的。难怪他当时叮嘱我，不要对警察说一个字。

安德烈也说过，自打中国人来到奥德萨，犯罪率就开始直线上升。有浙江和福建两地黑帮迅速崛起的缘故，也因为喜欢身揣巨额现金的中国商人很容易成为本地盗匪眼中的肥羊。

孙嘉遇还没提到海关的盘剥、警察的勒索和同胞间的倾轧。就这么着，都拦不住乌泱乌泱前仆后继涌来的人群。

利字当头，命可以排在第二位。商人是这个世界上最奇怪的人。

"可不。"孙嘉遇回头嘲笑我，"幸亏你碰上的是这些商人，不然你这个倒霉蛋儿，早被人咔嚓灭口了。"

我忍着冷战跟在他身后四处参观，努力消化这些变态的故事。

这是一座俄式的传统建筑，原属于苏联时的一位退休政府官员。房间内线条流畅的橱柜和壁炉，处处记录着岁月的痕迹，已经陈旧的地毯和窗帘，仍然华美绚烂，依稀能感觉到往日的气象。

厨房是典型的地中海风格，刚刚整修过，有几处还能看到火烧过的黑色残迹。操作台上作料齐全，灶台上放着一口纯正的中国炒锅。

这几乎是我梦想中的厨房，我欢呼一声，上前跃跃欲试："酸辣白菜？"

"你真会做饭？我以为艺术家都不食人间烟火。"他倚在门框上讪笑。

"你才艺术家，你们全家都艺术家。"我就地啐他一口。

不从事艺术的人，总以为艺术是浪漫的代名词，其实艺术和其他职业一样，也会遭遇生计问题。吃不上饭的时候，艺术什么也不是，所以"民以食为天"才一直是颠扑不破的真理。

干辣椒和白菜一进烧热的油锅，厨房里顿时浓烟滚滚，欧式烟机形同虚设。我被呛得连打喷嚏，眼泪汪汪地推开窗扇换气。

菜才出锅，就听到大门被人打得一片山响。

我起初没做理会，等了一会儿门外还是一片嘈杂，屋内却无人回应，只好自己提着锅铲出去开门。

刚把门上的铁链取下，大门从外面“哐”的一声被人踹开，两个头戴消毒面具的人冲进来，一把推开我直奔厨房。

我踉踉跄跄退后几步，尖叫一声：“孙嘉遇！”

孙嘉遇闻声从浴室窜出来。我惊魂未定地指着厨房，一时间说不出话来。

他二话不说，拎起一把椅子就冲了进去。

我急叫：“喂喂，不是……”

话音未落，就见他臊眉耷眼地出来，一路陪着小心，把那两人一直送出大门。

我好奇地探头出去，看到门口停着两辆消防车。

孙嘉遇回来，一屁股坐沙发上抱头哀叹：“谁他妈的这么多事儿啊？一个月两次火警，房东会把我扫地出门。”

上一次自然是因为彭维维，可怜的邻居已经被吓得草木皆兵了。我知道闯了祸，躲在一边哧哧笑。

他被我笑得恼羞成怒：“还笑？再笑我就把浴衣脱下来。”

他只披着一件浴衣，浑身上下还在滴水，屁股下面一片水印。浴衣带子马马虎虎系着，看得出来，里面什么也没有。

突然间我面红耳赤，连忙把脸转到一边，真的不敢再笑。这人说得出做得出，我相信。

厨房里一片狼藉，到处覆盖着厚厚一层白沫。那盘酸辣白菜是不能吃了，另外一锅清炖牛肉也受了连累，只好倒掉。

我白流了半天口水，失望至极，不停地埋怨：“你说这些人是不是缺心眼啊？明明没火他救的什么火？”

看我一副沮丧的模样，孙嘉遇反而笑了：“好了，你现在有事做了，打扫厨房吧。”

他也换过衣服，和我一块儿跪在地上清理现场。两人奋战两个多小时，才把厨房收拾清爽。

我一天没吃东西，早已饿得前胸贴后背，肚子里不停地咕噜作响，最后的动静实在太大，连孙嘉遇都听到了。

他背过脸闷笑一阵，夺过我手中的抹布："甭管了，回头再说，我们出去吃饭。"

看看表已经晚上七点，我犹豫："明天还有课，我该回家了。"

他不容分说，拖起我就往外走："刚想起一地方，你肯定喜欢。快走，我也要饿疯了。"

车轮碾在冰冻的雪地上沙沙作响，车一直往奥德萨郊外驶去。窗外漆黑一片，只有前车灯的光柱里，看得到大片飞舞的雪花。

不知为什么，我有点害怕，老觉得有什么事要发生，忍不住问："咱们去哪儿？"

"拐你去卖。"他面无表情，同时伸出一只手，冰凉的手指在我脖子上摸索着。

明知他在开玩笑，还是忍不住起了一身鸡皮疙瘩。

车子停在一座乡间别墅前。他上前按铃，大门先开了一条小缝，接着才左右洞开，应门的是一位当地装束的老妇人。

孙嘉遇拥抱她，老太太则亲热地吻他脸颊，两人说话语速极快，我一句也没听明白。

孙嘉遇回头招呼我："赵玫，过来。"

我慢慢走过去，他握住我的手，给老太太介绍："妮娜，这是我的朋友。"

老太太对我点头笑笑，带着我们往屋内走。我注意到她的半边身体是歪的，一条腿仿佛不听使唤，走起路来异常艰难，却努力保持着脊背挺直的姿势。

我用力捏一捏孙嘉遇的手指。

"切尔诺贝利核泄露。"他用中文轻声说。

我张大嘴看着他。他摇摇头，示意我放松表情。

曾在网上看到过当年的照片，印象深刻。没想到事隔十几年，还能看到那场劫难的受害者。

进了别墅，只听得木地板在我们脚下咯吱作响，客厅内空荡荡的，仅有几间简单的家具。天花板上似乎有风掠过，屋里屋外几乎一个温度。

老太太站住，和孙嘉遇说了几句话，我只听得懂晚餐、厨房几个单词。

“我们去厨房，那儿比客厅暖和。”他简短地翻译。

晚餐很简单，只有一锅浓汤、一点土豆泥，还有孙嘉遇带来的列巴和中国双汇肉肠。

我已经饿过了劲，对着餐桌上的食物直发呆，不明白这家伙带我来这儿，到底什么意思。

他把一片白白的东西夹到我盘子里。

我打量着，满腹狐疑：“这什么？豆腐？”

“尝尝，尝尝就知道了，乌克兰名菜。”他特起劲地劝，我却觉得他的笑容不怀好意。

咬一口，味道还行，就是口感有点怪，我犹豫着再咬下一小块。

“还好？”他笑嘻嘻地问。

我点点头：“到底什么东西？”

“猪肥膘。”

“什么？”

“盐腌的猪肥膘。”他奸计得逞，乐得前仰后合。

我捂着嘴冲进卫生间，兜底吐了个干净。打小不挑食，就一个毛病，除了绞得粉碎的饺子馅儿，一点儿肥油都不能沾。

“你他妈的不是东西。”我吐得上气不接下气，恨不得刨个坑埋了他才解恨。

“啧啧，又说粗话，”他捶着我的背，还在贫，“这不你要求的嘛，猪肉白菜，咱一个都不能少。”

“滚开！”我气得什么似的。

“她没事吧？”镜子里出现老太太微笑的脸，“如果没事，请来书房喝杯咖啡。”

她的俄语缓慢清晰，我总算听懂了这句。

通往书房的门一打开，我立刻傻了，如入梦境。原来这里另藏着一个乾坤。

酸枝木装饰的天花板，四壁通天到地的书架，所有的书籍分门别类放置得整整齐齐。

我一路看过去，各种版本的钢琴曲集、歌剧乐谱和古老的胶木唱片应有尽有，整个房间如同一座包罗万象的音乐图书馆。靠墙放着一座老式钢琴，琴盖开着，白色的琴键已经泛黄。钢琴上方的整面墙壁上，挂满了不同质地的相框。

那些照片中的主角，都是同一个人，同一个年轻美丽的俄罗斯少女，背景是舞台、剧院、钢琴、鲜花……

有一张放得最大的照片，搂着少女肩膀的中年男子，看上去似曾相识。

我偷偷瞟一眼老太太，她脸上的皱纹如沟壑纵横，实在看不出和照片上的少女有什么相似之处。

她示意我坐下，声音温和却苍老："玫，你叫玫对吧？为什么要来奥德萨？"

为什么？因为这儿生活费便宜，签证也好拿。

可我不能说得这么露骨，丢咱泱泱大国的人。官方的标准回答一般是这样的："我热爱奥德萨，因为这里是世界著名钢琴大师吉列尔斯和里赫特尔的故乡。"

我自己再多发挥一句："还有Vitas，英俊的Vitas，也出生在这里。"

孙嘉遇正在一边坐着翻书，闻声抬头看我一眼，笑得极其暧昧。

我明白他想什么，无非是笑我花痴，索性再接再厉："好像《绝代艳姬》里的阉伶歌手，神秘美丽，令人神往。"

老太太忍不住笑了，笑得满脸皱纹像盛开的菊花，转身对他说："青春啊，我也这样过，崇拜喜欢一个人……"

慢着，我脑中突然灵光一闪，那照片中的中年男子，可不就是苏联的人民艺术家、毕业于奥德萨音乐学院的埃米尔·吉列尔斯？

那么，眼前这位老人……

我霍地站了起来，激动得说话直打磕巴："您……您是……"

她摇头制止我，笑容里有说不出的酸楚："都过去了……"

孙嘉遇站在她身后，皱着眉向我示意，我立刻乖觉地闭上嘴。但她的情绪明显受了影响，没说几句就借故离开了。

望着她踽踽离开的背影，我有点心虚："我说错话了？"

"没有，就是有点儿像。"

"喊！"

"喊什么喊？"他拍我的后脑勺。

"你怎么会认识她？"

"傻子，还没看出来？她就是我现在的房东啊。"

"啊？"我睁大眼睛，"那她为什么不在城里住，一个人待在这么荒凉的地方？"

"她丈夫是苏联时期的高官，不过很早就去世了。她自己倒是有几千卢布的退休金，解体前还像那么回事儿，能维持不错的生活水准，现在黑市换不到一百美金，不把房子租出去她靠什么活啊？"

我几乎立正回话，以表达我高山仰止般的崇敬："可她的名字，在钢琴界一提起，人们的景仰还是像滔滔江水连绵不绝。"

"没错，和她同时代的几个人，都在欧洲其他音乐学院任教，她因为身体原因才留下来。"

我充满向往地在胸前合掌："哎呀，要是她能辅导我的钢琴，给她做几年贴身女佣我都乐意。"

他看着我，一脸的不怀好意："对啊，她一封推荐信，抵你三年的努力，那你是不是该对我态度好点儿？"

我没理他，随手拿过几本乐谱翻着，心却在怦怦跳，为我未卜的运气而忐忑。

孙嘉遇笑笑，取了几张唱片走开。

屋角有一台古老的电唱机，好像四十年代黑白片中的道具，可是胶木唱片放出来，却有一种特殊的旖旎，书房里立刻溢满了《蝴蝶夫人》中那著名哀怨的咏叹调。

他顺手关门，又倒了一杯红酒，在安乐椅上坐下，闭上眼睛假装养神。

我思想斗争了半天，到底忍不住诱惑，走过去蹲在他跟前，讨好地说："喂，商量个事儿行吗？"

他睁开眼睛，指指自己的大腿："坐这儿来，坐这儿我才和你商量。"

我瞪着他，不肯挪动。他又不理我了，重新闭上眼睛。

我咬牙挣扎二十秒，终于满怀屈辱地坐上去。

他的唇角动了动，向上勾起一个不怀好意的弧度，懒洋洋地开口："你想商量什么？"

"问问她，肯不肯辅导我，我出辅导费。"

"嗬，好大的口气。"孙嘉遇乐了，眯起眼睛看着我，"她从不轻易收徒弟，那是要看资质的，不是天才她不收。不过，你连一小时十五美金的琴房都嫌贵，怎么付得起她的费用？"

我明白说错话了，登时臊得不行，更仇恨他有如此好的记性，连我随口说过的话，都记得一清二楚。

他坐起身，把我拉近一点，嘴唇轻轻蹭着我的面颊，柔声说："今晚不回去了，嗯？"

我不说话，心里剧烈挣扎着。下面会发生什么，我心知肚明，又不是十六岁的无知少女。

他寻到我的嘴唇，深深吻下去。如此缠绵的亲吻，似乎和第一次不太一样。我从头顶到脚趾都酥软下来，心中如生出无数密藤，只想找个东西死死缠住。

壁炉里的木炭安静地燃烧着，时不时噼啪一声，迸出一串火星。窗外大雪纷飞，室内却温暖如春。

大雪，壁炉，唱机，红酒，处心积虑的气氛和诱惑，他一直在引诱我，从开始我就知道。

他低下头，用牙齿一颗一颗解开我衬衣的纽扣。

杯中的红酒从上方一线流下，胸口一阵冰凉。他的嘴唇随即贴上来，或轻或重地吸吮着，我紧张得浑身僵硬。

"放松，宝贝儿，这是很舒服很奇妙的事……"他在我耳边低声说。

在他进入的时候，我还是忍不住哭了。因为疼，也因为相随二十二年女孩身份的失去。

人总是害怕未知的变数。

我知道自己在玩火。

但是，我愿意。

Chapter 4 第四章

歌　者

在荒凉昏暗的树林里，
你可曾遇见，
一个歌者在歌唱他的爱情和苦闷？
他的微笑，
他的泪痕，
还有那充满烦忧的温顺眼神，
你可曾遇见？
——普希金《歌者》

第二天，孙嘉遇直接送我去学校。

一路上两个人都很沉默，车内一片静寂。我把额头抵在窗玻璃上，对昨夜的事疑幻疑真。

事后他发现我是第一次时，脸上的表情非常古怪，并不见得是惊喜。一直到临睡前，他都不怎么说话，只是闷头抽了几支烟。

彭维维总说我纯洁，其实我并不是什么善男信女，毕业后在国内酒店混了两年，每天出入的地方，见识到的人也让我明白不少男女之间的事。

我自觉长得还算过得去，所以追求者也不少，平时总刻意同他们保持着距离，偶尔出去吃顿饭已是极限。他们觉得我拘谨而傲气，我却明白，并非不解风情，而是没有遇到值得放肆的对象。

如此珍视努力留下的第一次，只想在某天亲手交给一个心甘情愿的男人，可对方好像并不领情。

这一刻我对着窗外笑出来，世上多的是这种荒唐的事。后视镜里看到的，依然是自己那张再熟悉不过的脸，他究竟瞧上了我什么？

孙嘉遇似乎看我一眼，我却懒得回头。

车子在校门口停下。那座精致美丽的石头校门没有任何变化，我却在一夜之间，经历了女孩到女人的转变。

“到了。”孙嘉遇提醒我。

我什么也没有说，推开车门走下去。

他又叫住我：“等等。”

我停下来望着他。

“赵玫，有句话，我必须说清楚。”他没有看我，只是盯着前方的路面。

“你说。”

他迟疑片刻，像是在组织措辞，话说得很慢：“你愿意跟着我呢，我不会亏待你，可我得告诉你，我不打算结婚，这辈子都不会。你要是觉得不妥，我们就到此为止。”

我觉得自尊心受到沉重打击，沉默许久后问：“为什么跟我说这个？”

“我不知道你是第一次，不想你将来后悔。”他凑过来吻我的脸。

我侧头避开，忍不住冷笑的欲望。要说为什么不早说？如今搞得跟良心发现似的，不就是怕被缠上吗？传说他们出来玩的，绝对不会碰处女，担心将来甩不掉，他居然也是其中一个。

不过这种事，郎有情妾有意，本来就是一个愿打一个愿挨。他若以为我会像某些女人一样，事前半推半就，事后再哭哭啼啼要求男人负责任，四处哭诉上当受骗，还真是看错了我。这种受害者的姿态，打死我也做不出来。

我取出钱包翻了翻，里面只剩下二十多美金和一堆零钱。

“有句话我也要说清楚。”我把整张的钞票甩在他脸上，“孙先生，别以为你得手是因为你魅力无边，我还告诉你，那是因为我乐意，否则你门儿都没有。”

他瞪着我：“你想干吗？”

我索性抻开钱包，头朝下把所有的零碎纸币钢镚儿都倒在他身上。

这回轮到他愣住：“你他妈什么意思？”

“辛苦钱，昨晚您辛苦了，少是少了点儿，千万甭嫌弃。”我拍上车门扬长而去。

进了教室坐下，我才发现自己的右手一直在抖，怎么也止不住，或许因为一起颤抖的，还有我的心。要到这个时候，神经末梢才感到难过，难怪我妈总说我反应迟钝，神经反射弧比别人都要长。

我趴在课桌上，双眼发涩，浑身无力，对老师的声音充耳不闻。

上完课身上一个子儿都没了，只好饿着肚子步行回去。刚走出校门没多远，便听到有车子在我身后鸣号。

我回头，还是那辆黑色宝马，孙嘉遇坐在里面。

我从鼻子里冷冷哼一声，像没看见，转身接着往前走。

他的车子滑过来，嬉皮笑脸地说："上车吧，宝贝儿。"

"谁告诉你我会上车？"我忍不住回他。

他只是笑，悠闲地一下一下按着喇叭，那声音像极了军号，声声不息，半条街的目光都被吸引过来。

我涨红了面孔，不由得恼怒起来，拉开车门坐进去，大声质问："你想干什么？"

他故作无辜地睁大双眼："我想你了，行不行？"

我顿时败下阵来，扭过脸不再说话。

车子一起步，听到奇怪的哗哗声，回头寻找声源，却发现后窗被人砸了个窟窿，一大块塑料布堵在那儿挡风。

"哎呀，怎么回事？"没来由地替他心疼，暂时忘了彼此间的龃龉。

"进学校等你，把包忘车里了，结果搁那儿遭了小偷。"

"活该！"我觉得特别解气。

"赵玫，你别这么狠心成吗？" 他伏在方向盘上，神色哀怨，"你看看，我都没去修车，只顾着惦记你，怕你没钱回不了家。看在它的分儿上，甭和我较劲了，我错了行吗？"

我招架不住，自动举白旗投降。天不怕地不怕，最怕的就是男人发嗲。这人的确是武林高手，熟知对方的软肋，毫无疑问，这是他的撒手锏。女人都吃这一套，轻易就被破了功。

我想来想去，忽然想哭，有沦陷谷底的感觉。你说我干吗要招惹这种人？彼此根本就不在一个段位上，我怎么斗得过他？

"周末出来好不好？我带你去卡奇诺玩。"他边开车边问。

我摇头："周末要练琴。"这点自尊还有，不能呼之即来挥之则去。

"平时你干什么去了？"

"我告诉过你，周末琴房半价。"

"哦。"他暂时不出声了，过一会儿又开口，语气带着轻微的嘲谑，"刚才在教室后面看你，语言课还那么认真，真是好学生。”

我不答理他，索性闭起眼睛。

“赵玫，咱们商量个事儿成吧？”

“我和你没得商量。”

“别呀，你还没听见条件呢。”他把车停在路边，一五一十同我谈判，“我和妮娜说好了，每周两次，你去她那儿练琴，代价是周末陪我出去，这个交易如何？”

我几乎跳起来，妮娜就是他的房东老太太，真能被她指导，是做梦都不敢想的好事。

“怎么样？”他追着问。

“你不是说，她的课程很贵？”我担心我单薄的钱包承受不起。

“这个不用你操心，你只要告诉我，行还是不行？”

明知道我不会拒绝，还要做足姿态，我在心里呸了一声。可他仰起头笑的样子，牙齿颗颗雪白，黑眼睛里像要溅出水来，实在让人无法狠心。

算了，我叹口气，认命了：“成交。”

他似乎想凑过来亲我一下，看看我的脸色又识趣地退回去，发动车子上了大路。

车速一起来，后窗塑料布“呼啦啦”的声音极度刺激着耳膜，孙嘉遇却恍如未闻。

我回头瞟一眼，那块塑料布被气流顶出一个大包，从洞里直钻出去，像朵蘑菇云盖在车顶。我的天！

对面经过一辆车，可以清楚地看到司机因为惊奇张开的大嘴。

再招摇一阵，前方终于响起了尖利的警笛声，一辆警车迎面开过来横在车前。

“靠边停下！”那胖胖的警察摇摇摆摆走过来，却是一脸好奇，“怎么回事怎么回事？怎么跑车也要撑把雨伞？”

我暂时忘了自己的郁闷，差点儿笑昏过去，这位警察叔叔可真有创意！

后来我把这件事当笑话讲给安德烈听，他也笑个不停：“你们中国人真有制造冷笑话的天分。”

安德烈说，他加入警察队伍的第一天，就遇到中国黑帮的当街火并。

当时前方一辆沃尔沃拼命逃窜，一辆奔驰在车缝中辗转狂追，冲锋枪嗒嗒的点射声不绝于耳。

被惊动的奥德萨市民围在路边议论纷纷，几辆警车也跟在沃尔沃和奔驰后面凑热闹，可是警车都是拉达，终究跑不过奔驰和沃尔沃，很快就被甩得无影无踪。

“我当时看傻了，以为好莱坞在拍警匪片，还拼命往前挤，子弹在身边嗖嗖地过都不觉得害怕。回到警局才明白死里逃生。”说起这段经历，即使过了这么久，安德烈还是心有余悸。

“啊，你个白痴。”我取笑他。

他不服气：“你经一回就明白了。”

“我才不像你这么傻。”在他跟前我一向放肆，从不担心他生气。

安德烈并不介意：“你今天怎么出来了？你男朋友呢？”

我沉默下来，不知道该怎么回答。和孙嘉遇交往的事，我没有瞒着安德烈，他的失望虽然溢于言表，可是并没有因此疏远我。其实我自己也想不明白，怎么就和孙嘉遇稀里糊涂走到这一步。

犹豫半天，我敷衍地说：“他有他的事，不喜欢女人缠着他。”

安德烈耸耸肩，显然不相信我的话：“你真的爱他？”

又是一个我无法回答的问题。爱是恒久忍耐，爱是恩慈，爱是不嫉妒，爱是一生包容。如此复杂，我真的爱他？

和他在一起的时候，他总能让我笑出来；离开他身边，我就会想起不开心的事。心脏一下紧一下松，一会儿冷一会儿热，处久了会得心脏病，至少他给我的，不是轻松温馨的爱。

“玫，我为你担心，有很多事你都不明白。”安德烈明显有话要说，却欲言又止。

我非常不安：“安德烈，或许你对他有偏见。”

“不是偏见，我……算了，以后你会明白的。不过你现在最好想清楚。”

“懒得想。”我感觉疲倦，“这是我第一次为一个男人认真，不懂得如何对待男人。"

"你的精明只用在我身上。"他终于也有忍耐不住的时候，脸上是挂了相的愠怒。

"对不起，安德烈。"

是真的抱歉。我一直在欺负他，把他当垃圾桶倾泻情绪，他却毫无怨言。

"对不起。"我再次低声下气地道歉，我欠每个人的。

"算了。"他叹气，"十点了，我送你回去。"

在街道上我就看到家里的灯光，先吃了一惊，算算日子，便定下心来。

彭维维外出旅行十几天，应该回来了。

循着敲门声跑来开门的，果然是维维。她晒黑了许多，气色却很好，一头顺直的长发披散在肩头，光可鉴人，显然这一趟玩得很愉快。

"哟，回来了！"她活泼地看看我身后，"我在窗户里都看到了，是哪位男士有此荣幸，打动了你的芳心？"

我像是做了亏心事，依旧不能和她长时间对视："你别胡说，就一朋友。"

她咻咻笑："我又不是你妈，你紧张什么？不就是那只小蜜蜂吗？"

我躲进浴室冲热水澡，自己给自己打了半天气：她和孙嘉遇已经分手了，我这么做实在不能算挖人墙脚。觉得心理建设做得差不多了，我才换上睡衣出来。

维维正坐在沙发上吃苹果，拍拍身边的坐垫对我说："过来过来，跟我汇报汇报，我不在家这几天，你都做了点儿什么？"

这些天我心里七上八下，也没有人可讨个主意，一直堵得难受。犹豫半天，我问她："维维，如果一个男的跟你说，他不想结婚，是什么意思？"

她很敏感，看我一眼回答："是小蜜蜂说的？那还跟他混什么？直接踹掉。"

我低下头，感觉心如刀绞："那意思是说，他想娶的，不是我？"

"差不多。"维维咬着苹果直点头，"男人坠入爱河，是三十秒之内的事，他们老把性冲动当做爱情。可是结婚啊，那是另外一回事。"

“是不是男人和女人那什么了，对她的兴趣就会减淡？得一直抻着他才行？”

“那也不一定。太难搞定的，几次上不了手，他可能就撤退了，又不是仙女，非在一棵树上吊死。”她忽然笑起来，拧着我的脸问，“你今儿怎么了，净问些奇怪的问题？真和小蜜蜂那什么了？”

“去你的。”我脸红，着实白了她一眼，“我和安德烈只是朋友。”

也好，宁可她这样误会。我真是怕她，我一直无法忘记她眼睛里曾有过的煞气。

日子在我的忐忑中过得不咸不淡，时光流逝，窗外依然是寒冷的冬季，维维继续着她花枝招展的生活，依旧会时常失踪三五天不见踪影，不过那辆车牌“TTT”打头的奔驰，似乎再也没有出现过。

这段时间我和孙嘉遇的关系也相当奇特，周二和周四的下午，他送我到妮娜的别墅，傍晚再接我回来。我也只有这两天下午和周末可以见到他。其他的时间，我不知道他在哪儿，和什么人在一起，电话打过去，经常处于无人接听状态。

我异常彷徨，不明白别人的男友，是否也这样神龙见首不见尾。

找不到答案，我只能做埋头沙堆的鸵鸟，假装这些问题都不存在。幸好还有钢琴，我所有的喜怒哀乐，都可以寄托在五十四个琴键中。

妮娜平时是很温和的人，一旦谈到钢琴，就变得异常严格。对每一首练习曲的速度、音色和风格都有近乎苛刻的要求。

我引以为傲的基本功被贬得一钱不值，头两次几乎坚持不下去，每次回城都是灰头土脸，终于有天对孙嘉遇说：“我不干了！”

孙嘉遇第一次对我发了脾气：“瞅你那点儿出息！只能捧不能踩，你以为你是伊丽莎白二世女皇陛下？”

我低头不说话，眼泪一滴滴往下落，一直止不住。

他慌了神，又回头哄我：“好了好了，就算我说错话，你也用不着哭啊？”

我扭过脸接着掉泪。

这家伙居然拿把刀进来：“你剥我的皮做成你家门垫踩着出气行了吧？”

我“扑哧”一声笑出来，拿他一点办法也没有。

妮娜端着盘子上来，招呼我们喝咖啡，还有她自己烤制的点心。那些咖啡器具都是纤薄细腻的英国骨瓷，看得出当年全盛时期的旧迹。

聊天时我经常问一些很傻的问题，按照孙嘉遇的评价，都是隶属白痴级别的，妮娜却总是耐心作答，但她从来不谈自己。

我想了许久，揣摩着也许经历过真正的沧桑巨变，尝遍世间辛酸苦辣，很多事就变得欲语还休。

我练琴的时候，孙嘉遇通常拿本书在一边看。

有一次我忍不住好奇，伸过脑袋看一眼，结果差点被惊飞到九霄之外。他这样一个神鬼不吝的人，居然在看《圣经》。

那么上帝有没有告诉他，什么是求你将我放在你心上如印记，什么是带在你臂上如戳记?

我伸手盖在书上，连声感叹：“你怎么能看《圣经》呢？”

“你觉得我应该看点儿什么？”听出我话中的嘲讽，他合上书问。

我想了半天才回答：“厚黑学或者泡妞秘籍什么的。”

他捏着我的鼻子笑笑：“这两样，我都可以著书收弟子，用得着别人教？”

嘿。说他胖他还真喘上了，我不再理他，坐回去接着练琴。

下午的阳光从纱帘缝隙射进来，细细的灰尘飘浮在空气里，让人有时间静止的错觉。

我留恋这一刻的温馨，忘掉他所有的劣迹，觉得日子一直这样过下去，也不坏。但他的手机铃声一响，所有的遐想都被打回原形。

我听到他和妮娜说话，似乎是港口的货物出了事。

告别时，妮娜拥抱他，满心不安溢于言表：“一切小心，我的孩子。”

他来不及送我回城，直接开到几十公里外的海港。一路上的沉默吓到了我，平时他可是开了闸门就合不拢口的人。

他去了海关，我在港口外一家小咖啡馆等他，坐立不安。

直到八点孙嘉遇才回来，脸上的气色非常难看。我点了汤和三明治，他只喝了一口便放下。

“出了什么事？”我提心吊胆地问，印象里他永远是举重若轻的模样。

“没事儿，两单货被罚没了。”他摸出烟点燃，看上去情绪基本已恢复正常。

我松口气，一口喝尽杯中的水，并没有意识到这件事的严重性。

回城的路黑魆魆一片，不见一盏路灯，只有道路中间的猫眼石，在车灯的照耀下闪闪发亮。

我靠在车座上昏昏欲睡，模糊中忽然感觉车子开始走“之”字。我惊醒了，非常诧异，因为孙嘉遇的技术一向很好，车开得相当平稳牢靠。

“你是不是困了？”

他没有回答，靠路边停车，伸手按下开关，车门咔嗒一声全部落锁。

“你要干吗？”我茫然问道。

他从杂物屉中摸出一盒药，药盒上印着“Atropine”。

我呆呆地看着他吃药，扣子大的白药片，没有水，他就那么干咽下去，药物刺激到咽喉，他伏下身呕吐。除了那片药，却吐不出任何东西。

Atropine？阿托品？我忽然反应过来，去摸他的额头，被他伸手挡开，厉声道：“别碰我！”

我条件反射一般缩回手。

他弯下腰，额头抵在方向盘上，背对着我躬起身体，车厢里只能听到他大口大口的吸气声。

我手足无措地看着他，眼泪刷刷就下来了。

时间像过了一个世纪，他终于缓过一口气，虚弱地对我笑笑：“你别怕，是胃痉挛，一会儿就过去了。帮我给老钱打个电话。”

我的手直哆嗦，连着拨错几次才算接通。

他对着话筒说：“老钱你赶紧通知货主，这几天千万别从仓库提货，过了这个风口浪尖再说。”

老钱还在啰唆，他已经扔下电话。下面的发作似乎更痛苦，他出了声，身不由己地攥紧我的手，额头上全是汗。

“喂！喂！小孙，你怎么了？”老钱的声音透过话筒清清楚楚地传出来。

到了这会儿，我反而镇定下来，拾起电话报上我们目前的位置。

“知道了，我现在带车过去。你记得锁好车门，千万不要出来。”

我想替他把座椅放平，孙嘉遇按住我的手：“别！”他朝窗外使个眼色。

我抬起头，全身血液几乎凝固。车外有可疑的人影在晃动，还有人趴在玻璃上往里看。这才明白，为什么他和老钱都强调车门落锁，这辆车实在太扎眼。

想起附近常有车主被洗劫一空的传说，我的手心开始冒汗。

他安慰我：“别怕，最多把现金都给他们。”

我反问：“他们要是劫色呢？”

孙嘉遇像是缓过劲来，又开始胡扯：“那还用问？把你双手奉上，自己赶紧逃啊！”

我气得直笑，他从来不肯好好说一句话。

半小时后，老钱那辆白色的标致旅行轿车终于在视野中出现。

他跳下车，用力拍打着我们的车窗。看到同行的还有三名高大剽悍的乌克兰人，我的心方才落回原处。

“小孙你没事吧？出什么乱子了？”看上去老钱也很紧张。

“海关的老大换了，原来的投资全废了。”孙嘉遇已经换到后座上躺着，气息微弱，听得让人心疼。

老钱恍然大悟：“我说呢，今天市场里到处都是税警和警察。”

孙嘉遇一下坐起来：“坏了！莫非三家联手上演廉政风暴？”

“不会这么衰吧？”

“宁可信其有，这也不是第一次。马上跟他们说，所有仓库今晚全部转移。”

“行行行！”老钱不停地点头，“我去好了，你赶紧回去休息。”

“我跟你一块儿过去。万一这回来真的，肯定是大动作。”

我坐在旁边迷迷糊糊地听着，心里直犯嘀咕：上帝啊，怎么这么像贩毒集团啊？

打完电话，孙嘉遇又用俄语和那几个当地人嘀咕一会儿，回过头安排我：“赵玫，跟车先回去。”

我惦记着他刚才的难受，死活不肯走：“我和你一起去。”

他烦躁起来："你甭给我添乱成吗？"

狗咬吕洞宾，不识好人心。我瞪着他，忍不住就哭了。自从认识他，我的眼泪多得像坏掉的水龙头，止都止不住，而且说来就来。

老钱过来打圆场，塞给我一把钥匙："别哭别哭，回我们那儿等着，小孙是心疼你，听话！"

"老钱……"孙嘉遇极其不满。

"邱伟今天又不在，她去没关系。"老钱不让他说话，拉起他走了。

我回到他们的住处，先是坐在客厅里等，往家里拨电话，维维照例不在。后半夜实在顶不住，走到楼上合衣躺倒。

他们回来的时候，已是凌晨五点。孙嘉遇带着一身寒气进来，一头栽在床上，半天一动不动。

我拉过被子盖在他身上，摸他的脸，冰凉，手也凉得像冰块。我有点害怕，忍不住摇晃他："脱了衣服再睡，给你热碗粥？"

他摇头，手脚麻利地褪掉外套，打着哈欠钻进被子，搂着我梦呓一样地说："乖，别乱动，让我抱你一会儿。"

不出五分钟，他的呼吸声变得均匀，人已睡熟。我却闭着眼躺了很久，再难入睡，于是从他怀里爬起来，蹑手蹑脚地走出卧室。

老钱正一个人坐在餐桌旁狼吞虎咽，我把昨晚煮下的牛肉粥盛一碗端给他。

他笑着说："行啊，玫玫，看不出你还这么贤惠。"

他叫得如此肉麻亲热，我非常不适应。我忘不了第一次见他时，那只停在维维肩膀上的手。

说起来，老钱也曾是某大学的俄语讲师，言行举止却有一种说不上的猥琐，或许是我多心。

我往旁边挪了挪，问他："嘉遇的病，是怎么回事？"

"老毛病了，一遇精神紧张或者情绪不好，他就颓了。话说回来，做我们这行的，就没几个肠胃正常的。"

"怎么会这样？"我奇怪。

"三餐不定时啊，姑娘。"老钱苦着脸说，"早餐来不及，白天在海港吹一天冷风，晚上八九点才能回城，一天的饭都攒在晚上一顿解决，又老是提心吊胆的，不落下毛病才怪。”

我听得心里揪着疼。这些事，孙嘉遇从来没有告诉过我。平时只见他不把钱当回事，没想到这份钱挣起来如此艰难。

他总是跟我说：“你自己的功课都管不过来，操那么多闲心干什么？”

“昨晚你们干什么去了？”

老钱瞥我一眼：“小孙没跟你说？”

我摇头：“他刚睡了。”

老钱喝完粥，原来灰败的气色添了点油光，兴冲冲地说：“其实也没干什么，就换了几个仓库。知道我们把货放哪儿了？”

“我哪儿猜得到？”

“知道你猜不到，没人猜得到。嘿，就在市消防队的车库里，塞点儿美金，他们就把消防车开出来腾地方了。”他乐得合不拢嘴，“你别说，那两次火警还挺值，居然拉上这个关系。”

我没说话，专心听他一个人炫耀，可我知道，他对我有好感，所以才会急着讨好我。

女人对不爱的男人，一向判断准确；遇到心仪的人，智商就自动归零。

不过我也很疑惑，清关公司和货主之间，采用的是包柜包税的方式，货主按货柜数量缴纳费用，清关公司帮助通关，如果货物被罚没，损失的也是货主，和清关公司有什么关系？他们为什么这么紧张？

我说出我的疑问，老钱“扑哧”一声笑出来：“你想得太简单了，天底下哪儿有这么便宜的事？一个集装箱，通常值七八万美金，说没了就没了，货主不会善罢甘休。”

他耐心对我解释，乌克兰过高的关税，已经把灰色清关逼成了进口商品的正常途径。如果认真清查，“七公里”市场的中国货，几乎都能找到逃税走私的证据。

为了帮助货主逃税，清关公司一般采用低报货物数量、更改货物价格和名称的方式，这是不能见光的手段，所以通关后货主拿不到任何官方的清关单据。

以前清关公司和货主的交接地点，通常在港口。因为出了海关，就不再是海关的管辖地盘，可从港口到仓库这段运输路程，是最容易被税警和警察盯上的地方，在这里被查到，也会被没收全部货物。

货主们吃过数次大亏，后来就开始要求在市内仓库交接，因此如今的清关公司还要负责货物的运输。

“越来越难喽，”老钱感叹，“以前的好日子再也回不来了！”

我凝神细听，努力捕捉着每一个信息。因为想了解那张玩世不恭的面孔后，是否隐藏着不为人知的真面目。

“要是真出了事，会怎么着？”我追问。

老钱想了想答：“斯文点的，大家好说好商量，都要做生意，谁也不愿出事对吧？可能一家一半损失……”

“不斯文的呢？”

“那就难说了。我们被人拿枪逼过。”他指指太阳穴的位置。

我打了个冷战，觉得腿软，慢慢坐下来。今天的咖啡苦得不能忍受，我连丢进去两块方糖。

“为什么做这行，因为钱来得快？”我无法理解。

他仰头打着哈哈：“我只能做这个，百无一用是书生，说的就是我。至于你们家小孙，那是个long long story…”

老钱蓦然住嘴，因为孙嘉遇站在厨房门口。

“你和她胡说什么？”他皱着眉头。

“你们吃，慢慢吃啊，我出去办点儿事。”老钱笑笑，站起身回避。

我奇怪地问他：“怎么不睡了？”

孙嘉遇坐下来摸着肚子：“饿得睡不着。”

我把粥重新热过，又煎了两个鸡蛋，倒上点生抽和醋，一起端给他。

他搅着粥里的牛肉粒看半天，闷头喝两口，才整整表情：“昨天的事，对不起，我说话太冲了。”

我没说什么，低头走开。

“真的，我都说‘对不起’了，你就开恩对我笑一笑行不行？”

“我没生你的气。”我低声说。

“那你拉着脸做什么？”

“就昨天……看你那样，我心里特别难受。”我断断续续地说，眼眶里掉出两滴眼泪，背着他抬手抹去了。

我的喜怒哀乐，一直都是由他控制，我早已经放弃。

他走过来，从身后抱住我，下巴搁在我的头顶摩挲着：“好了好了，没事了。你看我好好的，哭什么？别哭了……”

我还是垂着头不说话，想起大门钥匙还在裤兜里，取出放在他的手心里。

他摊着手心依旧伸在我眼前：“你留着吧。”

我愣了一下：“太危险了，你怎么能随便把钥匙给人？”

在乌克兰的中国商人，因为彼此之间都是现金交易，所以个个把门户安全看得比天还大。不过话虽这么说，我心里还是受用的。

他斜睨着我，指指自己：“这里什么都没有，除非你见色起意。”

我想笑，却没来由地一阵心酸，忙把脸转到一边。

他扳过我的脸：“怎么又哭了？”

我呜咽出声：“人家是心疼你，不想看见你受罪。你当面就给人难堪……”说完自己也觉得肉麻不堪，眼泪立刻就收住了。

“我知道我知道。乖，不哭了。”他胡乱吮着我脸上的泪珠，接着不停地抱怨，“哎，我说，你怎么是个泪弹啊？”

我用力拍打他的背，啼笑皆非。

饭后，孙嘉遇送我去学校。

他的宝马就胡乱停在院门外，车门半开着，居然没锁。我乘机啰唆他：“你什么记性？”

他自知理亏，也没说什么，但拉开门一看，我们两个登时全愣住了。

司机座椅居然没了！

“靠！”三十秒错愕之后，他把手包狠狠地掼在地上。

我则开始大笑，真是，这世道什么稀罕事都有。

老钱早已出门，他又急着出去办事，只好拿把椅子放在空当处。

我坐在副座上，看着他痛苦不堪地起步刹车，那把椅子跟着前仰后合，他一次次撞在车玻璃上，笑得眼泪都出来了。

“嘿，该吧。”我幸灾乐祸，“谁让你那么招摇，非要开辆宝马。开宝马的能有好人吗？”

他咬牙切齿地回应我：“赵玫，你当心，看我晚上怎么收拾你！”

我哼哼着说：“我才不在乎，反正每次腰酸腿软爬不起来的都是你。”

他狠狠在我脑门上弹个栗暴，我奸笑着跳下车跑了。

回到教室，才感到睡眠不足的痛苦。一个接一个呵欠，两眼泪汪汪地几乎睁不开。

一个多月过去，市面上一片平静，除了海关需要上上下下重新打点，孙嘉遇担心的事并没有发生。他们如临大敌紧张了一段日子，见诸事太平，又开始恢复常态。

我和孙嘉遇在一起的时间也多了起来，他开始带我出入一些朋友的聚会和娱乐场合。我这才发觉，他一直玩得很疯。

他每天的睡眠非常少，经常晚上七八点才能回到市区，那些狐朋狗友一声呼哨，又结伴去卡奇诺赌场玩到半夜，第二天一早照样六点起床，然后开车去港口。

在一个完全陌生的国度，因为语言和背景的不同，电视、报纸统统绝缘，又无法融入当地人的生活圈，平日压力既大，这些中国商人日常的娱乐只剩下赌博一条路，还有一个减压的消遣，就是泡妞。

奥德萨最大的卡奇诺，有一半的侍应生会说中文，可见中国顾客在这里的比重。

发牌员里也有女性，穿着统一的白衬衣灰马甲，冰冷而专业，并非我想象中的艳女。真正的诱惑，是那些整日流连在赌场内，穿着暴露的女性客人，种族繁多，容色各异，是一道极其养眼的特殊风景。

孙嘉遇明显不好赌道，每次五百美金，输完了立刻就撤退，没有任何流连。除了特别场合，他这个人又几乎滴酒不沾，唯一可以被人利用的弱点，恐怕只有美色。

他在卡奇诺里人缘极好，那些洋妞儿经常无视我的存在，扑在他身上腻声叫着：“马克马克马克……”水汪汪的大眼睛瞟着他，更是恨不得当场生出两把钩子来。

孙嘉遇似乎很享受这种左搂右抱的艳福，从兜里取出一沓十美元的纸钞，一人一张，雨露均沾，招来一片尖叫，好像他是圣诞老人。

我冷眼瞧着，勉强压抑着怒气，不想当着朋友的面给他难堪，出了门才沉下脸，一个人往前走，再不跟他说话。

他追在我后面说："你吃什么醋呀？这不就是逢场作戏吗？我又不跟她们上床。"

我站住脚，正色道："孙嘉遇，你知不知道什么是尊重？当着我的面，你能不能收敛一下，哪怕做戏给我看呢？"

"行行行，我知道了，一定照办。"他一迭声地答应，叹口气去开车门，"女人就是trouble本身，这话说得真正确。"

我既留了心，平时也就听到不少关于他的风流韵事。他有一个著名的绰号，叫"队长"，全称是"大清炮队队长"。

我终于知道了"大清炮队"的原创者。

说的是今年夏季的某一天，这帮闲极无聊的家伙想找点乐子，便在报纸上登出广告，说某个中国电影摄制组要在当地找一名女主角。结果上门的女孩子多得乌泱乌泱的，个个年轻美貌。

他们索性一不做二不休，在饭店里租了一个房间，一本正经地开始挨个儿面试，把人家的背景和联系方式盘查得一清二楚，好留待日后勾搭上手。

有那么一两个脑子清楚的，问起电影的名字，其中充当钓饵的，也就是男主角的孙嘉遇急中生智，随口说出这个名字，"大清炮队"由此变成了一个脍炙人口的称呼，应时应景。

本来挺搞笑的事，我听了却实在笑不出来。有时半夜两三点醒来，把整件事从头到尾回顾一遍，实在无法理解自己的迁就和选择。

见不到他的时候，想的是他的花心和滥情，见到他就忘记一切，一颗心飘来荡去，找不到合适的地方安置。

毫无理由的沉沦。

为这样一个人。

我另有一层担心，彭维维现在一直以为我和安德烈在拍拖，所以偶尔夜不归宿一次，她除了取笑我两句，并没有任何疑心。可我和孙嘉遇这样公开出双入对，早晚有天会撞见她，到时候我该如何面对?

我想和维维谈谈，可每次面对她，都不知如何开口。

感情的道路如此晦暗不明，看不清真正的结局，彷徨中我只能接着做鸵鸟，一天天混着日子，朝着唯一的亮处走。

那些日子最大的安慰，就是我的功课。

在妮娜的指导下，我的钢琴进步神速，惹得辅导教师啧啧称奇，叽里咕噜说了一堆赞美的话。我的俄语进境也一日千里，已经可以和当地人做简单交流，她的话我没有全部听懂，但总结归纳一下，大意就是武侠里打通任督二脉的意思。

我在扬扬得意之余，仿佛慢慢找回失去很久的自信。

这天课间，接到安德烈的电话，他问我是否愿意陪两个妹妹去“七公里”市场买点东西，因为我可以用中文讨价还价。

我说当然没问题。

“七公里”市场的得名，是因为它距离市区七公里。十几平方公里的面积，由一排排废旧集装箱货柜组成了一家家商店或者公司。这里以批发为主兼营零售，类似国内的小商品批发市场。

课后我带着安德烈的妹妹在市场里逛，挨着商店试衣服，女孩子们最喜欢中国的真丝衬衣和羽绒服。

她们进一家店试衬衣，店主乍见到漂亮的少女，精神大振，撂下其他客户，赶过来鞍前马后地服侍。

我帮她们还价，一口气砍落三分之二，店主怪叫：“姑娘，你不帮自己人帮鬼子！”

我哂笑：“得了吧，这件衣服在秀水也不过三十块人民币，您见好就收，差不多就得了。”

他扶着额头叹气：“小姑奶奶，你这不是坏我生意吗?求你了，抬抬手饶哥哥这一遭儿行不行?”

我笑笑，也不好太过分，于是退到店门口等着。百无聊赖间，忽然瞥见一个熟悉的身影，正站在一家店外。

这家伙不去海关，跑这里做什么？我蹑手蹑脚地走过去，想给他一个惊喜。

正在这时，一个五六岁的黑发小男孩从店内冲出来，一把抱住他的大腿。

这一刻，我几乎不能相信自己的耳朵。

那孩子叫的是："爸爸！"

我如遭雷轰，半边身体麻痹，几乎不能动弹。

他抱起孩子往店里走，一个苗条的乌克兰女子迎出来，搂住他的腰身。

那真是一个美丽的女人，五官完美到无可挑剔，小巧的面孔上有一种忧郁的气质，金色的头发在阳光下闪闪发亮。

我钉在原地，全身因惊惧而颤抖，这到底是幻是真，还是一场噩梦？

可那明明是孙嘉遇，阳光在他头上肩上圈出金光，远远看过去，他们两个就像一对璧人。

他低头，温柔地吻她额头。

我闭上眼睛，双目火热干涩。再睁开双眼，眼前已没有人影。

我失魂落魄地往市场外走，扔下安德烈家的两个女孩。不知道该去哪儿，只是茫然地沿着大路不停地走，渐渐汗湿重衣。

路过的司机放慢车速："顺风车？"

我拉开车门便坐上去，管他去哪里。心中酸痛不能控制，眼泪顺着眼角不停地滑落。

那好心的司机说："你家的地址？我送你回去。"

我在恍惚中说起中文："四元桥×××小区。"这是我家的地址。

他看我一眼，不出声，把整个纸巾盒递过来。

我把脸埋在膝盖上，忽然间笑起来。

太荒谬了，这种电视中的蹩脚桥段，怎么会发生在我身上？我用手紧紧地捂住面孔。

司机把我放在济里巴斯大街附近，犹自安慰："不要为打翻的牛奶哭泣。"

连陌生人都明白是怎么回事，我微笑着和他挥手告别。

第四章 歌 者

济里巴斯大街的两侧都是五十年以上的大树，夏季的时候浓荫蔽日，鹅卵石铺成的道路上，一座座精美的酒吧，透出浓郁的欧洲风情。但现在是冬季，人烟稀少来去匆匆。

我坐在路边的长椅上，大脑一片空白。湿透的内衣黏糊糊地贴在身上，寒风吹过浑身冰凉。

手机在包里一遍遍振动，我懒得去看。电池耗尽，它终于呜咽一声没了声息。

街边的路灯一盏盏亮起，我依然坐着，直到警察来干涉："小姐，是否需要帮助？"

我说："我想回家。"

"请问你的地址？"

我摇摇晃晃站起来："我的家在北京，你帮不了我。"

他愣了片刻，大概以为我是个醉鬼，摇摇头走开了。

几乎是凭着本能走回公寓，浑身上下摸过一遍，却找不到钥匙。屋漏偏遭连夜雨，我靠墙坐下去，神志逐渐模糊。

"赵玫，快醒醒，你怎么睡在这儿？"半夜回来的维维拼命晃着我。

我打掉她的手："让我睡觉！"

她几乎是把我拖进房间，放了一缸热水，和衣把我按了进去。

热水驱去寒气，我渐渐清醒过来，想起白天那一幕，胸口几乎疼得喘不过气。

"出了什么事？"维维抱臂站在浴室门口。

我不出声，紧紧闭着眼睛，想阻止眼泪流出来。

太傻了！那些女孩子拉出来，个个胸是胸、臀是臀，我有什么？我连维维的条件都比不上，居然痴心到以为能令浪子回头，金刚钻化成绕指柔。

维维用力拍着我的背："你怎么傻成这样？再怎么着也不能糟蹋自己呀，你想死啊？"

我心如刀割，却如哑巴吃黄连，有苦道不出。人人都知道他是个花花公子，只有我傻乎乎如飞蛾扑火，枉做旁人的笑柄。

"赵玫，说话呀！"她着急。

我终于横下心："维维，你真想知道？"

"废话！到底什么事？难道失恋了？"

我听到自己的声音变得极其陌生："恭喜你答对了。今天我看到他的老婆孩子。"

"那小警察？行啊，真看不出啊！"维维火暴地撸起袖子，"等着，明天我找人给你出气。"

"不是他，那人你熟悉。"不是不羞愧，她警告过我，不要碰那个人。

她反应极快，明显一愣，随即微微张开嘴，像是听到世上最大的笑话："孙嘉遇？"

"是。"

我等着维维暴跳如雷，她却没有如我想象一般跳起来，反而慢慢地坐在马桶盖上，哑然失笑。过一会儿不知从哪儿摸出一盒烟，抽出一支凑着火机点燃。

"真他妈的丢人啊！"看着青烟在空中袅袅飘散，她微笑着开口，"为了那个浑球，我们两个前仆后继，到底吃错了什么药，啊？"

因为羞惭，我低着头一声不响。

"他有个外号，叫'队长'，你知道吗？"

"知道。"我的声音低得近乎耳语。

"我和他闹翻，就是因为他和当地妞儿胡来，被我撞个正着。"她依然微笑，笑容却极其僵硬，"他明知我最恨人骗我，还是和我玩尽花样。可我没有想到，他还另有埋伏，连孩子都生下了！行，算他牛逼！"

想起她第一个男友做过的事，心内不禁恻然。可眼下我自身难保，也想不出什么话安慰她。

维维转头问我："你打算怎么办？"

"吃饭睡觉，该干什么干什么。"我水淋淋地从浴缸里站起来，一路滴着水进了卧室，剥掉湿透的外衣。

还能干什么？打上门去兴师问罪？别人一句咎由自取，我就得败下阵来。何况还有孩子。成人罪不可追，孩子总是无辜的。

我锁上门，拉过被子蒙住头。

天快亮的时候，终于迷迷糊糊地睡过去，而且做了一个梦，梦中我喜滋滋地告诉维维：原来我今天下午看到的，只不过是场噩梦，原来我是在庸人自扰。

梦醒以后我睁着眼睛愣了半天，心口还残留着那种如释重负的愉快感觉。都说中国男人有处女情结，我也有。自己如珍似宝地捧出去，到头来却是一场笑话。

我翻身，脸埋进枕头，死了算了！

闹钟恰在此刻不合时宜地狂响，我挣扎半天，还是恹恹地起床刷牙洗脸，眼睛肿得像烂桃。

“请一天假？”维维征求我的意见。

我摇摇头，掏出手机充电。一开机，只听到短信滴滴滴不停地往里进。

“玫，为什么无故失踪？”

“玫，你还好吗？”

“玫，你在哪里？”

“玫请速回电话。”

“求你回电话。”

“玫，玫，玫……”

我只好拨回去：“安德烈，我没事，昨天有点不舒服，请替我向妹妹们道歉。”

“你总算回电话了，让我担心死了。”他在那边长出一口气，“你病了？我现在去看看你好吗？”

“谢谢，不用了。我很好，马上要去学校。”我一口回绝。现在我不想见任何人。

“那也好。”他犹豫一刻说，“接下来我会很忙，你可能找不到我，过几天我再联系你。”

几天之后，我才明白安德烈在忙什么。

下了课在快餐店吃汉堡，前面的食客留下一份报纸，头版头条醒目的大标题：“海关税务警局联手，严厉打击商品走私”。

特别报道中提到，三名有严重走私嫌疑的中国商人被警方传唤，孙嘉遇的照片赫然在列。

我麻木地看着，汉堡中的酱汁淋在报纸上。我团成一团，随手扔进垃圾箱。

这个人，已经和我没有任何关系。

书上说，人类都有自我催眠的天性，这是保护自己的一种方式。谎言重复千遍，就会变成深信不疑的事实。

我尝试着忘掉他，喉咙处却似哽着一团烂棉花，五脏六腑被只无形的手拧成一团。

维维也看到了，她对此报道的评价是：恶人自有恶人磨。

其后三天，各家报纸陆续有跟踪报道，最终却只有一名嫌疑人被警方正式指控，其余两名无罪释放。这两人中就包括孙嘉遇，因为奥德萨警察局找不到任何确凿的证据，证明他长期从事走私。

我觉得警察实在太笨，其实走私的货物就在他们眼皮子底下，奥德萨市消防队的车库里。可是丈八灯台往往照不到自己，对方实施的又是敌进我退、敌退我进的游击战术，区区一个奥德萨警局如何对付得过来？

维维失望之下，把报纸一扯两半，拍着桌子大骂："Bull Shit！"

我看着维维，略微有点吃惊，没想到她会这么恨他。

而我连恨的力气都没有。

后来几天孙嘉遇一直在找我，每次看到那个熟悉的号码，我都直接挂掉。他执著地一次次拨进来，我终于不耐烦，干脆把手机关掉。

不能再去妮娜那里练琴，时间忽然多出来一大块，我开始在家里大扫除，床单、被罩、沙发罩都扔进洗衣机里清洗，连平时上学背的双肩包，我也甩进洗衣机。

被认为已经丢掉的钥匙，离奇地在洗衣桶里重新现身。我举着书包对着光线研究半天，才发现包里的内衬破了个小洞，钥匙就是从这里滑进了夹层。

那串钥匙中，有一把与众不同的大钥匙，是孙嘉遇住处的。

我拿着它踌躇半晌，还是决定亲自走一趟，把钥匙给他送回去。万一他的门户出点问题，我浑身长嘴也说不清楚。

出来开门的却是老钱，头脸缠满纱布，包裹得像个木乃伊，胳膊吊在胸前。

我被他的怪模样吓得倒退一步。

“车祸，碎玻璃划的。”他摸着自己的脸苦笑，“玫玫，你这段日子是怎么回事？电话不接，人也不见踪影。”

我没回答他的话，朝他身后张望：“我找孙嘉遇，他在吗？”

他很惊奇：“你不知道？小孙还在留院观察。”

我耳畔嗡的一声：“留院？为什么？”

“车是他开的，我都这样了，他逃得过去？……”

我扭头就走。老钱追在身后喊：“哎，哎，你知道是哪家医院？巴拉堡，别搞错了。”

我跑得汗流浃背，肺几乎要爆炸。在楼梯上抓住路过的护士问：“孙嘉遇，中国人，他的病房号？”

她好奇地看我一眼：“四楼，407室。”

病房的门上有一块巴掌大小的玻璃，我凑上去。室内的情景像几百根钢针同时刺入我的眼睛。

孙嘉遇和那个孩子正坐在床上，头对头抢一盘草莓。那孩子两只小手沾满了草莓汁，呵呵笑着抹了他一脸，口口声声叫着“爸爸”。

孩子妈妈就蹲在床边，他逗孩子：“伊万，给妈妈一颗好不好？”

“给妈妈一颗。”孩子重复着，抓起一颗看了看，还是塞进他嘴里。

我觉得心跳站不稳，靠墙慢慢蹲下。好容易缓过一口气，才掏出钥匙，从门缝里塞进去。

房门突然打开。我抬起头，正碰上那女人惊愕的双眼。

我霍地站起来，她退后一步回头叫：“孙……”

孙嘉遇看见我，却坐着不动，冷冷地说：“大小姐，您终于舍得过来了？”

我走过去把钥匙交在他手里。

他放在手心里掂了掂，满脸讥讽地笑：“这是什么意思？你厌倦了我？还是前两天的事吓到你，怕受我连累？”

我沉默着转身离开，事实都在眼前摆着，实在没什么可说的。

他下床攥住我的手臂："你说清楚再走。"

我拼命挣扎，用力推开他。他踉跄后退，一屁股坐在地上，后背重重地撞在床沿上。床边的盘子顿时滑下来，摔得粉碎。

孩子吓得搂着他的脖子哇哇大哭。

那女人原想去扶他，只好又回过头哄孩子。护士进来大声斥责，场面一度混乱不堪。我趁机脱身，一路飞跑着冲下楼梯。

我谁也不恨，只恨自己，明知是这样的结果，还要自寻伤害，再来参观一次别人的天伦之乐。其实，不过是想找个理由再见他一次。

汹涌的泪水流出来，胸口像有把锋利的小刀在切割，我觉得喘不过气来。

Chapter 5 第五章

我们的心多么固执

不久前我曾恳求你欺骗我心中的爱情，
以同情、以虚假的温存，
给你奇妙的目光以灵感，
好来作弄我驯服的灵魂，
向它注入毒药和火焰。
——普希金
《我们的心多么固执》

天气逐渐有回暖的迹象，我不愿在室内待着，常常在街边花园一坐就是几个小时。

正午的阳光很好，身边有孩子跑来跑去地玩耍，笑声像银铃一样欢快，我掩着脸，却感受不到任何温暖。

忽然有人在我身边说："冬天总算要过去了，你还没有见过春天的奥德萨吧？"

我放下手，安德烈就站在一旁，递给我一杯热咖啡。

啜一口滚烫的咖啡，我的魂灵渐渐归窍："你怎么知道我在这儿？"

"我刚见到你美丽的室友。"他眨眨眼说。

平时安德烈很少穿便衣，今天他却穿了一件黑色高领衫和牛仔裤，普普通通的衣服，翻开标签估计都是Made in China，可穿在他身上十分熨帖舒服。

阳光下，他碧蓝的瞳孔仿佛是透明的，一直可以看到眼睛深处。

他坐在我身边，我们俩都不说话，静静地望着远处的人群。

广场上有人拉起手风琴，六七十年前的旧曲：《莫斯科郊外的晚上》、《喀秋莎》、《红莓花儿开》，人人耳熟能详，一首接一首，周围人群慢慢聚拢，有人牵起手跳舞。

"安德烈，"最终还是我打破沉寂，"你忙完了？"

"是，可是收获并不大。"他看我一眼，"他暂时可以安全了。"

安德烈没有说名字，可是我明白他说的是谁。他专门告诉我这个消息，是为了让我安心，但他并不知道，我才被这个人伤得体无完肤。

我咧咧嘴想笑一下，嘴角的肌肉却僵硬得像被冻住一样。

安德烈拉起我的手："来，我们也跳一个。"

我轻轻掰开他的手指："安德烈，我跟你说，对不起，我们只能做朋友。"

不想给他虚假的希望，如此耽误一个大好青年，是至为不道德的事。

"朋友就朋友。"他仍然拉过我的手，"只要你不避着我。"

"安德烈……"我异常不安，欠下别人的巨额情债，将来让我拿什么去还？

"这是我自己的事，你不爱我，可是不能阻止我爱你。玫，我想告诉你，你非常美非常好，男人轻易就会爱上你，别轻易否定自己。"

我的眼眶一下红了："安德烈，你真傻！"

他看着我微笑，温柔的笑容像冬日的阳光，温暖着我冰凉的心口。

这天起，我沮丧的心情开始渐渐复原，但我实在没想到，那个女人居然在一个下午找上门来。

她是带着孩子一起来的。我一眼就认出了她。毕竟长得像她那样美的女人，实在不多见。

"我叫瓦列里娅。"她居然说一口相当流利的中文，"那天是个误会，我想和你谈谈。"

"我和你没什么可谈的。"我不想让她进门。她比我高出半头，至少一米七五，动起手来我占不了任何便宜。

可她不肯走，满脸哀求地看着我，大眼睛里水雾蒙蒙，大概是个男人都会被她感动。

我是女人，可以不吃这一套，硬着心肠准备关门，转眼看到她手里牵着的孩子，雪白的小脸蛋在寒风里冻得通红，我顿时心软。

平日最见不得老人孩子吃苦，终于放她们母子进来。又从厨房角落里翻出一瓶巧克力粉，冲调完兑上小半杯凉水，试了试温度才交在孩子手里。

"有话请说。"我离她远远地坐着，态度冷淡。

其实她并没有口出恶言，我也不想太过分，整件事里她应该也是受害者。

她搂着孩子的肩膀，踌躇很久，这样开始她的故事："我十七岁生下伊万，他父亲失业，很长时间找不到工作，喝醉了就回家找我们母子出气。"

我一愣，立刻坐直身体。这么说，那孩子并不是孙嘉遇的骨肉?

那叫做伊万的孩子正安静地坐在沙发上，捧着热巧克力一口一口小心地喝着。纤秀的五官继承了母亲大部分的美貌，皮肤白得几乎透明，却有着深棕色的头发和眼珠。正是这深色的头发眼睛，让我误会他是混血儿。

"我没有办法，只好把伊万交给母亲，四年前跟着鸡头从家乡出来。"

我瞟她一眼。

她很敏感，笑笑说："没错，就是'鸡头'，你们中国人都这样称呼他。他把我介绍给孙，我跟了孙六个月。他对我很好，可是我很不快乐。有很多解决不了的问题，"她有些羞涩，停了停才继续，"你知道，有生理上的原因，也因为这个城市没有我的朋友，那时候孙的俄文也不好，我们每天说不了几句话，我很寂寞。"

我沉默一下，然后说："我明白。"

"我和孙说，我不想再待在奥德萨了，我想念我的伊万。他什么也没说，给我一笔钱让我走。我回了小城，伊万的父亲依旧找不到工作。钱花完了，他变本加厉地打我，我几次差点被他打死，只能回来找孙。"

我怔住，看上去她并不像吃过苦的人。

瓦列里娅低下头，眼圈有点泛红："孙帮我在'七公里'市场开了个商店，带着我找他的朋友上货。靠这个商店，我才能养活伊万和我自己。"

"伊万为什么叫他爸爸？"她凄恻的神情让我无条件相信了她，但对那几声"爸爸"，依然耿耿于怀。

她苦笑，把伊万的身体扳过来面对着我。

我叫他："伊万？伊万？"

那孩子仿佛没有听见，视线转到一边，并不看我。

我狐疑地看向他的母亲。

瓦列里娅笑得凄苦："自闭症。"

如醍醐灌顶，刹那间我明白了一切，自闭症，又是一个拒绝与世界交流的孩子。

“两岁的时候便发现他异常。”她摸着伊万的头发，美丽的脸上有无限哀伤，“可是很奇怪，他只和孙亲近，追着他叫爸爸。”

“他父亲呢？”我握着伊万的小手，相当惋惜。

“两年前就死了，死于酒精中毒。”她的声音里没有任何感情。

“哦，真遗憾。”我不知说什么好。

临走时，瓦列里娅告诉我：“车祸时气囊虽然弹出来，孙还是受到极大的震荡，昏迷了两个小时，醒了一直在找你，可是你不肯接电话。”

我诧异地问：“车祸是怎么发生的？”

“前面的卡车……那个……从那条道到这条道。”瓦列里娅的中文不够用了，她用手比画着，犹自心有余悸，“来不及刹车，整个钻进了卡车底部，车顶全部被掀掉。”

我想象一下当时的情景，竟然笑出声。这不就是说，他那辆跑车彻底变成了敞篷跑车？

瓦列里娅不解地看着我：“你觉得很可笑吗？”

“啊，不是，我只是想到其他不相干的事。”

她看上去不太高兴：“孙是好人，他一个人太累了，你不能帮他，也别辜负他。”

哎哟喂，我歪歪嘴，这到底算谁辜负谁呀！眼前这姑娘实在有点盲目崇拜。

孙嘉遇才不见得有悬壶济世的好心。他肯鞍前马后任劳任怨，只因为瓦列里娅是个罕见的美女。男人的骑士精神，只有面对漂亮女人的时候，才能发挥得淋漓尽致。

就算这事冤枉了他，那大清炮队的队长，难道也是假的？至于车祸，他看上去活蹦乱跳，力气大得在我手臂上掐出一圈青印，我才不担心。

送走瓦列里娅，我想起医院碰面那天他气急败坏的神色，觉得很有趣。闷头想了又想，终于嘿嘿笑起来。看不到自己的表情，但能猜到一定是一脸奸相。孙嘉遇，你也有害怕的时候，原来这才是你的软肋，顺风顺水惯了，所以生怕被别人无缘无故地抛弃。

原打算拨个电话过去，犹豫一会儿又放下了。瓦列里娅来找我，他不会不知道，说不定现在就气定神闲地等着我上门呢。想起自己跟自己过不去的这些日子，我决定再等等。

我照常上课下课，像什么事也没发生过。这天吃过午饭，正要摊开课本补课，电话响了，屏幕上闪烁的，是“孙嘉遇”三个字。

“喂？”我暗自笑一下，懒洋洋地接电话，他到底绷不住了。

他的声音劈头盖脸地传过来：“你究竟想玩什么？”

“玩？我没时间玩，我在做功课。”

“成，你牛！”他开始磨牙，“我算认识你了赵玫，你可甭后悔。”

我噼啪按了挂机键，威胁谁呢？

他很快又打过来，显然已经冷静：“你说，想让我做什么？”

“别，瞧这话说的，我可受不起。”我若无其事地回答。

一直都是他控制我，如今我想赌一把，运气好趁机翻盘；运气不好，我也没什么损失。

“你过来，我们当面谈。”他说。

我翻翻白眼，他以为他是比尔·盖茨呢，要不要我穿上正装去见他？

最后，我还是换了衣服去见他。火候也差不多了，再不收篷，真要一拍两散了。

孙嘉遇竟然架着双拐出来见我。

我张大嘴：“你又搞什么？”他总能弄出一些匪夷所思的花样来。

“真该休了你！”看样子他气得不轻，说话像爆豆一样，“你在医院和我拉拉扯扯的时候，没发现我是残疾人？”

我想想，他一个大男人，被我一掌推翻，是不太合理，可也没到用拐的地步吧？

直到扶着他上楼，才知道真的严重，二十多级，爬了五六分钟，体重几乎全压在我的肩上，我累得呼吸急促，他自己也憋出一头冷汗。

是因为踩刹车用力过度，右大腿肌肉严重拉伤。

当时两车相距一百多米，刹车直踩到底，车轮滑出一路火星，留下两道焦黑的车辙，还是一头钻进了卡车的底盘。幸亏对方是辆卡车，车体的摩擦卸去不少撞击的力量，否则后果不堪设想。

极其可笑的是，事后三天孙嘉遇只能以流质为生，因为牙关咬得过紧，结果牙倒了，豆腐都咬不动。

我听得想笑不敢笑，看他行动艰难的样子又十分心疼，深觉自己理亏。

“养兵千日，用的时候找不到。”他犹自恨恨地说，“我要你何用？”

“你自己不解释，把人家孤儿寡母支来支去。”我找着理由搪塞。

他甩开我：“我解释？我解释你信吗？为什么不接我电话？”

我顾左右而言他：“你想吃什么？我来做。”

想知道不是？偏不告诉你，我憋死你！

他使劲瞪着我。

“想吃什么？”我再问一遍。

“把你切碎了红烧！”他从齿缝里恶狠狠地挤出几个字。

咦，像是动了真气？我微笑：“嗯？屋里有香水味儿，好像不是我用的牌子？谁来过？”

他到底大我几岁，比较懂得控制情绪。发觉自己失态，咳嗽一声，脸色立刻修整完毕，变换的速度可以与川剧中的变脸媲美。

他摆出一副风流无限的姿势：“你管呢，想登堂入室的人多了去了，不缺你一个。”

我还是笑，扶他在书桌前坐下，并没有回嘴。明明是瓦列里娅用的Jado，当我是傻子呢。

他泄了气，彻底颓掉，老老实实要求：“我想吃红烧牛腩。”

我亲亲他的脑门表示嘉许，第一次，我在他面前完胜。

什么事都是这样，你不怕它，它就怕你，人无欲则刚，我算领教了。

厨房里另有人在，是我一直没有机会见过的第三位房客。

他们住的这套房子，一层客厅厨房公用，二层共有四个房间，三人各占一间做卧室，剩下一间就是孙嘉遇的书房。

这位房客，孙嘉遇说过他叫邱伟，做轻纺产品的进口批发生意，浓眉大眼，是典型的北方人，一开口说话声音却十分绵软，再时不时窜出来几句正宗东北话，两相映衬，综合效果特别逗乐。

我进去时，他正就着一口半大的深底锅，呼噜呼噜吃挂面。见我看他，不好意思地停下来，冲我笑笑。

我点点头，请他随意，然后挽起袖子开始准备晚餐。以前我妈教过的，胡萝卜洋葱先用七分热的油锅微煎一下，再入锅与牛肉同炖，味道更好。

邱伟在一边看得惊奇，同我搭讪："炖个牛肉干啥整这复杂？"

他人和气，我也愿意同他多聊几句，于是回答："那谁他不是特别挑嘴嘛，味道稍微有点儿不对都能尝出来，你没见过他教育餐厅领班，训人跟训孙子似的。"

"嗯哪。"邱伟笑出来，"他吧，看着特事儿，贼爱整个景儿啥的，其实就是嘴硬心软，说一套做一套，你别理他，越理越来劲。"

评价十分贴切，我咧开嘴笑，突然想起孙嘉遇形容彭维维，说她赶着不走打着倒退，这两人在脾气别扭上还真是半斤对八两。

"就是。"我好容易找个知音，趁机毁损孙嘉遇，"没见过比他更事儿妈的。你说这人，平时总吹牛，说自己十五岁就会开车，怎么还弄出这么危险一车祸？"

邱伟还真护着他："那几天不是警察一直找他麻烦吗？他心里搁着事儿，走神了呗。"

"哼哼，总算给他一教训。"我小声嘟囔。

邱伟后来离开了，我一个人正忙活着，忽然察觉身后有点异样的动静，一回头，是孙嘉遇靠在厨房门上，正盯着我看得出神。

我大惊："你怎么下来了？"双手都沾着油腥，也腾不出手去扶他。

他自己一瘸一拐地走进来，四处巡视一遍，语气十分诧异："原来你真的会做饭？"

"你以为我只会招火警？"我拿铲子梆梆敲着炒锅。

"哎哎哎，您轻点儿嘿，那是漂洋过海不远万里特意从国内带来的，敲漏了没得替补。"

"喊，真小家子气。"话是这么说，我到底不敢敲了。

"真难得，奥德萨的中国女孩儿，难得有人肯为男人下厨房，总嫌弃厨房油烟气重，出门影响她的气质。"

“不是吧。”我上下打量他半天，“凭大少爷你的条件，难道不是人哭着喊着上赶着要求服侍你？”

他挺得瑟地点点头：“那是，其实我就怕跟我整居家过日子贤惠范儿的。”

我啐他：“啊呸。”

有种人自我感觉好得没边没沿，正常人根本无法和他沟通，我转身忙自己的。

他在旁边待了一会儿，好像良心发现：“我帮你做点儿什么？”

我瞟一眼他的伤腿：“大少爷您还是回去躺着吧，劳驾不起。”

他并没有坚持，搂着我的腰轻抱一下，然后扶着墙慢慢挪出去，走着走着靠在墙上，眉头皱成一团，看得我心脏直抽搐。

方才那一抱，我觉出无数柔软的东西在里面，脑袋一热追上去：“我每天过来好不好？”

他微怔，然后哼一声：“想将功补过？晚了，小姐！没你地儿了。”

我正正颜色，认真要求：“不管怎么说，你别让瓦列里娅再过来。”

我承认我是嫉妒了。孤男寡女同处一室，瓦列里娅又长得那么美，难保不旧情复燃。瓦列里娅的那口中文，没准儿就是他耳鬓厮磨教出来的。虽然她很隐晦地表示，两人在那上面并不合拍。

孙嘉遇捏着下巴，饶有兴味地盯着我看，我知道他在想什么。他在算计后退一步有没有必要。

其实我这点智商，在他面前根本不值一提，这么打心理战是很累的，几次我想放弃。

三十秒之后他说：“成，但有个条件。”

“你说。”

“你得搬过来住，我腿伤这么严重，晚上也需要人照顾。”

我扬起眉毛看着他，不相信有这么无赖的人，他还真是打蛇随棍上。

他胜利地笑：“不舍得是吧？我就知道。你和那小警察天天眉来眼去的，以为我没看见？”

我吓一跳，弹起来质问他：“你跟踪我？”

“谁有那闲工夫？”他故意冷笑，话里话外的醋意却难以掩饰，“奥德萨有多少中国人？你那点儿风流韵事，人人都知道。”

我恼羞成怒，一时找不到台阶下，抓过靠垫拼命扑打他：“还好意思说我？请您老解释解释，队长这外号是怎么回事？”

他一边躲一边叫：“哎哟哎哟，我可是伤号，你就忍心下这毒手？”

我追过去压在他身上，不依不饶：“还有，第二回见面，坐你车上的那艳妞儿又是谁？”

他终于制住我的手臂，用力摁住：“你管得忒宽，不好色的那还是男人吗？”

我欺负他行动不便，用手指卡住他的脖子，恶狠狠地说：“再看到你拈花惹草，我掐死你！”

“死丫头，反了你了。”他在我身下喘着气笑，“说，你到底过不过来？”

这事真有点棘手，我放开手，恢复了正经。

其实在奥德萨的中国留学生圈里，同居也算不得大事。长年在外，又没父母管束，生活中的寂寞和压力，很容易让人生出彼此慰藉的心思。异性住在一起，很多时候也就取个相互温暖的意思，也没有谁真正想着天长地久。

但我搬过来住，就得重新去跟彭维维解释。想起她那张不饶人的嘴，我真是害怕。

孙嘉遇十分不解：“你自己的事儿，还得征求她同意，这算哪门子规矩？再说我跟她早就没关系了，你怕什么？”

“你知道什么？”我很烦躁，“从我来乌克兰，都是她照顾我，我一直欠她的，这么做多对不起她。”

“噢，合着我就是破坏你们友谊的罪魁祸首对吧？”

“你以为不是？我跟你说，本——来——就——是！”

“嘿，这种事儿有一个人单练的吗？我做初一，你也跑不了十五。”他愤愤不平地回答。

“甭扯！你老实交代，你们俩到底为什么分手？”

说起来还是有些心虚，以前一直藏着掖着害怕面对，如今不弄明白这件事，我睡觉都不踏实。

“这丫头心理有点儿问题。”他抬眼瞟瞟我，“我知道你们关系好，实话实说你会不会生气？”

我当然摇头。

“彭维维吧，长得是好，可问题是她太知道自个儿漂亮了，总觉得男人就该对她百依百顺，把男朋友当条狗一样呼来喝去。你想啊，稍微有点自尊的正常男人，谁受得了这个？我还就不能看见这么狂的，总得有人教育教育她。”

我无法忍受他如此直白地批评前女友，用力搡着他：“你是男人吗？你是男人吗？你的心眼儿怎么像针鼻儿？”

“新鲜，要怎么着才是男人啊？”

“你要是男人，就永远别说你曾经的女人坏话。再说她长那么漂亮，宠着她就是应该的。”

“漂亮？乌克兰的漂亮妞儿我见多了。”孙嘉遇不屑地嘁一声，“我告诉你，这女人吧，你要是想靠男人养着，就该懂点事儿。钱供着你花，还得诚惶诚恐捧着你，你以为你谁呀，当自个儿是仙女呢吧？谁的钱是天下掉下来的，非得这么犯贱？”

我被他堵得说不出话。这两人生就的八字不合，而且孙嘉遇的为人忒不厚道。

但我依然试图为维维辩解：“她第一个男友太无耻了，所以她心理上才有阴影。”

“我还有阴影呢，怎么不见你为我说话？”

“你？”我两手叠着放嘴边做个鬼脸，“你整个就是阴暗面，扔煤堆里都不用保护色！”

虽然我满心不愿意，可他的生活细节的确需要人照顾。只靠老钱和邱伟这两个男人是不现实的，看看厨房里那些攒了几天的脏碗碟就知道深浅了。

瓦列里娅倒是自告奋勇，可她一要看店，二要带孩子，不可能天天都过来。我磨叽许久，终于下定决心，准备回去和维维摊牌。

瓦列里娅很不信任我，同孙嘉遇嘀咕：“她自己还是个孩子，能照顾好你吗？”

这姑娘还惦记着我不合时宜的那声笑，这会儿趁机报复来了。我被她伤到自尊，非常不高兴：“您看我像虐待残疾人的心理变态吗？”

“走吧走吧，伊万还在家等你呢。”孙嘉遇看我俩之间开始嗞嗞冒火花，忙不迭地往外轰她，“她那么瘦，也就二两力气，能干出什么惊天动地的事儿来？”

我硬着头皮回去面对彭维维。

想象过她的愠怒，可没有想到她的反应竟如此强烈。一碗汤面被她直接翻扣在桌子上，飞溅的汤汁溅了我一身。

我慌忙跳开一步躲避。

她瞪着我，娇美的五官因为愤怒和失望几乎挪了位置。

“就那种混账王八蛋，说几句甜言蜜语，你屁颠儿屁颠儿就相信了，还同居！你贱不贱啊？像你这样的傻瓜，被人卖了再帮人数钱，也是活该，爹妈白养你二十年！”她连珠炮似的说出一大篇。

我心里有歉疚，可是对她咄咄逼人的态度颇为反感。我忍气吞声地说：“维维，有些事可能是你误会了，他没你想的那么坏。”

我不相信，一个对自闭症孩子如此耐心的人，就算坏又能坏到哪儿去？

彭维维呸一口，声音虽低却清清楚楚：“狗男女。”

“维维，”我几乎不能相信自己的耳朵，“你说话能不能别这么难听？”

她冷笑：“这话就嫌难听了？你挖人墙脚时怎么就不觉得难听？”

我一下被她戳中了心窝，热血顷刻上头，脸刷地红了，但还拼命嘴硬：“你讲不讲理？你们俩已经分手，什么叫挖人墙脚？”

“赵玫！”彭维维一脸鄙夷地看着我，“浴室里有镜子，你去仔细照一照，看看你比别人多了什么了？凭什么你就能觉得自个儿花见花开人见人爱，金刚钻在你手里也得化绕指柔啊？人家玩了十几年，见山翻山，见水蹚水，又凭什么在你这条阴沟里翻船？”

我目瞪口呆，嘴唇哆嗦着发不出声音来。五六年的交情了，她居然说出这种话。

“我算看明白了，你和他就是一丘之貉！你怎么勾搭上他的，打量我不知道？你丫还真沉得住气，居然一直在我跟前儿演戏，演得跟真的似的，要不是他在你眼前演那么一出，你是不是准备到死都不说啊？难怪同学说你这人特阴，我还不信得，算我以前瞎了眼看错人！”

我嘴皮子远没她利索，被噎得发抖，却不知道如何反驳，最后我冲回自己的房间，用力摔上门。

她在我身后大声嚷：“你不就靠着在男人面前装柔弱吗？一个字，贱！”

最后一个字几乎是从牙缝里挤出来的。

我又拉开房门，好容易冒出一句囫囵话：“彭维维，你该去看心理医生！”

“你他妈的心理才有病！”一个杯子摔过来碎在我脚下，“我这屋里不养白眼狼，滚，趁早滚，别让我看着恶心！”

我收拾东西于当夜搬了出去。

半夜两点，邱伟开车载着孙嘉遇过来接我，我抱着行李坐在路边，已经在寒风里等了半个多小时。见到孙嘉遇，我只会抱住他呜呜痛哭，一句话也说不出来。

“她跟你说什么了？她到底怎么你了？”他被我揉搓得六神无主，一直追问。

我哭得上气不接下气，一个劲儿摇头。

他从我这里问不出答案，顿时急躁起来，扒拉开我的手：“我问问她去。”

我拼命拽住他：“你别去，求你别去！”

他也就坡儿下驴，边替我抹眼泪边哄劝：“行了行了别哭了，正好恩怨两清，以后老死不相往来。”

我使出吃奶的劲儿捶打他的背：“都怨你都怨你，我们三年的同学……”

“都是我的错，我罪该万死成吗？”他捏住我的拳头，“明儿我就去跳黑海，以死谢罪你解不解恨？今晚还是算了，怪冷的。”

我就这样正式开始和一个男人的同居生涯，人生中第一次经验。

老钱第二天起床，发现厨房餐桌上突然多出一个人，十分吃惊，不过他的惊奇是冲着孙嘉遇去的。

“哎哟玫玫，小孙对你可真不一般，以前他从不留人过夜的。”他摸着头顶稀疏的头发，笑得脸愈发像个小笼包子。

“得了，你丫甭憋什么坏啊，当心我把你灭口。”孙嘉遇也笑，眉头却不易察觉地皱了一下。

我心情极差，还要勉强赔着笑脸，彻底明白什么是强颜做笑，因为彭维维的话已经像钉子一样钉在我的心上。如果老钱说的是真的，我倒是能理解了，为什么她会动那么大肝火。

孙嘉遇看看我，嘴唇动了动却没开口，只摸摸我的头发。

不知道是否头天晚上受了寒，整个白天我蔫蔫地打不起精神，直到晚上洗澡时，才发现例假突然来了。

要说我的生理周期一直相当稳定，也没有经受过什么经前综合征的折磨，这回不知为什么，不但日期提前，下腹部更像坠了块石头，钻心地酸痛，难受得我坐不稳立不安。

我换上睡衣拱进被子里，整个人蜷成一个虾米样。

孙嘉遇一回卧室就发现我的异常，隔着被子拍拍我的屁股：“都一天了，还没闹完情绪呢？”

我哼唧两声不想说话。

他凑过来抱我，手伸进被子里四处乱摸，笑嘻嘻地问：“是不是想我了？”

“别碰我！”我翻个身背对着他，“烦着呢！”

他快快地收回手，过一会儿又探手摸我的额头：“发烧了？”

“讨厌！”我一把拨开他的手，声音里都带上了哭腔，“我肚子疼。”

“哎哟，我看看。”他把手放在我肚脐上，“这儿疼？”

我摇头。

“这儿？这儿？”

我眼泪汪汪地一直摇头。

他的手再往下探，马上明白怎么回事了，问我："以前疼过吗？"

"没有。就这回。"

"肯定是昨晚受寒了。"他推着我，"乖，别躺着了，起来煮碗生姜红糖水，喝了就好了。"

"你怎么这么烦哪！"我难受得无事生非，忍不住拿他发泄，"我不想起来，也不喝姜汤！"

他就不出声了，也不再骚扰我。

我蜷缩在被子里，咬牙忍着腹部的不适，渐渐迷糊过去。仿佛睡过一觉，就觉得有人拍我的脸："醒醒，快醒醒，天亮了嘿！"

我睁开眼睛，孙嘉遇正坐在床边，手里端着一个碗，满卧室都飘散着生姜辛辣的气息。

"起来，喝了再睡。"他把碗凑在我嘴边。

我怀疑地看看碗，又看看他："你煮的？"

他捏我的脸："啊，除了我还有谁？你以为家里藏着个田螺姑娘？快喝了好睡觉，我已经困得挺不住了。"

我耸耸鼻子，不知为什么，生姜的气味让我有点儿恶心，我又躺回去，赌气说："不喝。"

"你又胡闹，不听话小心我打你屁股。"

我往被子深处拱了拱。

他掀开一个被角，凑我耳边低声说："你不知道吧，我姥爷是中医，他说女人有几个时期，那可是一点儿都不能大意，这一次养不过来，落下病根儿了不得。听话，捏着鼻子，一口气就喝完了。"

他的口气难得的温柔，让我怪不适应的。我睁开一只眼睛瞟他几眼，终于坐起身，就着他的手，一口一口喝干净了。

"哎，这才乖。"他面带欣慰地放下碗，又取过水杯，"喝两口漱漱，盖上被子发发汗，明早就好了。"

我顺从地点点头。

他也脱了衣服钻进被子里，把手搁在我的小腹上："来，我帮你活活气血。"

他的手心温热干燥，像个小暖水袋。我心情顿时好很多，连肚子似乎也不那么疼了，于是躬起身在他唇上亲了一下。

他侧过身，为我轻轻揉着下腹，接着说："昨晚哭的，让我心疼坏了。彭维维这丫头，到底跟你说什么了？"

我被他难得一见的体贴弄昏了头，完全丧失警惕，闭着眼睛回答："是我把事情搞砸了，我压根儿不该认识你，更不该一直瞒着她，直到在市场撞见你和瓦列里娅那次才告诉她……"

话未说完，我蓦地醒悟说漏了嘴，立刻噤声，指望他没听出这里面的破绽。

孙嘉遇却已经敏锐地捕捉到重要的信息："市场？你什么时候在市场见过我和瓦列里娅？"

我自己挖了个大坑，已经无法圆上，只好一五一十地告诉他。

他盯着我，倒吸了一口气，脸上的表情，像被人在背后插了一刀。

"我靠！"他做出大惊失色的样子，"还以为你挺单纯的，原来城府比谁都深。这事儿要是换了彭维维，早就闹得天翻地覆了，你却声色不动，太可怕了！"

我不知道怎么回答他。

我从小性格就被动而懦弱，很少自己作决定，尤其不爱面对棘手的事物，遇事只好模仿鸵鸟，能逃避则逃避，指望麻烦事能自生自灭。可是很多时候，绕过一圈之后，麻烦还在原地等着我，我依然要面对，但已经失去了解决问题的最好时机。

我又不懂得如何转嫁压力，只好找自己的身体发泄，食不下咽，夜不成眠，牙床肿得钻心痛。旁人却只看到一个没心没肺的赵玫。

"阴险，你这人真阴险，以后我得小心你一点儿。"这是孙嘉遇最后的结案陈词，和彭维维的说法如出一辙。

我咬紧牙关不打算回应他。

他也是真累了，打了个长长的哈欠，就开始口齿不清，很快睡得人事不省，只有右手依旧停留在我的腹部。

我挪开他的手，他咂咂嘴，也不知道咕噜句什么，头一歪又睡着了，我却睁着眼睛辗转很久。

我想知道，他最后那句话，究竟是随口说说，还是当真的?

大概每个女人心里，都有一个关于婚姻的梦想。我提前尝试到了，却发觉它一点儿都不浪漫，开始明白为什么很多人婚前要同居试婚。

原来每个衣着光鲜的男人背后，几乎都有一个疲惫的女人，没结婚时是他的母亲，结了婚的是他妻子。

服侍孙嘉遇是件非常艰难的活儿，难为他妈如何养了他三十年。

他的嘴非常刁，每顿饭都要设法花样翻新，稍微重复几次就借题发挥，抱怨我虐待他，又说久病床前无孝子。

衬衣习惯每天一换，且都是含点丝麻的材质，光熨烫就已经是一项浩大的工程。

做起事来喜欢摊一桌子材料，又不喜欢别人碰，他的口头禅是："你一动我就找不着东西。"偶尔闲下来却又信口点评："家里怎么这么乱?你天天在做什么?"

气得我屡次有掐死他的冲动。

两个星期下来，我几乎崩溃。每天早晨六点半就要起床，跑步回来做早餐，伺候孙大少爷吃完，再把午餐准备好才去上课；下午回来做功课、拖地、准备晚餐，然后周而复始地刷碗、收拾厨房，每天能坐下来喘口气，铁定在九点之后。而他每晚十一点，还要加顿夜宵。

贤妻真不是人做的！我想不通，同样的家务事，怎么多一个人就多出这么多的工作量?如果这就是婚后真实的生活，我宁可一辈子不结婚。

"赵玫——"他隔着房间叫我，"送杯咖啡来，要浓的，半杯咖啡半杯奶，别加糖。"

我不想理他，关起门装做听不见。

"赵玫——赵玫——"他叫得像催魂一样。

我把咖啡杯重重地蹾在桌子上，非常纳闷："孙少爷，您以前是怎么过的?"

"你又不是没见过。要没这点儿享受，娶媳妇干什么?"他跷着腿，像是很享受这种状态，脸上挂着可恶的笑容，没有一点同情心。

我怀疑他是成心的，就是故意想折腾我，几次三番吵着不干了，可看到他拖着伤腿走来走去的艰难样，心又软得一塌糊涂。

算了，我跟自己说，你爱他不？爱他就请忍耐他，何况只是非常时期。

现在老钱也天天照着饭点过来蹭饭，孙嘉遇不说什么，我也不好抱怨。但隔三差五购买三人量的食物，是一笔不小的开销。手里的钱流水一样花出去，眼看就要见底。

我开始为之苦恼，不知道该怎么和他谈这件事。

他的钱对我有没有吸引力？说句心里话，有，有钱真好！我家里一直不算特别富裕，我妈又是个花钱比较仔细的人，从小看别的孩子花钱肆无忌惮，我的确很羡慕。

可真正拉下脸肉帛相见，我又没那个勇气。总觉得男女感情一涉及金钱，就变得汤汤水水淋漓不清。更不想让他误解，我也是那种欲占男人便宜的女人。

反复思量之后，我忽然发觉，自己真是个特别矫情的人，前怕狼后怕虎，结果两头不到岸。

然后有一天我去上课，在书包里发现一个信封，里面有一沓现金，都是面值一百的美钞。拿出来数了数，一共二十张，是我将近八个月的生活费。

老师在讲台上说得口沫横飞，我却在下面开起小差，不时把手伸进书包里摸一摸，心里某处地方感觉到隐隐的温暖。

原来这个家伙一点儿都不傻，所有的事儿都看在眼里，也知道我不太会应付尴尬的场面。他用这种方式解决了我的难题，也免得我们两人都别扭。

可是，好像什么地方还是不妥，我回去见了他该怎么说呢？说谢谢，还是装做什么都没发生过？

我托着腮帮子想了半天，叹口气，决定还是不说的好，暂时装做不知道这回事。

想起在北京，有一次跟人吃饭，席上一个三十多岁的女人现场教育我：想把一个男人吃得死脱，就要拼命花他的钱，花到他觉得扔掉你是件亏本的事，就大功告成。

一桌人当时笑得前仰后合。现在看，会花男人的钱，也是一种天分。我苦笑，我真不是那种人才。

这段日子孙嘉遇不方便出门，便雇了一个本地司机负责日常接送和跑腿，他和老钱的业务也处于半停顿状态。

我无意中听到他和老钱关着门在书房里拌嘴。

老钱说："生意来了推出去不是正路，小孙你腿脚不便，不如介绍我去见见那几个人，咱也好维持着业务不停顿。"

孙嘉遇则很坚决："不行，他们最怕不熟悉的人搅进来，你别胡来，当心坏了大事。"

老钱似乎很不高兴，声音也提高了："我跟你说小孙，咱俩也合作了五六年了，你还是不信任我？"

"不关信任不信任的事儿，现在今非昔比，不再是七八年前的光景了。库奇马连任以后网越收越紧，他们也害怕。这是江湖规矩，换谁都一样。"（注：库奇马，乌克兰第一任总统。）

我不太明白两人说什么，一直偷听壁角也不好，于是踮起脚溜下楼，正好在客厅碰到邱伟。

他问我："你鬼鬼祟祟整什么哪？"

我指指楼上："他们两个好像在吵架。"

邱伟侧着耳朵听一会儿，不在意地说："嗨，他俩老这样，我耳朵都听出茧子了。"

"为什么呀？他们俩合作，谁出面不都一样吗？"

邱伟笑了："你真是小姑娘，这能一样吗？"

我看准了他脾气好，还是缠着他问："到底为什么唧唧歪歪的？我真的不明白。"

"你呀，回头问嘉遇去，我不习惯背后说人是非。"他死活不肯多说。

我只惦记了一会儿，一忙别的事，就把他们这茬儿给忘记了。

吃完晚饭，我把一本册子摊在孙嘉遇面前，那是我一个多月来记下的流水账。

他翻了几页，一脸迷惑地问："这是什么东西？"

“账单啊。”我把剩下的美金也拿出来，都放在桌子上。

他瞠目结舌地瞪着我，像看一个史前怪物：“这钱你没花？”

“花了，花在生活费上，账单上有。”

他再仔细看看眼前的账单，摇头：“你是傻呢还是城府真的深不见底？给你的，就是让你随心花的，你弄个账单来干什么？”

“那是你的钱，花完总得让你看个出处，你挣钱又不容易。”

“哦。”他低下头不再说话，一页页翻着账单，好半天才重新开口，“明天给自己买几件衣服去。别总是那几件在我眼前晃，看得心烦。”

“哼。”我抖抖自己的棉布睡衣，颇不服气。

“起码把你身上这件儿童睡衣换了。”他瞟着我，“瞅见这一堆熊啊猫的，就没一点儿欲望了。”

“流氓！只会想那事！”我使劲拨拉他的脑袋。

虽然主妇生涯不易为，我还是努力做着。

中国的春节很快到来，大部分中国商人像南飞的季鸟一样，都在准备回国团聚。

老钱早早就收拾东西撤退，回北京探望老婆孩子去了。孙嘉遇被腿伤连累，无奈之下只能选择留在奥德萨过年。我因为马上就要参加俄文一级考试，没敢回去，也留下了。

幸亏邱伟的妻子从国内飞过来看他，四个人凑在一起吃饭打牌，这个春节过得还不算太冷清。

除夕夜给父母拜年兼报平安，只说换了个地方住，没敢提孙嘉遇一个字。他俩都是活得特别小心的那种传统知识分子，如果得知自己女儿跟个有走私嫌疑的男人混在一起，准会愁得天天晚上睡不着觉。

不过我到底藏不住心事，颇为兴奋地提起妮娜，提到她的身份背景和现在对我的帮助。

父母自然很高兴，叮嘱我好好学习，他们砸锅卖铁也会支持我的学业，煽得我两眼泪汪汪的，电话里几乎要哭出来。

这些日子都是我一个人每周去妮娜那里消磨两个下午，她对我戒心渐消，便开始陆陆续续地透漏一些以前的生活细节。

看得出来，她平日一个人是很寂寞的，我和她处久了，不觉也暗生许多亲近之意。

孙嘉遇一旦能出门活动，便让司机去黑市上买了很多新鲜蔬菜和水果，和我一起去看望妮娜。

妮娜见到孙嘉遇时非常高兴，简直要把家底翻出来招待他，那态度完全像一个宠溺小孩的长辈。

我练钢琴，他们两个就坐在壁炉前聊天。在妮娜面前，孙嘉遇完全收起那副玩世不恭的轻浮样，神情极其专注。

我有点走神，看他一眼，再看一眼，这时候的孙嘉遇极其陌生。仿佛只有在这间房子里，他才能完全放松。以至于我总有一种错觉，这张面孔某天吧嗒一下卷起，后面会即时露出一张陌生人的脸。

妮娜很快发觉我的心不在焉，她以为我累了，让我休息会儿，洗了水果让我们吃。

趁着她离开，我走过去蹲在孙嘉遇身边："孙嘉遇同志，可以问个问题吗？"

他看看我："你又出什么幺蛾子？说！"

"为什么你的同胞对你评价不高，妮娜和瓦列里娅却说你是好人？"

他点起一支烟，眉宇间似乎有寂寥的神色一闪而过。

我在微微惊讶之后，随即嘲笑自己神经过敏，他可知道寂寥是什么意思？

然后他答非所问："她们没有算计过我。"

话很绕，我却听懂了其中的逻辑：因为她们没有算计过他，所以他也善待她们。

我低下头，过一会儿问："那我呢？"

"你？"他捏住我的脸蛋左右打量一阵，"心眼儿太多，我怕你。"

我感觉被得罪了，立刻撅起嘴，站起来回到钢琴旁。

他一直记恨着那件事，在他受伤的时候，我因为瓦列里娅躲了他半个多月。

孙嘉遇追过来按着我的肩膀："生气了？"

我咧咧嘴没说话。

“又快考试了，对吧？” 他扯起不相干的话题。

“嗯，还好，专业课五月初开始。”

“那你好好用功吧，我明天开始恢复业务。”

“啊？” 我一时没有反应过来。

“我是说，以后我白天不在家，你不用那么辛苦了。”

我吃一惊：“这才不到两个月，伤筋动骨一百天，你小心落下后遗症。”

“行啦，我知道了。”他做出不耐烦的模样。

“你甭大意，我可是认真的。”

他在我身边硬挤着坐下，扯扯我的马尾巴：“白饶两个月的享受，已经够本儿了。再赖在家里，你肯定要造反，我心里明白着呢。这年头，无怨无悔的人比大熊猫还稀罕。”

这样坦白，我反而不好意思，嗫嚅着说：“再休息一段日子吧。”

他拍我的头顶：“不挣钱怎么养得起你？你们艺术系的学费，他妈的简直是天文数字。等我再做两年，就金盆洗手带你去奥地利。”

我心头“扑”地一跳。他说过，这辈子不会结婚，那这算什么？承诺吗？

“为什么去奥地利？”

“因为我喜欢滑雪。哎，你会滑雪吗？”

我摇摇头。

“有机会我教你。” 他兴奋起来，“你想想，一骑绝尘，周围什么人都没有，只有风从你耳边呼呼刮过，那速度，那刺激！”

我顺手抹过琴键，发出一片乱七八糟的声音。

原来如此，真没劲！

晚饭后和妮娜告别，她拥抱我，在我耳边轻轻说：“男人最怕的，是说‘我爱你’三个字，给他时间。”

我微笑，她把一切都看在眼里，可惜她并不了解真正的孙嘉遇。

他那样的男人，不会为一棵树放弃整片森林，或许只有那种蜘蛛精似的女人，才能完全降伏他。

回城的路上，孙嘉遇接了个电话，他嗯嗯啊啊对付完，收起电话对我说：

“妞儿，过来过来，给大爷笑一个。”

“神经病。”我扭身躲开他。

他笑了两声，一脸神秘：“你可记住自己说的话，回家以后甭后悔。”

我很快就知道他说的是什么意思了。

家里客厅的地板上，到处扔着包装纸盒和厚帆布，还没有清理干净。二楼书房的正中，立着一台通体乌亮的钢琴。

我把拳头抵在嘴唇上，压住几乎脱口而出的惊叫：“我的？”

“对，你的。喜欢吧？”

我放开他的手，跑过去掀开琴盖，轻轻抚摩着雪白的琴键，高兴得不知说什么好。

他靠在门上看着我微笑：“你好好用功，就手儿也看看，奥地利有没有合适的学校。我跟妮娜商量过，等你上完预科，钢琴练得有点样儿了，就帮你录盘带子，推荐到学校去。”

“真的？”

他满脸无奈：“我这人再不好，说话算话总还是个优点吧？”

我跳过去搂着他的脖子，在他脸上左右开弓吧嗒吧嗒亲了七八下。

“别别别，瞧这一脸口水！”他还使劲绷着，装模作样地皱紧眉头，“你先甭乐，我有条件的啊。”

我依旧沉浸在兴奋中，随口道：“你说。”

“以后不许再见那个小警察。”

犹如一瓢凉水浇下来，我因为兴奋而发烫的脸颊顷刻冷却：“为什么？管着吗你？”

“我管不着你谁能管你？”

“谁也管不着！凭什么呀，我们俩就是普通朋友，你凭什么干涉我的自由？”

“不凭什么，我就得管你！”

我气得跺脚：“你一男的，能不能好好说话？为什么总得给个理由吧？”

“没理由，就是不许见他。你要是热情无处发泄，你们学校里那些个小男生随你挑随你选，就他不行。”

孙嘉遇挺大一人，蛮不讲理的时候，也像小孩儿一样急赤白脸，薄唇几乎抿成一条直线。

我摔上卧室的门，赌气一晚上没跟他说话。

安德烈打电话来，我犹豫很久，还是跟他说："安德烈，我不能和你出去了。"

他不出声，过很久说一句："是他不让你见我吧？"

"嗯，他不喜欢看到我跟其他男人交往，他会不高兴。"我胡乱找着理由。

安德烈似乎在冷笑："真是这原因吗？不因为我是警察？犯罪科的警察？"

我被他说中心事，颇有点儿不安，因为我也有同样的猜测。

安德烈问："他爱你吗？你又真正了解他多少？"

我回答不出来。

这是安德烈第一次对我说这种话，以前他绝口不提孙嘉遇的任何事。

"玫，他配不上你，完全配不上你。你……多保重！"他微不可闻地叹息，轻轻挂上电话。

一声细微的咔嗒，耳边随即传来嘟嘟声，我握着话筒失神半天。

遗憾是有的，但我只能这么做。理解不了脚踏两只船的心理，那样踌躇徘徊，只说明一个问题，两个都不爱。

Chapter 6 第六章

冬天的道路

明天啊，
我将坐在炉火边忘怀一切，
而只把亲爱的人儿看个不停。
我们将等待时钟滴答作响，
从清晨到夜晚，
等待午夜让嘈杂的人们散去，
那时我们将不会分离。
——普希金
《冬天的道路》

孙嘉遇的腿伤痊愈，已是三月中旬。北京的街头，此刻应该是新绿初绽，桃花灿烂，奥德萨却依然冰天雪地，但从黑海吹过来的风，已柔和了许多。

他在张罗人马去喀尔巴阡山，号称今冬最后一次滑雪。两个多月的禁足，几乎把他憋出毛病。

我劝阻不住，有点生气，一边收拾行装一边嘟囔："江山易改，本性难移。"

他很有兴致地研究我，"你说，这女的是不是一有了主儿，都变得啰啰唆唆的？你才多大呀，怎么跟我妈一样？"

"讨厌！"我扔下箱子开始罢工，"我不去了，您爱谁谁！"

"诺瓦瓦利斯卡也不去？"他似早就号准我的脉，慢悠悠地发问。

我像被捏住七寸，什么也不说了，老老实实重新开工。

诺瓦瓦利斯卡是乌克兰著名的小城，距离我们要去的喀尔巴阡雪场只有两百多公里，盛产民间音乐家，我慕名已久。为了这个小城的风情，还是值得跑一趟的。

出发那天，一行十几辆豪华车，浩浩荡荡穿过市区，沿途的警察犯了迷糊，不知道来了什么重要人物，纷纷举手敬礼，神情庄严而肃穆。

我在车里笑得直打滚。

孙嘉遇那辆命途多舛的宝马，外表早已

整修一新，看不出任何劫后余生的痕迹。唯有一块电路板出了问题，只能寄到德国本部调换，为期三个月。

坏掉的部分影响的是倒车系统。每次去饭店或卡奇诺，别人扔给门童的是车钥匙，唯有孙嘉遇递上的是小费，因为需要动用人工，把他的车从车位里推进推出。

所以出发前他死气白赖地纠缠很久，费尽三寸不烂之舌，才劝动邱伟同意出借他心爱的四驱越野车。

到了目的地，我们才知道这个决定有多英明。

雪场的缆车是苏联50年代的产品，早已破旧不堪，这批人又一个比一个惜命，死活不肯坐缆车，只好一起开车上山顶。

行到一半出现状况，山路陡峭雪地湿滑难行，其他车都开始四轮空转，发出难闻的焦煳味，只有我们这辆欧宝四驱还算争气，总算能往前走。

路边看热闹的山民早已笑得前仰后合。

听到后面一迭声叫“小孙——”，孙嘉遇只好披上大衣，极不情愿地跳下车，站在车队前方观察很久，又拉过一个山民比画半天，取出几张美钞塞在他兜里，最后那人点点头走了。

同伴嘁嘁喳喳地问孙嘉遇做什么，他只是装深沉，一句话也不说，惹得那帮人一片笑骂。

二十分钟后，那个山民带回十几个膀大腰圆的当地人，全是目测重量二百斤以上的胖子。在孙嘉遇的指挥下，一辆车给分配两个趴在车头上，场面蔚为壮观。

我忍住笑，睁大眼睛看这家伙在弄什么玄虚。

结果引擎一响，第一辆车居然缓缓移动。口哨声立刻四起，众人大哗，兴高采烈地回到自己车上。幸亏都是好车，马力足够强劲，一口气全到了山顶。

下山的时候我被孙嘉遇忽悠，遭了大罪。

他骗我：“你不是滑过吗？会刹车不？会拐弯不？会这两样就行了，跟着我，保证你没事儿。”

我就信了他的话，战战兢兢地跟在他身边。开始还能齐头并进，几百米之后他越滑越快，我吓得大叫：“慢点儿，你等等我！”

他像没听见，远远地甩开我，不管不顾恣意前行。

我眼泪都要下来了，脑子稍微一走神，就摔了一跟头，滑雪杖摔出去十几米。

以前曾在北京南山滑过几次雪，第二次就拼上了中级道，觉得自己运动细胞还行。可我哪儿知道，那是一马平川的人造雪场，鲜少有障碍物，天然雪场却处处隐藏着陷阱，我几乎是一路滚下了山坡。

好容易到了山下，满头满脸都是雪，我一屁股坐在地上，满腹委屈，真的开始抹眼泪。

孙嘉遇抱着双臂站在一边，特没良心地冷嘲热讽："没我你不也下来了？摔过这一回，你就出师了！"

"滚蛋！"我怒火中烧，举起滑雪杖抽打他，"我就没见过你这号男的，你他妈的不是人！"

旁边人嘻嘻笑着起哄："马克，你完了，还不赶紧地脱了衣服负荆请罪？"

我气得要死，好说歹说不肯再来第二次。

他只好耐着性子和我商量："在这儿要待三天，不滑雪你想干什么？"

"去诺瓦瓦利斯卡。"

"不行，说好了三天后去的。"

"我不管，谁让你骗我。"我吊在他身上耍赖，揉搓得他无可奈何。

他只得和同伴打招呼，第二天吃完中饭，就带着我离开雪场。

有人提醒一句："天阴得厉害，怕是又要下雪。"

孙嘉遇抬头看看天色，没有太在意："不碍事儿，如果顺利，最多三个小时，天黑前就能进城了。"

我们走出不远，天空就开始飘下零星的雪花，半小时后越下越大，能见度也越来越低。雨刮刷刷地划动，却赶不及雪花下落的速度。

周围是一望无际的丘陵和平原，渺无人烟，夏日枝叶繁茂的白桦林，此刻一片荒芜，白茫茫一片，只有我们一辆车在荒野中踽踽独行。

我有点儿害怕："还要走多久？"

孙嘉遇努力辨识着前方的道路："不知道，这雪真有点儿邪乎，路看着也不太对劲啊？"

我趁机挤对他："你迷路了吧？还吹牛呢，说自个儿是GPS。"

他扭过头，声色俱厉："你不说话没人当你是哑巴！"

这人脸翻得倍儿快，真没意思！我撅起嘴把头扭向窗外。

他从工具箱中翻出地图，还在啰唆："我发现自打认识你，就没断过倒霉事儿，回去得找人合合八字，看咱俩是不是命里犯冲？"

这才是典型的迁怒，我对着窗玻璃做一鬼脸。

不过，他此刻显然是色厉内荏，并没有太多自信，对着地图看了一会儿，小声嘀咕："不会啊，地图上只有华山一条道。"

再硬着头皮开出三十多公里，情况愈发让人不安。

不过下午三点，天色暗得像黄昏，能见度只有三米左右。积雪已经没过车轮。耳边除了发动机的声音，还能听到清晰的沙沙声。

我还是第一次见识到雪花落地的声音，竟如此密集而沉重。通常形容暴雨，是瓢泼或倾盆，这种罕见的暴雪，我想不出合适的形容词，好像天上有人端着一盆雪兜头倒了下来。

天地间仿佛只剩下我们两个，和这没头没脑无穷无尽的白色。

"难道是世界末日？"我压抑着恐惧问。

孙嘉遇张开嘴要回答，尚未发出声音，车身猛地一震，就听得轰隆一声，发动机熄了火。

我的心狂跳几下，不知所措地望向他。

孙嘉遇用力捶着方向盘，骂道："我靠，真是见了鬼！"

他跳下车察看，甚至没来得及穿大衣。我抓起羽绒服跟下去，定睛一看，胸口顿时像沾了雪片一样冰凉。

原来四个车轮都陷入雪堆，被彻底困住，无论如何努力，再也无法挪动一步。

"手机。"他向我伸出手。

我摸出手机，显示屏上却没有一点信号，完全的盲区。

雪依旧下个不停，风呼啸着从身边掠过，四周一片冰天雪地。我俩面面相觑，看得到彼此眼中的恐惧。

竟被困在这样一个前不着村后不着店的地方。叫天不应，叫地不灵。

孙嘉遇只穿件薄羊绒衫，嘴唇早已冻得乌青。他爬回司机座用力关上车门，两手哆嗦着点着一支烟。

“怎么办哪？”我又冷又怕，搂着双肩直打摆子。

他本来沉着脸，扭脸看我一眼，伸手打开暖风，再回头已是若无其事，“没事儿，太寸了就是。等会儿说不定有路过车，我们搭车就是了。别抖了，怪让人心疼的，真的没事儿。”

“都怪我，不该闹着今天来……”我呜咽。

“瞅你那点儿出息吧。”他一脸无奈地按熄香烟，向我伸出手，“过来过来，让我抱抱。”

我挪过去贴进他怀里：“对不起。”

“唉，你个傻妞儿。”他叹气，一下一下拍着我的背，“都这会儿了，说这些有什么用？跟着我总会有办法，咱一对儿活人，还能让尿憋死？”

我挂着泪花儿哧哧笑出来。

“能见度这么低，反正走不了，索性等雪停了再说。雪场那帮人今晚联系不上，也会想法儿找我们。乖，别怕别怕！”

他这个拥抱，令我感到异常干净纯粹。在这漫天飞雪之间，其中不再隔着不相干的人和事。

我的心稍微安定，略略露出向往之色：“会不会有直升机来营救？”

他拍着我的脸笑：“想什么呢？你以为拍好莱坞大片呢吧？”

我想起安德烈曾把黑帮火并当做拍电影的糗事，忍不住笑出来。

“傻乐什么？”他问。

我把安德烈的故事原原本本地告诉他。

他几乎笑出眼泪：“这傻小子，和你真是一对儿！”

我扁扁嘴：“你忘了跟人争风吃醋的时候了。”

他仰起脸，很久没有说话，笑得有点奇怪，过一会儿摸摸我的头发：“赵玫，问你个事儿。”

“嗯，问就问呗，你怎么这么严肃，怪吓人的。”我从他怀里坐起来。

“我这个人吧，又好色又没责任心，也一点儿不会甜言蜜语，你为什么还要跟着我？”

他还真坦白，可说得也真对。我侧头想一想：“不知道，也许上辈子欠你的。”

他看着我没有说话，似乎有点意外。窗外风卷着雪花扑打在玻璃上，暖风呼呼地吹出来，我觉得颇有些荡气回肠，自己先被自己感动了。

并不是刻意讨好他。我是真的糊涂。

他并没有追问，反而放平座椅躺下去：“有点累，让我躺会儿。”

半天听不到他说话，我以为他已睡着。他突然睁开眼睛，非常地不甘心：“不是因为我英俊潇洒，风流多金？”

我说：“呸！”

这一夜我没怎么睡着，饿得前胸贴后背，车上只有矿泉水和水果，并未准备任何食物，唯一有热量的东西，是我包里的一块巧克力。

外面有风尖厉的呼啸声，还有各种奇怪的声音传进来，令我全身汗毛立起。连啃了两个苹果，还是挡不住一阵阵的心慌。

孙嘉遇从梦中惊醒，口齿不清地抱怨：“咯吱咯吱像只大老鼠，真是受不了。”

我发誓说听到了狼嗥。

他被打断睡眠，相当不耐烦，故意吓我：“除了狼，听说还有豹子。”

“胡扯。”我只能自己给自己壮胆。

他捏捏我的腰，打了个哈欠说：“放心，它们不会对你感兴趣。”

“你怎么知道？”

“它们不傻。嘿，瞧瞧，没有几两肉，啃起来又忒麻烦。”他用手臂遮着脸偷笑。

我只好又躺下去，醒醒睡睡之间，天渐渐亮了。

雪依然未停，但比起昨天的气势，显然小了许多。

我想下车看看，车门却被冻住，使出吃奶力气撼动几下，仍旧纹丝不动。

CHAPTER 6

第六章　冬天的道路

直到孙嘉遇推开我，用力踹了一脚，车门总算开了一道缝，但无法完全打开。

我立刻反应过来："哇，雪把门堵了！"

老话总是说大雪封门，原来就是这样封上的。

最后我们只好摇下玻璃，从车窗里硬挤出去。一落地，外面的情景立刻让我呆住，如被人施了定身法。

一夜暴雪，我们这辆车被埋掉一半，车顶堆积了将近50厘米厚的积雪，而前半部因为发动机的热量，干干净净，片雪皆无。窗玻璃上结了密密麻麻一层冰珠。

放眼望出去，入眼一片惨白，只有漫天飞舞的雪花，没有任何生命的迹象。地上的积雪没至我的大腿，接近一米深。

我试着抬腿走了几步，好像走在松软的棉花堆上，每一步都很吃力。再待一会儿，因为没戴帽子，头皮被风雪冻得发木，好像结了厚厚一层壳。

孙嘉遇站在雪地里，双手揣在衣袋中，愣了足有五分钟，然后问我："咱们有多少吃的？"

我的心直沉下去，情况糟到这种程度了吗？一样样出示给他看：六根香蕉、三个苹果、一块巧克力。就这么多了，最多撑两天。

早饭中饭，一人一根香蕉。区区一点儿淀粉转化成卡路里，顷刻就被寒冷吸收得无影无踪。

傍晚的时候，雪终于停了，地上的积雪更厚，没过我的腰部，大概有一米二。

孙嘉遇说，他这辈子都没见过如此诡异的大雪。

我已经饿得有气无力，脖子几乎支撑不起头的重量。平日口口声声节食，现在终于遭报应了。借口吃不下，把自己最后半根香蕉让给孙嘉遇。他是男人，估计饥饿的感觉更加难捱。

他手里拿着香蕉，却忘了张嘴，直直盯着仪表盘，脸上是真实的恐惧。

我顺着他的目光看过去，如同被人迎头打了一棍，耳边嗡嗡作响。

经过一天一夜的消耗，油量指示分明已亮起红灯。

凌晨四点，发动机“轰隆”一声响，彻底熄了火，暖风停了。

我绝望地坐起来。孙嘉遇也醒了，紧紧握着我的手，手心里全是冷汗。零下十几度的环境，没有取暖设施，没有食物，据说人类的极限只有三天。

“赵玫，过来，靠近点儿。”他抱住我。

车内的温度一点点降下来。黑暗里我看不到他的脸，只能感觉到他的体温，透过皮肤汩汩流入我的身体。

周围万籁俱寂，静得仿佛能听见彼此的心跳。空间和时间，似乎都在此刻凝固，只有我和他，绝境中的一对男女。

第一次感觉到死亡的威胁离得如此之近。我把脸埋在他的肩头，上牙嗑着下牙咯咯作响。

他摸索着我的脸，指尖同样冰凉，声音却安静而镇定：“这儿不是无人区，十几公里外就有人烟。白天咱们想办法示警，会出去的，听话，甭怕。”

“好。”我强迫自己勇敢起来，不想表现得太没用让他看不起。

黎明前最黑暗的时刻，也是一天中温度最低的时候。

我们摸黑把行李箱里所有的衣物都设法穿在身上，现在最重要的是保持体温。

在寒冷的环境里，人会越来越困。我拼命提醒自己，不要睡不要睡，可是肌肉完全不受意志控制，眼皮像灌了铅一样沉重，一直往下耷拉。

闭上眼睛脑子里就出现幻觉，眼前是一碗热腾腾的汤面，或者是家里温暖柔软的大床。

小时候看童话，过了多少年，都认为卖火柴的小女孩的故事是作者的杜撰。现在我可以百分百肯定，安徒生一定遭遇过冻饿交加的经历。

“赵玫，醒醒！不能睡。”孙嘉遇用力拍着我的脸，声音焦急。

我明白，如果真睡着可能永远就醒不过来了，像小女孩一样飞往天国。头脑异常清楚，身体却不肯配合，一直往下溜，灵肉脱离的感觉如同梦魇。

“跟我说话，听见没有？”

“说……说什么？”我含糊不清地咕哝，拼命想撑开眼皮。

恍惚中听到窸窸窣窣的声音，我被紧紧搂住，他的脸贴着我的额头，声音就在我耳边：“宝贝儿，听话，别睡！”

“嗯……不睡……”我依旧东倒西歪。

不知过了多久，嘴里被塞进一块东西，味蕾突然受到巧克力醇香的刺激，如同梦中一脚踏空，我激灵一下，神经顿时兴奋起来。

睁开眼睛，窗外已有微光投入，能模糊看到他的五官轮廓。我被裹在他的羽绒服里，脸贴着他的羊绒衫，周围刺骨的冰冷中，唯一有点温度的地方。

“你疯了？”我拼命往下拽那件羽绒服，“你想冻出毛病来？”

“别动！”他用力按住我的手，“你别动！”

“嘉遇！”我用力抱紧他。眼睛涨得难受，却没有落下眼泪，似乎体内的液体都已凝固成冰块。

心境出乎意料的清明。我想，我们要在这儿待很久了，除非有人发现我们的行踪。

可是茫茫荒野中寻找一辆车两个人，这个希望太过渺茫。

我抬起头，曙色渐明，雪光映进孙嘉遇的瞳孔，他的眼神通透清澈。

我相信，这一刻两人心灵相通。

他垂下眼睛看着我笑了：“跟你说个笑话，平时我总说，男人最划算的死法，就是牡丹花下精尽人亡。今儿虽不是牡丹是朵玫瑰，总算遂了愿，勉强赚了。”

他变着法儿逗我笑，好避过清晨最困的时候，我明白。可是因为冷，他的身体一直在发抖，抖得声音串不成句子。

“求求你，把大衣穿上行吗？我没事了，真的。”我哀求他。

这回他没说话，也没有动。

我终于替他把羽绒服的拉链合上，拉过他的手放在自己心口暖着，很配合地说：“你刚才那笑话真粗俗，带色的笑话也有雅的，听我给你讲一个。”

以前从《笑林广记》中看到的，印象相当深刻。我说给他听：“话说有个老头儿，娶了个年轻漂亮的小媳妇儿，从此旦旦而伐之，知道什么意思吗？”

他打岔：“就是每天床上运动呗，我当然知道，多好的运动啊！”

“闭嘴听我说！”我白他一眼，“然后老头儿就病得起不来床，大夫切完脉告诉他，阁下骨髓已尽，仅余脑髓矣。老头儿立刻从床上坐起问道，噫，脑髓可供战几回乎？”

他大笑："你这家伙，原来是个蔫儿坏，真看不出啊！"

太阳出来了，雪地反射着阳光，刺得人睁不开眼睛。地面的温度却比昨日更低。

"我出去探探，看能不能找到点儿干柴。"孙嘉遇从车窗里钻出去，回来的时候，臂弯里抱着一搂枯树枝。

车门前清出一小块地方，终于不用再从窗子里爬进爬出了。

火光燃起的时候，直觉这世上再也没有比火焰更美丽的东西。

我蜷缩成一团在火边蹲下来，火焰的温度让冻过的皮肤热辣辣作痛，但比起黑夜里的挣扎，是说不出的幸福安乐。

我傻笑，幸福的门槛原来只有这么低。

孙嘉遇取出千斤顶和工具，卸去越野车的四个轮子。

"你干什么？"我大吃一惊。

没了车，在这荒原里就等于断了腿。

"先顾了眼前再说。"他把一只车轮扔进火堆，拉着我挪到上风口。

橡胶很快燃烧起来，散发出刺鼻的臭味，滚滚浓烟顺着风势扶摇直上。

我明白了他的意思。车轮可以引火取暖，更重要的是，烟火能够成为求救信号，吸引到什么人的注意。

但是从日出到日落，我们没有等到任何救援，雪地始终一片寂静。

太阳落下去，温度骤降，我已经感觉不到寒冷，不知道自己能否扛得过这一夜。胃里空无一物，先前那种尖锐的刺痛，好像被牙齿反复啮咬的感觉逐渐消失，被似有似无的钝痛代替。

随着阳光一线线消失，心脏也一点点被掏空，也许这是今生看到的最后一次落日。我想起了爸妈，鼻子发酸，眼前浮起一片水雾。

因为寒冷的刺激，孙嘉遇的胃痉挛再次发作。怕我担心，他一直咬牙忍着。但是这次发作，比我上次见到的要严重得多，疼到难以忍受的时候，他倒在我的手臂上失去知觉，脸色像纸一样惨白。

我手忙脚乱地在包里翻药，手指却完全不听使唤，怎么也撕不破药片的包装。

我把手放到嘴边，想用嘴里的热气把冻僵的手指暖热，那微弱的气体哈出的瞬间就被寒风吹散。

我完全崩溃下来，一边哭一边抱住他："你别这样，我替你！我替你成吗？"

他终于醒过来，凝神看着我，眼睛里有一丝罕见的温柔和难过："傻妞儿……总是哭，教你多少……遍，哭能解决什么问题？"

他说得对，哭有什么用？我用力抹去眼泪，因为眼泪救不了命。

矿泉水早已结成了冰块，我打着摆子放在怀里暖着，终于化开了一点。药物送下去，二十分钟后开始发挥作用，孙嘉遇的脸色渐渐复原。

我问他："这病有多久了？为什么不去医院？"

"我爸去世那年开始的。"他靠在椅背上苦笑，"查过无数遍，没有任何器质病变，心理性的。"

他提到一个听上去颇为耳熟的名字，我愣住，完全没想到，这是他的父亲。

我听说过这个人，是因为他曾负责文教口，后来受到×××贪污案的影响，晚节不保。他父亲生前的官职虽然没什么实权，但在行业内多少也算有点影响。

我很意外，呆呆地盯着他："一点儿也不像。"

他平日看上去虽然嚣张，却没有一般高干子弟的跋扈。

孙嘉遇笑笑，神色极为平静，仿佛在说别人的故事："案发的时候，我还在匈牙利。其实在那个案子里，我爸只是个小喽啰，最底层那种。为了退赔，几乎要卖掉姥姥姥爷的老宅子。后来他进了医院，家里一天三个电话催我赶紧回去，我为等笔钱带回国，在匈牙利耽搁了三天。等赶回北京，我爸已咽了气，临走前一直问我妈：嘉遇怎么还不回来，我有话要嘱咐他。"

我情不自禁地握紧他的手。

"到今天我也不知道，我爸究竟想和我说什么。"他低下头，手指遮着眼睛，半天没有动。

我把脸埋在他的膝盖间，不知道该如何劝起。每个人都有过去的伤心事，他说出来可不见得是为了听同情的话。

他在极度疲惫中昏昏沉沉地睡过去，微弱的雪光映在他的脸上，依然不见一点儿血色。

我四处寻找可以帮助御寒的东西，无意中摸到身下的座椅，心里一动。

随身带着一把瑞士军刀，此刻派上用场。我吃力地割破座椅，取出其中的海绵，一片片塞进他的衣服里。

他被惊动，坐起身握着我的手："留一半给自己！"

"不！"我异常执拗。

他无奈："傻妞儿，再教你一件事，遇到危机，先自救再想别人，不然你会连累旁人，懂不懂？"

我说我宁愿不懂。

他搂过我，脸埋在我的发丝间，还是说："你个傻妞儿。"

我紧紧攥着他的衣服，想哭却哭不出来，头一次理解了什么是相依为命。

人类的生存能力，有时候坚忍得超乎想象。再次看到太阳的时候，我几乎要跪下来感谢上苍。

我们面临一个选择，留在原地等待救援，还是离开这里寻找人烟？

如果我们没有迷路，如果地图的标示正确，一直朝着西北方向，十几公里外就有一个村落。离开尚有百分之五十的希望，留在这里只有等死，除非有人能找到我们。

"投硬币吧。"孙嘉遇说，"富贵由人，生死由天。这时候听听上帝的声音，说不定还有条活路。"

我没主意，当然也没意见。

"一、二、三……"硬币被高高抛起，在座椅上轱辘几圈，滚到椅子下面。我们两个一起俯身，伸着脖子去看。

有字的一面朝上。

我们要离开这里。

最后一只轮胎燃烧后的残迹，还在冒着缕缕不绝的青烟。

孙嘉遇仰起头，朝着太阳升起的方向看了很久。他戴着一副硕大的雪镜，几乎遮掉半张脸，看不清镜片后是什么表情。

我安静地等着，明白他心里的忐忑。又实在担心雪地上刺眼的阳光，会让他患上雪盲症。

“我真怕这是个错误的选择。”他终于回头，雪镜已经摘下，嘴角绷得紧紧的，一脸的犹豫和彷徨。

这不是我认识的孙嘉遇，他一直都掩饰得不错。在别人眼里，他永远是没心没肺，什么都不在乎的一个人。

我等他说下去。

“我们只能假设地图是对的，靠它往前走，”他手里攥着一个小小的指南针，“三四个小时内，或者碰到人，或者走到有手机信号的地方，其他的，只好听天由命。”

“三四个小时是什么意思？”

“人类在雪地里，最多坚持三个小时，体温低过极限，这人差不多就完了。你的明白？”

我并不想明白。我用力揉搓着脸上冻僵的肌肉，努力笑笑：“无所谓，我宁可栽在路上，起码心里还有点希望。”

他走过来，戴着手套的手在我脸上蹭了蹭：“我这人是个祸害，死不足惜。我怕害了你。”

这种时候听到死字格外刺心。昨晚的经历，再不想重复第二次。他失去知觉的几分钟，我觉得自己也跟着死了一回。

我紧紧抱住他，贴着他的脸。“我要你好好的。”我反复说着，心疼得揪成一团，“只要你好好的，我什么都不在乎。”

爱不爱我都不在乎，只要他好好的。

他搂着我没有说话，胸口却在急剧地起伏。最终他长吸一口气，轻轻推开我：“把火灭了，我们走。”

视野中是一片平展展无边无际的白色，雪把一切沟壑渠坎都已掩埋，显不出任何凸凹的痕迹。

孙嘉遇走在前面探路，不时回头招呼我：“踩着我的脚印，一步都别拉下，踩实了再落脚。”

过一会儿又叮嘱：“千万甭走神儿，当心摔到沟里去。”

没有在雪地中跋涉过的人，很难想象走路也是一种苦刑，大腿肌肉绷得几乎要噼啪断掉，方能从雪中拔出小腿。每一步都要非常小心，确认脚下是坚实的土地，才敢把重量压上去，接着迈第二步。

我从来没有想象过，自己的身体竟会如此沉重，沉重到双腿无法负担自身的重量。被热汗浸透的内衣紧贴在身上，像一层冰冷的铠甲。饥饿和疲倦让我呼吸急促，每迈出一步都像是被压榨出最后一点体力。

但我不敢停下来，只有不停地活动才能产生一点热气，抗拒无处不深入骨髓的寒冷。

渐渐地，双腿仿佛离开了身体，再不受大脑控制，所有的动作，都变作机械的重复。

勉强再走十几步，我双膝一软跪下去。虽然穿着滑雪裤，但雪实在太深了，积雪顺着裤缝钻进去，冰冷的感觉在缓缓向上蔓延，膝盖以下已完全失去知觉，膝盖却像刀剜一样疼痛。

孙嘉遇深一脚浅一脚地又蹚回来，伸手到腋下想搀我起来。他显然也筋疲力尽，摇晃了一下倒在我身上，两个人一起摔倒在雪地上。

“你走吧。”我摘下雪镜，喘着气说，“我留这儿等你。”

“别说梦话，起来，接着走！”

我不想再挣扎，一心想放弃。寒气正沿着衣物的每一道缝隙，肆无忌惮地往里深入。寒冷使全身的皮肤绷紧僵硬，变得极其敏感，我觉得自己像裹在一块巨大的针毡里，浑身都疼。

我摊开手脚：“我累了，不想动。”

话音未落，我的脸上便挨了一掌，却感觉不到任何疼痛，只有麻木。

这是我第一次看到孙嘉遇发怒，他眼睛里像着了火，开口骂：“你他妈的有点儿出息行不行？”

我装没听见，拧着一动不动。

他揪着我的衣袖拖我起身：“站起来！”

“你走吧。”我苦苦哀求，“你一个人走，找到人再回来，不然咱们两个都要死在这儿。”

他看我一会儿，叹口气，目光软下来，摘下手套在口袋里摸索着，掏出一块东西剥开，递在我嘴边：“都吃了，听我的话，咬咬牙起来接着走。”

这是我们最后的半块巧克力，危急关头可以用来救命。

我闭着嘴连连摇头。

他蹲下身，伸手拨开我额前的乱发：“赵玫，替你爸妈想想，他们只有你一个女儿。”

他脸上的苍白和疲倦让我不忍多看，能够想象自己的模样，雪汗交加，肯定也好不到哪儿去。

想起爸妈在北京机场送行的情景，我心酸难抑，终于张开嘴，咬下一块巧克力。半溶的诸神之美食滑过食道，似一朵小小的火苗开始燃烧。

我找到力量，把手伸给他，竭力站起来。

必须活下去，无论面对的是什么，都要想办法活下去。我不想变成雪下的一具无名僵尸，春暖花开的时候才被人发现。我不能让父母为我伤心。白发人送黑发人，原是世上最残酷的事。

他说他要带我去奥地利。我向往这一天。还有多少美丽的东西我没有见识过，就这样离开这个世界，我实在不甘心。

膝盖还是疼，两腿哆嗦着发软。他蹲下身为我揉着膝盖，嘴里嘘着气说：“乖，再忍忍，就快到了，我们已经走了一半了。”

我歪歪嘴想笑，眼泪却涌上来。他说话的口气，活脱儿就是小时候摔了跟头，爸哄我别哭时的翻版。

再往前走是一个接近四十五度的斜坡，阳面表层上的雪化过，又重新上了冻，非常滑，很难找到固定的立足点。

孙嘉遇先慢慢挪下去，站在下面向我伸出手，大声说：“一点点蹭下来，别怕，我在下面接着你。”

我仔细看看地势，索性侧过身，想顺着斜坡滑下去。

可没想到雪下竟然藏着石头，行到中途我被绊了一下，顿时失去重心，向前踉跄着冲了几步，恍惚中听到孙嘉遇喊了一声“赵玫”，我一头栽下去，掉进离坡底不远的一个雪坑。

在失去重心的一刹那，我本能地张开双手，叫了一声：“救命……”

松软的积雪瞬间将我整个儿埋了进去，冰凉的雪花倒灌进来，堵住了我的声音。

我拼命挣扎，身体却仍在往下沉，积雪挤压的力量，让我的肺因缺氧而接近窒息。眼前一片漆黑，心头只感觉到冰凉绝望。求生的本能令我双手盲目地在头顶乱抓，忽然间仿佛触到实物，我一把死死攥住。

我不记得自己是怎么被拖出雪坑的，昏乱间感觉呼吸突然顺畅，于是拼了全力往前爬，爬到积雪只能没到膝盖的地方。

彻底从半昏迷状态中清醒过来，我发现自己躺在雪地上，手脚瘫软，几乎不能动弹。

孙嘉遇伏在我胸前一动不动，双眼紧闭，睫毛密密地覆盖下来，在眼睑处投下一片阴影。

我吓坏了，翻身爬起来，拼命摇晃他的肩膀：“嘉遇，嘉遇……”

他的睫毛颤动了几下，茫然地睁开眼睛，似乎不知身在何处。

我破涕为笑：“你还活着……”

他抬起头，像是捡回了方才的记忆，几乎气急败坏，“你怎么这么笨哪？没见过你这样的小白痴！我跟你说慢慢的，你非要逞能！妈的想害我一块儿殉情，也挑块好地儿……”

连珠炮似的微冲点射，还是他一贯挤对人时的水准。我松口气，哭笑不得，这人至死不肯在嘴头吃亏。

我们两个早已虚弱不堪，方才一番折腾，体力完全透支，只能找个避风的向阳处，挤在一起坐着休息。

周围依然是无边无涯的白色，死一样的寂静。

濒死一刻的记忆卷土重来，那种灭顶的绝望再次吞噬了我，恐惧让我浑身发抖，我掐着他的手臂，哆嗦得语不成声：“我以为……再也见不到你了。”

他抬起手，似乎想揉揉我的头顶，却终究没有实现，抬到一半又放了下去，笑笑说："你也是个祸害，不祸害完我是不会罢了的，咱俩一对儿祸害遗千年。"

我靠在他的肩上没有说话。

其实我想告诉他，我一直爱着他，从开始就爱着他。有些话，我想了那么久，却总也说不出来，只怕话一出口，便让自己落在下风，从此万劫不复。从来没人教过我，爱一个人，原来这样辛苦。

"嘉遇……"

"嘘——"他的脊背忽然僵直，手指按在我的嘴唇上，"别说话，什么声音？"

隐隐约约的，像是马达的轰鸣声，那声音渐渐汇集，远处一个黑点越移越近。

不知道哪儿来的力气，我一下站起来，脱下滑雪服在头顶拼命挥动。

橙黄色的滑雪服，在雪地中异常醒目。

黑点越来越大，最后进入我们视线的，是一个钢胶履带的庞然大物，侧面的标志，是"东方红"三个中文大字。

拖拉机上跳下几个人，朝我们飞快地跑了过来。

我膝盖一软跪倒在雪地上，摘掉眼镜仰望上天，全不顾刺目的雪光。上帝啊，您老人家终于睁开了眼睛！

旁人看我出奇的镇静，完全没有劫后余生眼含热泪的正常反应，因为我已经傻了，不敢相信自己的运气。

我们被包上干净的大衣，七手八脚地送上拖拉机。孙嘉遇居然还有余力唱了两嗓子，他的声音已经嘶哑得不成样子，根本听不清在唱什么。

后来我才知道，当时他唱的是："翻身做主人，深山见太阳。从今后跟着救星共产党，管叫山河换新装！"

这是"文革"中的样板戏，《智取威虎山》中小常宝的唱段。因为那辆救命的拖拉机真的产自中国，出厂于一九九〇年。

我和孙嘉遇被送进当地医院，全身检查之后，发现只有体力透支和轻微的冻伤。医生啧啧称奇，连说奇迹。

唯一的意外，医生注意到孙嘉遇右臂肩窝处一片青紫淤斑，几经询问，才知道他肩关节处曾经脱臼，是把我拉出雪坑时伤到的。我听得差点儿心疼死，难以想象他是如何忍着剧痛自己给倒腾复位的。

这人一直忍着疼一声不吭，现在打上绷带，却开始龇牙咧嘴地装样，哄着年轻的小护士帮他穿脱衣服。

我躺在旁边病床上，一直冷眼瞧着，趁他眼光扫过来的时候挥挥拳头，威胁他当心。

邱伟和老钱听到我们脱险的消息，当即从奥德萨开车过来。见到孙嘉遇，邱伟一改常态，把他骂了个狗血淋头："你白痴啊你，没学过雪地求生怎么地？为啥不待在原地儿等着？为借这几辆拖拉机，我们费了多少唾沫星儿你知道吗？"

孙嘉遇赔笑："哥们儿这不是活着出来了吗？"

邱伟更怒了："你好意思说？要不是赶巧儿遇上，你小子早死十回八回了！你死了不要紧，还要连累人家小姑娘……"

孙嘉遇垂着头再不敢出声，一向伶牙俐齿的他，头回露出狼狈不堪的样子。

老钱替他解释："也别怪他，当时情形逼的嘛，谁碰上那阵势都得乱了阵脚。"

"你甭帮他说话！"邱伟朝老钱怒目而视，"我和他认识十年，他什么人我还不知道？他大爷的，什么拧巴他来什么，旁人劝的都是扯淡！"

我瞅着这仨人直乐，心里话：大哥，你现在心疼他，等你看到自个儿宝贝爱车的模样，我保证你只想说一句话四个字：你去死吧！

我到底没忍住，哈哈笑出来。

Chapter 7
第七章

该走了，亲爱的

日子一天接着一天飞逝，
每一分钟都带走生活的一部分，
我们两个人期望的是生活，
可你看，
死亡却已临近。
世界上没有幸福，
但有自由和宁静。
——普希金
《该走了，亲爱的》

回到奥德萨，我躲在家里半个月不敢见人。冻伤的皮肤又在雪地里受到曝晒，开始一片一片蜕皮。我不敢照镜子，怕被自己的模样吓倒，从此留下阴影。而且十分恐惧，担心皮肤无法恢复原样。

我埋怨孙嘉遇："为什么不提醒我涂防晒霜？"

"呃，你脑子进水了吧？"他十分震惊，表示无法苟同。

我反唇相讥："你才脑子进水了呢，你脑子里都能漂拖鞋了！"

"哟嗬，"他伸手拧我耳朵，"出息了不是，敢跟我顶嘴了？你说，那时候命都快没了，还要脸干什么？"

我闪身躲到门后，斜着眼睛说："再欺负我，我就给你断炊，我饿死你！"

听了这话，他反而坐下了，笑眯眯地望着我："你真舍得？昨晚上是谁说的，说喜欢我欺负她……"

这个流氓！我飞扑过去捂他的嘴，羞得满脸飞红。

他趁机捏住我的手调笑："你身上长得最好最漂亮的，就是这双手，如今也不能看了。"

提起这个便触及我真正的伤心事。因为生了冻疮，十个手指头都肿得像红萝卜一样，许久不见消退，每到晚上痒得钻心不说，关键是一个多月后，就要开始专业课的入系考试，可我现在的状况，根本无法正常练琴。

我气不过，作势抽打他的脸颊：“你还说你还说，我将来要靠这双手吃饭的，你怎么一点儿都不心疼？”

“谁说我不心疼？”他一边躲一边反驳，“不是找了一位阿姨来帮忙，一点儿家务都不让你沾了吗？”

我只好住手，因为他说的都是实话。

从诺瓦瓦利斯卡的医院一返回奥德萨，孙嘉遇就请朋友介绍了一位四川籍的阿姨，每天下午来收拾房间，兼做一顿晚饭。

有这位阿姨帮忙，我的时间顿时空闲下来，开始专心于功课。

晚上吃完饭，我通常先练会儿琴，老钱和邱伟一回来，便噤声开始复习俄文。然后有一天我忽然发觉，不知从什么时候起，孙嘉遇不再轻易出去混饭局了，每天从港口出来就直接回家吃饭，夜里也不再去卡奇诺赌场消磨时间。

周末闲下来，他会换上牛仔裤和运动鞋，陪我逛步行街和博物馆。这种地方以前来过无数遍，但身边跟着男友，心情是完全不一样的。

隔着玻璃去看那些相隔百年的旧物，璎珞纷繁华美依旧，但毕竟物是人非，当年如花美眷如今已成似水流年。满心惆怅之际，却因他在身边，依然有踏实的感觉。

步行街两侧有不少品牌专卖店。昔日仿佛高不可攀的门槛，突然间全部向我敞开。我相信，对大多数女人来说，这完全是一种陌生而奇妙的体验。

经过一家内衣店，孙嘉遇硬把我拉进去。

我挑了几件款式保守的长袖睡裙，比在身上给他看，他都摇头表示不满意。

两名店员中有一个是中国人，她在一旁察言观色许久，从柜台后取出一套黑色小睡衣，直接拎到孙嘉遇脸前。她还真明白，知道这套衣服真正的受益人是谁。不过一旦看清楚这睡衣的设计，不仅我，连见多识广的孙嘉遇都被惊着了。

上下两件，上衣完全透明，唯有胸口绣着两朵深色玫瑰，下面那件，严格来说，就是几根细带，只在关键部位贴着一大一小两片黑色的叶子掩人耳目。

孙嘉遇呆了片刻，惊讶之下脱口而出：“靠，这衣服哪儿是给人穿的？纯粹就是让人脱的嘛！”

声音还挺大，于是举店皆惊。那中国店员翻译给同伴，两人同时看向我，笑得花枝乱颤。我大窘，恨不能就地找个地洞钻进去。

出了门，我照着他屁股就踢了过去。没想到他早有防备，利索地跳开。我使的力气太大，脚下一空，平衡顿失，一屁股坐在地上。

他已经几步蹿过马路，转身看到我的狼狈样，忍不住大笑。

我耍赖不肯起身，等着他来扶我。

他也不动，站在马路对面满脸坏笑着与我僵持。

此时的天气已经相当暖和了，阿卡迪亚海滨大道的两侧，爬满断崖的山楂树争先恐后地绽放着粉白晶润的花朵，偶有随风飘落的花瓣飘落肩头，暗香袭人。

太阳照在鹅卵石铺就的人行道上，路边的法国梧桐刚刚长出嫩绿的新叶，有轨电车从轨道上叮当叮当地经过。

湿润的海风扬起他乌黑的头发，他身后就是繁花如炽的山楂树，那一树一树雪白的山楂花，像挂满枝头的细碎冰片。

我坐在午后的阳光下有点恍惚，觉得日子美好得不像真的。

我并不知道，这幅春天的画面，日后竟会成为我回忆中最美丽的一瞬，因为这一刻的存在，如暗夜里的烛光，照亮了所有关于乌克兰的记忆，让它不再那么狰狞。

人们却说，秋天的时候，白桦树金黄的落叶，簇拥着满树小红灯笼似的红果，景色更加宜人，说得我心向神往。

不过眼下有一个更吸引人的节目，奥德萨四月一日传统的愚人节狂欢游行，盼了很久，终于到了。

在乌克兰人的心中，愚人节其实是起源于奥德萨的。这个位于黑海东南岸的地方，曾被称为南方的“巴米拉”，拥有和圣彼得堡一样辉煌的过去，全世界唯一一个把四月一日愚人节定为官方假日的城市。

这一天的奥德萨是一个疯狂而快乐的城市。从早上九点开始，就有三五成群的年轻人从四面八方向市中心的滨海公园汇拢。

我和孙嘉遇沿着普希金大街，被裹挟在欢快的人流里，不停地往前走，因为怕失散，我一直紧紧拉着他的手。

我用方巾裹着头发，戴上眼罩扮成海盗的模样。孙嘉遇今天也扮得格外引人注目，妮娜客厅中的两只孔雀翎被他绑在头顶，迎着风呼呼乱颤，像京剧里的武小生。腮帮子上还贴着一个海绵做的巨大肉瘤，颜色形态几可乱真。

说起来都是我的主意，难得他不反感，并不怕影响自己的形象，竟兴致勃勃地随着我胡闹。

一路上不时被素不相识的行人用充气锤敲到脑袋，回过头就能看到各种稀奇古怪的装束，还有灿烂的笑脸。

在半圆广场，军队的方阵先过去，后面就是五彩斑斓的花车游行。每一辆花车经过，我们随着身边的奥德萨游人，肆意地跺脚、吹口哨、鼓掌欢呼，兴奋得一身热汗。

下午三点表演完毕，人群轰然四散，纷纷拥向路边的餐饮店。

我早就饿得前胸贴后背，拉着孙嘉遇飞快地跑进一家餐厅。侍应生迎上来劈头就是一句："圣诞快乐！"

我愣住，半天才反应过来，摇着孙嘉遇的手臂咯咯直笑。他却翘起嘴角不屑地说："知道什么是'四月傻瓜'吗？就你这样的。"

论起杀风景的冠军，一向非此人莫属，我悻悻地坐下。

菜送上来，第一道竟是生菜沙拉。晶莹的玻璃碗里，碧绿的生菜叶子上撒着碎芝麻粒和绿胡椒，倒是非常悦目。

我还没有接受教训，埋怨道："这家大厨是不是犯困了？怎么头道菜就把沙拉上来了。"

孙嘉遇眉毛眼睛几乎全皱在一处，一脸恨铁不成钢的表情："明天我得带你去测测智商。"

"嗯？"我听他话里有话，掀起生菜叶子一看，下面居然藏着两小碟开胃酒，原来是愚人节的把戏。

"傻瓜。"他喝口酒说。

接下来一道烤土豆，表面惟妙惟肖，切开来才知道是烤面包和蘑菇。最后的结束游戏，是两颗放在药盒里的口香糖。

"真好玩儿！"一顿饭的时间，我吃了不少，也笑个不停，心情极其愉快。

孙嘉遇却没吃什么，早早地放下刀叉，叼起一支烟看着我微笑。一缕轻烟从他的唇间袅袅升起，阳光透过玻璃窗洒在他的身上、头顶，光影斑驳间有种真实的温暖。

这顿饭消耗了很长时间，等我们走出餐馆，太阳已经落到海平线以下，天色逐渐暗下来。

沿着街道慢慢散步回去，在普希金的雕像旁边，我们遇到一个吉卜赛女人，她正用一副破旧的纸牌给人占卜。

早在很久以前，叶卡捷琳娜二世下令修建这座城市之前，奥德萨其实是一个吉卜赛人的聚集地，在俄罗斯地区，他们被称做“茨冈人”。城里如今还有很多这样的吉卜赛人，居无定所，以算命、贩卖旅游纪念品为生。

我好奇心发作，非要上前占上一卦。

孙嘉遇对此类封建迷信的勾当一向鄙视，哼一声说：“她就和那些算命瞎子一样，除了信口胡扯混口饭吃，有什么真本事？”

那女人闻声蓦然抬起头，街边的路灯照着她满脸的皱纹，像只风干的核桃，只有一双眼睛，碧绿深邃得接近妖异，不像人类，倒像是猫儿的眼睛。

我吓得倒退一步，下意识地躲到孙嘉遇身后。

她却紧紧盯着我，干瘪的嘴唇翕动着，发出嘶哑的声音：“你，身体在一处，心却在另一处。在神的驱逐下，永不停息地流浪。”

语气中充满萧索不祥之意，令人遍体生凉。我揪住孙嘉遇的外套，怯怯地问：“她说的什么意思？”

孙嘉遇反而笑了，索性上前一步，问她：“那我呢？”

那吉卜赛女人上下端详他，咧开没有牙的嘴微笑，凑近他轻轻说了两句话。我离得远，那女人的俄语发音又十分模糊，除了几个单词，并没有听太明白。

孙嘉遇唇边的笑纹愈深，从裤兜里摸出一张钞票放在她手里，拉着我转身离开。

我紧张地追问：“她跟你说什么？”

“甭理她！江湖骗子嘿，居然给我念诗，以前听过这种新鲜事儿吗？”

“诗？什么诗？”

“让我想想……哦，好像是普希金的，什么‘在你孤独悲伤的日子，请你悄悄地念一念我的名字’。听听，多有诗意多浪漫！”他低下头笑，轻轻捏住我的鼻子，“哎，不对啊赵玫，这话明明是对你说的……”

我却笑不出来，那女人的声音仿佛一直追在我身后，如同古老的魔咒，我情不自禁地打了个哆嗦。

“愚人节，愚人节……”我拼命安慰自己，努力想把这两段话从脑子里赶出去，一天的好心情荡然无存。

直到周日妮娜进城，瓦列里娅也带着伊万来看爸爸，屋内一时人满为患。纠缠了几天的不安，才在这种人间烟火里慢慢消散。

下午妮娜要去参加教堂的主日弥撒，我担心她行动不便，便自告奋勇陪她过去。

来乌克兰之后，我还是第一次进教堂，相当好奇。教堂正中华丽的祭坛，立刻吸引了我的目光。抬头仰望上方的耶稣受难图，心头竟涌起异样的感觉。

仿佛脑海中所有的起伏波澜都已远去，只余宁静和安详，身心似找到休憩的港湾。渐渐胸口酸痛，我有流泪的冲动。

这是非常奇怪的感受，我有点不知所措，低声讲给妮娜听。她微笑，却没有说话，伸手搂一搂我的肩膀。

等弥撒结束，孙嘉遇开车来接我们。出了教堂门，我一眼就找到他的车。

车的主人正仰着头，专注地凝望教堂顶部的钟楼，神情恍惚像飘在千里之外。他的脸色有些苍白，但轮廓清俊，映着斜阳侧面看过去极美。

我远远地欣赏地看着他，不由自主地放慢了脚步。

妮娜回过头叫我：“玫……”

我脸一热，追过去扶她下台阶。

坐定以后我问孙嘉遇：“你怎么不进去？”

他关上车门，用中文回答我：“这种地方不适合我。”

“你没试过，怎么就知道不适合？弥撒挺有意思的，我听得都快流眼泪了。”

他笑笑：“有信仰的人，会对世界生出敬畏之心，我不需要。”

嗯，这话说得真有气质！我一时没有咂摸出其中真实的含意，正琢磨着，他又说："你那点儿脑容量，别想了，想也想不明白，代沟，知道吧？"

我最讨厌他用这种口气羞辱我，趁妮娜不注意，在他手臂上狠拧一把。

当着妮娜，他不好意思出声，只把脸皱成一团。

但妮娜还是看见了，不过没有揭穿我。她轻轻抚摩他的鬓角，心疼地说："孩子，你瘦多了，是不是太累了？"

孙嘉遇显然不习惯这样的温存，又不好做得太明显，略微侧身，他解释："马上要到春夏换季的时候了，水路进口的货物上得太集中。"

我插嘴："你事事都要亲自动手，谁都不放心，不累才怪。为什么不找人帮你？"

妮娜表示赞成："玫说得对。"

他露出不以为然的神色，却不好朝着妮娜去，只能教育我："你懂什么？大人说话甭多嘴！"

妮娜无奈地对我笑，我吐吐舌头，冲着他的背影凌空做了几下扇耳光的动作。

送妮娜回到郊外的别墅，又留下几箱食品和水果，孙嘉遇载着我回城。

路上我依然纠缠刚才的话题："你和老钱合作那么些年，干吗不让他多干点儿？"

"说你懂个屁你就是懂个屁！"妮娜不在，他说话也就不再顾忌，"能让他做我早让他做了，还用等到今天？"

"我就是不懂才问你，到底为什么嘛？"我并不生气，依然低声下气地询问。

他被我烦得不行，三言两语企图蒙混过关："清关这生意，有三条线是命根子：一是海关，二是运输，三是那什么……那个……嗨，说了你也不懂，反正就是吧……把这三条线交出去，就等于把生意和盘送给别人，明白了吗？"

"还是不懂。"我摇头，"为什么老钱不行？你们不是合作伙伴吗？你不信任他，为什么还和他混在一块儿？"

他刷地扭过头，飞快地扫我一眼："口口声声老钱，你得他什么好处了？"

“胡说，我是心疼你。”

他笑了笑，转身凝视着前方，明显迟疑，半天才慢吞吞地开口：“不是我不信他，而是他做过几件事儿，让人不敢信他。不然我傻呀，你以为我不愿意做甩手掌柜？”

“哎，那你们为什么凑一块儿的？”

“我刚来乌克兰的时候，是老钱最倒霉的时候。他辞了公职跟人来淘金，做了两单进口就赔了两单，把亲戚朋友凑起来的本儿赔得精光，赔得他几乎上吊。那时候我俄文不行，急需一个帮手，就找到他，这么着才凑到了一块儿。”

“这么回事呀，那就算了。”我把手伸进他的毛衣领口，仔仔细细地摸着他的胸口和锁骨，“妮娜说你瘦了，我怎么不觉得呢？难道是因为天天在一起？”

他被摸得上火，低头作势要咬我：“一边儿老实待着去，别趁机占我便宜。”

我不理他，索性再多摸两下，一边哧哧笑。

他直叹气：“你学坏了小妞儿，以前多淳朴一姑娘！”

“哼，还不是你教出来的，这会儿心里不定多乐呢，装什么纯情啊？忘了您老人家英勇神武乌生鱼汤比韦小宝韦爵爷还生猛的时候了？”我嗤之以鼻。

过几天就是孙嘉遇的二十九岁生日，外面大队人马要在奥德萨饭店给他做寿，他带我一起出去吃饭。

饭桌上，他显然变成攻击的目标，人人都责备他重色轻友。

“你小子太过分了，自己上岸就不管兄弟们死活。”

他被骂得几乎钻到桌子下面去，连连告饶：“兄弟这不是一失足成千古恨吗？”

众人大哗，纷纷上来灌他喝酒。他自觉理亏，也不推辞，一杯接一杯，很快进入临界状态。

邱伟最后看不过去，上前解围：“得了吧你们，别口是心非了，你们那点儿小心眼儿谁不知道？有他在，小姑娘的眼睛都粘他身上了，还有你们什么戏？”

孙嘉遇啼笑皆非，抱拳说："哥哥，哥哥哎，求你了，您这是帮我呢还是毁我呢？"

那帮人还是不肯放过他，我看他脸色已经发白，连眼圈都红了，依旧死命撑着来者不拒，忍不住一脸愠怒地夺过酒杯："不就因为他天天待在家里吗？这酒我喝行不行？"

满桌喧哗顿时安静下来，像电影中的定格镜头，众人的眼光，包括孙嘉遇，都落在我身上。

他有些尴尬，伸手按住杯口："别胡来，这儿没你什么事儿！"

我赌气地推开他，抢着把大半杯威士忌一口气喝下去，再将酒杯重重墩在桌子上："还有没有？我陪着！"

"扑哧"一声，有人打破沉寂笑出来，"哎哟小孙，真看不出来，你这小女朋友挺豪横的，行，厉害！"他跷起大拇哥，"得，咱也别难为人小姑娘。来吧，哥儿几个自己喝！"

孙嘉遇脸上没什么表情，却在桌子下面把手按在我的膝盖上，低声问："你没事吧？要不咱们先回去？"

我酒量其实甚浅，一杯酒下去就头晕得厉害，但今天是他的生日，我不想扫兴，坚决地摇摇头。

酒至半酣，遗下满桌狼藉，二十多人呼啸一声，直接杀去了卡奇诺。

坐进车里，我醒过味儿来，心虚地问："我是不是做错事儿了？"

"没有。"窗玻璃像镜子一样映出他的脸，那是清晰的微笑，"就吓我一跳，平常看你磨磨叽叽的，想不到还有这血性。"

我捧着滚烫的脸颊没有说话，亦为自己的勇气吃惊。

时间已近十点，卡奇诺里热闹依旧，一层大厅里人声鼎沸。

方才喝下的酒精，这时候开始彻底挥发，孙嘉遇怂恿我试试轮盘赌，我酒壮人胆，真的坐上去，捡了最简单的红黑单双来玩。

谁知那天的运气竟出奇的好，如有神助，连赢数把，不一会儿我的面前就堆起一堆筹码。

庄家神色如常冷静，双眼却分明微露惊讶之色。连孙嘉遇都提起兴致，甚至破了五百美金输净离场的规矩，又换了一把筹码交给我。

被赢钱的兴奋刺激着，我对自己信心大增，卷起袖子玩得十分投入。正把筹码推过去一部分，特酷地喊一声："双。"身后有人冷冷接一句："我押单。"

声音如此熟悉，我愕然抬头，站在身边的竟是彭维维。

她穿一件黑色的小礼服，质料奇特，由一朵朵半开的矢车菊花瓣勾连而成，中间空隙处一点一点露着雪白的皮肤，处处是诱惑，让人的眼睛目不暇接，简直不知道落到哪里才好。

我怔怔地望着她酒红色的指甲和嘴唇，一时间说不出话来。

从她那儿搬出去之后，我还一直期望着，等哪天她气消了，再找个机会和她道歉。我放不下彼此五六年的交情。

但眼前的维维实在陌生，那手挟香烟的姿态，已经完全带上了风尘之气，我几乎认不出她了。

此刻，她居高临下地斜睨着我："好长时间不见了，老同学，看样子你过得挺滋润。"

我感觉莫名的压力，随即转身寻找孙嘉遇，想从他身上借一点依靠，却发现他不知什么时候已经离开了。

"不用找了。"她似看透我的心思，淡淡地说，"他在楼上包间里，一时半会儿顾不上你。"

我镇定下来，望着她的眼睛回答："想不到在这儿碰到你，你也挺好的吧？"

"挺好，谢谢。"她微微笑，细长的烟卷贴着她丰润的双唇，随着说话的频率上下移动，"他们男的在楼上说话，我们来玩一局好吧。"

她的口气没有任何波澜，抹得雪白无瑕的脸上也没有任何异样的表情，就像以前对我说：赵玫，我们出去吃饭吧。

我仰起脸看看二楼的走廊，那些雕花的原木包间门都紧紧闭着，心中便有些不安，硬着头皮问："玩什么？"

"你不是在玩单双吗？那就还是单双好了，不过我喜欢一把赌输赢，不喜欢一点点儿磨叽。"她随手把一摞筹码撤过去，"我押单，赵玫，你还是双？"

“双。”我咬牙把筹码追加一倍。

“我押的可是全部。”她圆圆的眼睛眯起来，仿佛带着不屑，“你手软了？”

被她的目光刺激到，血液里的酒精扑的一声似被点燃，我刚要回敬两句，有人从身后搂住我的腰，把我眼前所有的筹码都推了出去。

“全部。”他说。

是孙嘉遇回来了。

我吊在半空的心脏瞬间落回原处。

彭维维看着他，软软地笑了，笑得意味深长：“你确定？不怕一把输个干净？”

“维维，我输得起。”孙嘉遇的回答也干脆，同时向庄家做个手势，表示下注完毕。

两人的表情都很平静，我却分明感觉到平静下的暗潮汹涌。从孙嘉遇现身，她就再没有看过我一眼。

轮盘开始飞速转动，上面的数字变得一片模糊。

我盯着它，不知为什么，手心竟然微微出汗。

轮盘最终缓缓停下，落在红色区域，单。

很不幸，单数胜，我们输了。

“对不住啊，两位！我却之不恭受之有愧，只好笑纳了。”彭维维摆摆手，立刻有人上来帮她收拾筹码。

“不客气，这么漂亮的美女，输你我巴不得呢，我乐意。”孙嘉遇笑容轻佻。

“哎哟，那就谢谢了！”她纤长的手指捏起几枚筹码，作为彩头扔给庄家，“孙先生，将来有求到我的地方，可千万甭客气。”

“一定。”

“得，祝两位吃好玩好，咱们后会有期，拜拜。”

她起身扬长而去，步履袅娜风流。两个年轻男孩跟在她身后，捧着筹码亦步亦趋。

目送彭维维走远，我松口气，问孙嘉遇：“你刚才干什么去了？也不跟我说一声。"

"太晚了，我们回家。"他并没有回答我的问题，只是望着她的背影，眼神很奇怪，似充满痛惜，让我心里酸溜溜地很不是滋味。

我们到家不久，邱伟和老钱就前后脚陆续回来了。

今晚的一幕他们也看到了，老钱坐下便开始发表评论，做出百思不得其解的样子："你们说那彭维维，原来多可人意多讨喜的一个姑娘，怎么变成现在这德行了？"

孙嘉遇扶着额头不肯出声，嘴角微微下撇，神情说不出的疲惫。

老钱也没个眼力见儿，依旧在啰唆："她到底是攀上谁了，牛逼成那样？"

邱伟低声嘟囔两句："我可不觉得她混得怎么着了。有人说经常看到她在卡奇诺里喝得烂醉，人都认不清。"

孙嘉遇起身，还是不说话，一声不响地往楼上走。

"哎，我说小孙……"老钱叫住他，"那帮人今晚找你谈什么呢？"

孙嘉遇站住脚，这回开口了，说得很轻巧："合作。"

"什么？"老钱和邱伟都立了起来，像受到极大的惊吓。

我本来跟在孙嘉遇身后，被这两人的态度惊到，差点儿失手把外套扔了。

"我拒了。"孙嘉遇又跟一句。

老钱吐出一口长气："你说话甭大喘气儿行吗？吓我一跟头。跟他们合作，那不找死吗？"

邱伟却说："拒了也惹麻烦吧？"

他们这是在说什么呢？我转着眼珠看孙嘉遇，联想到赌场里彭维维的言辞，那点儿不安再次袭上心头。

孙嘉遇已经注意到我："赵玫，回房换衣服去。"

我明白，他这是嫌我碍事，想让我回避。我一扭身，带着积攒一晚的钻心委屈，三步并做两步跑进卧室，关上门直接扑到床上。

听到他开门进来的声音，我把头转到里侧，半张脸都埋进枕头里。枕头已经湿了大半，潮乎乎地贴在脸上极不舒服。

“赵玫。”他摸着我的头发。

我不吱声，脸朝下埋得更深一点儿。

床垫微微颤动几下，他坐在我身边，把什么东西放在我的手心里：“帮我个忙，明天把它交给彭维维。”

我摸了摸，似乎是个信封，里面装得鼓鼓囊囊的。

“不管。”我赌气把它扔得远远的。

“你不去我就得自己去。”他心平气和地劝我，“今天她什么态度你也看见了，你放心让我去见她？”

这就把我当傻子哄呢！我霍地坐起来，气得直嚷嚷：“谁知道你们俩到底什么事儿啊，一直不明不白的，可是干吗每次都连累我？我不去，爱谁谁！”

他被我满脸的泪痕惊到，伸手胡乱地抹着：“哎哟怎么哭了？就为输那点儿钱？真是，瞧你出息的吧。我补给你，补双倍行不行？”

“你才因为输钱呢！”因为被误解，我几乎愤怒了，从枕头下面抽出一个盒子，用力摔在他身上，“你一点儿良心都没有！”

“哟，什么东西？”他暂时忘记了自己的事，好奇地拆开那个包装精美的硬纸盒。

里面是个“都彭”的银制打火机，我特意为他准备的生日礼物。

为了买这个火机，我还专门去了趟银行，从自己的存款里取了三百美金。虽然这些日了吃穿用花的都是他的钱，但这份礼物我情愿用自己的钱，因为完全是我的心意。

“给我的？”他很惊讶。

“啊。”看在今天是他生日的分儿上，我忍着气回答，“生日快乐！”

他笑了，翻过来掉过去看半天，眼睛里似有亮晶晶的光晕，然后低头亲亲我的脑门：“真是个乖小孩儿，谢谢！”

我转开脸哼了一声，怒气已经飞到爪哇国去了。

他搂着我起会儿腻，又转回正题，把信封重新放在我手里：“听话，明天跑一趟，乖啊！”

我翻开看看，信封里居然是厚厚一沓绿色的钞票。

“这个给她？”我非常吃惊。

“嗯。”

“你想干什么？一夜买欢？”

“你现在是越来越过分了。”他笑出来，却笑得有点苦涩，“我不干什么，你明天就问问她，想不想转学到基辅或者莫斯科的大学，我愿意帮她。”

我很不高兴：“她怎么样关你什么事？”

“她到底跟过我，我不能眼看着她烂在泥里。”

“你自己的风流债，自己去还吧，我没那工夫。”我把信封塞回他手里，爬起来进了浴室。

孙嘉遇在别的事上精明，在这上面却是个白痴。他到现在都不明白，他和彭维维的心结到底在哪里。以彭维维的条件，愿意在她身上砸钱的男人，比比皆是，她的问题如果钱能解决早解决了，人家会稀罕这点儿钱？

而且，我见了她说什么呢？没准儿她会认为我在炫耀，反而起了副作用。

他最终没有胆量自己亲身前往，倒霉的老钱被挑中做了炮灰，却被灰溜溜地骂回来。他带回彭维维的原话：三十年风水轮流转，该还的总要还的，这是走江湖的规矩。

“女人哪女人，千万不能得罪，不可理喻起来真是可怕！”老钱被骂得灰头土脸，连连摇头。

孙嘉遇的脸色极其难看，大概被人弃之如敝屣的感觉，实在不好受。

我则不好发表任何意见，只能保持沉默。

他为此闷闷不乐了几天，邱伟劝他：“路都是自己选的，谁该为谁负责呀？人要是想往下出溜儿，甭说你，坦克车都拦不住。再说你招惹过的女孩儿多了去了，每一个都负责，你管得过来吗？”

他这才勉强把这件事撂下。

到了五月初春夏交替换季之际，海港进口的货物骤然增多。孙嘉遇和老钱几乎天天早出晚归，每天他们离家的时候我还在熟睡，等他们夜里进门，我已经歪在沙发上睡着了。

“为什么不上床睡？”他很不满，几次都是他把我抱回床上。

“你回来了？我给你热饭去。”我睡眼惺忪地想爬起来。

“算了算了吃过了。”他按住我，替我盖好被子，低声嘀咕了一句，“是不是该减肥了，小妞儿？怎么越来越沉？”

港口噪声极大，面对面谈话也要扯着嗓门，每天回来，他的嗓子都哑得几乎说不出话。

我天天用白梨炖冰糖水给他喝，明明生津下火的东西，却不能控制他越来越紧张的情绪，那些日子他常常莫名其妙地发脾气。

我尽量忍着他的无理取闹，心想他压力太大，过了这段就好了。最近几周他却变本加厉，脾气愈加见长，整个人像张弓，弦越绷越紧，我很担心哪天他会啪的一声断掉。

这天是个周五，他下午五点半打电话回家，嘱咐老钱晚上没事待在家里，尽量别出去。

原来当天他接到一笔大额的清关生意，按照常规，对方需要先付一笔定金。

对方付了，四万七千美金，却是乌克兰的格里夫纳货币，整整齐齐地码在一个硕大的蛇皮袋里。

等双方把合作的规矩一一说清楚，已经是下午四点二十。孙嘉遇立刻飞车赶往最近的银行，路上却因违章超车被拦下，偏偏碰上一个特别认死理的警察，金钱都买不动，跟他纠缠了半个多小时。

结果五点一到，银行关了门，他只好带着一大包现金回家。

比较要命的是，奥德萨的银行周末并不营业，那些格里夫纳倒出来足有小半柜子，只能在家里存到周一。

老钱看到那一大堆钱，也被镇住了，结结巴巴地问：“这这这这什么人啊，怎么这么膈应？为什么不付美金？”

“不知道什么路数。”孙嘉遇摇头，“整件事儿从头到脚都透着诡异，那主事儿的，一看就是个生手。反正这几天出入都小心点儿，别被人算计了。”

我们各怀心事睡了一夜。第二天早上，孙嘉遇醒来的第一句话：“妈的这算什么事儿？老子还不信了，这就存到地下钱庄去，谁怕谁呀？”

我不是第一次听到“地下钱庄”这个名字，可却是第一次真正见识，以前一直以为它就是高利贷的同义词。

说起来，地下钱庄算是“灰色清关”的衍生物。灰色清关引发的系列后遗症之一，就是商人的收入无法存入正式银行，因为逃税漏税，或者来源不明，存到银行等于自我暴露。又无法通过正当途径将收入汇回国内。

地下银行于是应运而生，服务对象不仅仅只有中国人，还有阿拉伯人和独联体的人，甚至来自西方国家的商人。

我以为既然是钱庄，怎么也要有点银行的气势，没想到在奥德萨一个普通的居民小区里，某栋普通的公寓一层，一间不足十平方米的房间，一张普通的书桌，一个不起眼的保险柜，一名面目模糊的中年男子，就是钱庄的全部。

眼睁睁看着大笔钞票被收进保险柜，换回来的是一张白条，上面只有一行金额和双方的签名，我目瞪口呆：“这就完了？”

“完了。你还想干什么？”孙嘉遇拉起我出了钱庄。

坐进车里，我捏着那张白条仔细察看，甚觉不可思议：“如果他卷款跑了怎么办？”

孙嘉遇笑了笑：“他会死无葬身之地。”

声音很轻，却透出一股冷冷的杀气。

我抬头打量他，忽然感觉到恐惧。他嘴角的笑容冷酷而残忍，这一瞬间他几乎是个陌生人。

“嘉遇。”

“啊？”他回头，顷刻间已恢复了常态，“干什么？”

我把白条递给他：“收好。”

他看我一眼，淡淡说：“你留着吧，过些日子提出来，申请外面学校时正好用得着。”

我的心跳一下加快，手指下意识收拢，紧紧地握着那张白条，手心微微有点出汗。那个数字后一串五个零，折成人民币几乎是我父母五六年的收入。这么大一笔钱，他究竟是什么意思？

我看看他，他恰好也在后视镜里观察我，见我抬头，迅速移开目光。

我在心里笑了一下，将白条塞进他的衬衣口袋。

“学费太贵了，暂时不考虑。”我说。

他一向是金钱至上的一个人，在他的世界里，没有钱摆不平的事。我若收下这张纸，立刻便有了价码，在他心里的地位会一落千丈，和他前面的女人没什么区别。

我比较贪心，我想得到更多。

他回头瞥我一眼，似笑非笑："有时候我真分不清，你是真傻还是假傻？"

我摸摸他的脸，特肉麻地说："你挣钱挺不容易的，我不忍心看着糟蹋。"

他翘起嘴角没有说话，过一会儿开口："我服了你了。"

我垂下眼睛，感到异常的疲倦和无趣。原来即使一同经历过生死，依然无法坦诚相对，一旦回归现实世界，还是要和他接着玩猜心游戏。

这笔生意，最终应了孙嘉遇的担心，果然出事了，在保税区港口被蹲点等待的缉私警察抓了个正着，货物全部没收。

因为这批货物价值太高，目标过大，孙嘉遇没有采用常规的做法，而是通过海关内线，将所有货物转移到保税区港口。囤在这个保税区里的货物，奥德萨并不是它们最终的目的地，而是在此中转，然后再运往罗马尼亚、西班牙等其他欧洲国家。

对比较特殊的进口商品，清关公司利用的就是保税区港口管理中的漏洞。先让目标摇身一变成为中转货物，从海关的入境货单上消失，然后再设法偷运出港。

他已经做过多次，从没有出过事，这一回竟阴沟里翻了船。

第二天一早，孙嘉遇赶去海关上下打点。老钱被派到货主那儿通知出事的消息，却一去不复返。

对方把人扣下了，三天内或者归还货物，或者赔付货款，否则就撕票。

那几天我只觉得房前屋后的陌生人忽然多起来，又两天见不到老钱的人影，感到奇怪，问起孙嘉遇，他眼见瞒不过去，才告诉我老钱被扣做人质的事。

至于院墙外那些奇怪的陌生人，他笑笑："什么人都有，那边的人，我们的人，大概还有奥德萨的警察。"

我吓了一跳。虽然我一直不怎么喜欢老钱这个人，但处久了，多少也有点感情，这已经是老钱出事的第三天，对方提出的死限。

孙嘉遇看上去似乎比任何人都轻松，有朋友打电话来询问进展，他安慰朋友："我暂时扛得住，总有办法，你别为我担心。"

那边不知说了句什么，他还能笑嘻嘻地说："算了吧，怎么说小弟也纵横江湖这些年，不能遇到点儿事就抱着姐姐的大腿哭吧？"

看他若无其事的样子，我纠结在一起的心脏多少松快些，相信他能把一切搞定，于是关门出去，把他一个人留在书房。

当天吃完晚饭，他就换上衣服出门去了，临行前嘱咐我："自个儿先睡，别等我！"

他停一停又说："邱伟就在隔壁，有什么事儿大声叫他，听见没有？"

我忙不迭地点头。等他一出门就直冲到窗前，撩起窗帘窥探大门口的动静。

那里停着三四辆乌克兰最常见的拉达车，没有熄火却都灭着车灯。孙嘉遇登上其中一辆，几辆车立即启动，一辆接一辆离开。

我在窗前站了很久，双手下意识地紧紧拧着窗帘，绞出一堆皱纹，几乎把花边绞断。

Chapter 8 第八章

被你那缠绵悱恻的梦想

被你那缠绵悱恻的梦想，
随心所欲选中的人多么幸福。
他的目光主宰着你，
在他面前，
你不加掩饰地为爱情心神恍惚。
——普希金《被你那缠绵悱恻的梦想》

那天晚上我一点睡意也没有，攥紧手机坐在床边的地板上，头深埋在膝盖中间。

我就保持着这个姿势，一直坐了大半夜，屁股下面凉津津的，寒意顺着腰椎往上爬，直到脖子后面都变得僵硬，全身一动不能动。

我也不明白自己在担心什么，只觉得心跳得难以控制，房间内似乎到处充溢着细碎的声音和细碎的气息，把每一个角落都填得满满的，没有一丝空隙，置身其中我感觉几乎窒息。

邱伟的房间整晚亮着灯，不知他是否也同样辗转难眠。

凌晨三点，楼下传来开门的声音，我从朦胧中清醒，立刻竖起耳朵，接着便听到脚步声噔噔噔一路走上来。

我跳起来拉开卧室门冲出去，果然是孙嘉遇和老钱。两个人都好好地回来了！

我一口气泄下来，腿一软差点儿坐倒在地。

邱伟显然也听到动静，他打开门，只问了一句："回来了？"

"嗯，回来了。"孙嘉遇的回答同样简单。

老钱却一句话都没说，脸色异样苍白，眼神直勾勾的，像受过什么刺激，摇摇晃晃地往自己房间走。

"老钱，下去吃点儿东西再休息。"孙嘉遇叫他。

老钱顿了一下转身，木然地点点头。

我赶紧说："我让阿姨留了点儿半成品，我来做，很快就好。"

吃饭的时候，老钱依然一副魂不守舍的模样。我特意切了一盘牛肉，他一筷子没动，只喝了一碗粥就站起来离开，还是没说一句话。

"他怎么啦？"我边收拾碗筷边问孙嘉遇。

"别管他，过两天就好了。"孙嘉遇额头撑在手背上，声音低得几乎听不见。

我蹲下身侧头去看他的脸色："今儿没什么事儿吧？你的脸色怎么也这么难看？"

"嗨，能有什么事儿？"他放下手，却笑得十分勉强，"甭收拾了，赶紧睡觉去，明儿你还得上课呢。"

我在床上等了很久，他才从浴室里出来，掀开被子躺在我身边。

我翻个身，搂住他的腰，把脸贴在他的胸前轻轻蹭着，低声说："我一晚上都在担心你，刚才坐在地上还做梦，梦见又回到雪地上去了，这回换你掉进雪坑，我眼睁睁看着你陷下去，可是来不及救你，一下就被吓醒了。"

他似乎笑了一声，拍着我的背："你就爱瞎琢磨，快闭上眼睛睡觉，明天你不想起床了？"

我"嗯"了一声却不肯撒手，依然紧紧抱着他。迷迷糊糊快要睡着的时候，感觉他的身体猛地挣扎一下，接着他转身用力搂紧我，脸埋在我的肩头。

"怎么了？做梦了？"我被惊醒。

"睡吧睡吧，没事儿宝贝儿，做了个噩梦。"他松开手，翻身背对着我。

后来听到他在床头柜里翻东西，窸窸窣窣的声音响了很久，我终于忍不住问："找什么呢？"

"没什么。"他伸手关了台灯。

第二天，他没有按时起床。

晨光从窗帘的缝隙透进来，我撑起身，怔怔地打量他。他皱着眉头，被子在身上裹得乱七八糟，好像睡得并不怎么舒服。

我仔细地端详他，端详他漆黑的眉毛和眼睫，还有弧线动人的双唇。我已经很久没有这么仔细地看过他了。

我想摸摸他的脸，手伸出去却僵在半空，因为我意外地发现床头柜上放着一板安眠药，已经少了几片。那些空掉的位置，就像一个个刺心的黑洞。

我尽量安静地下床，披上晨衣走出去。

他昨晚穿过的衣服和手包都扔在浴室门口，价值几千美金的外套已经吸饱了水渍，皱巴巴地团在地上，彻底泡汤了。

我轻轻叹口气，抱起这堆衣物送到楼下的洗衣房。那件外套贴近鼻端，若有若无的，我似乎闻到一股奇怪的味道，像是过年时空气中无处不在的火药味。

开动洗衣机前，我照着以前的习惯，把衣兜都掏一遍，再把那些证件、零钞和票据整理清楚。手包里也是一片狼藉，所有的零碎物件儿搅和在一起，我索性抽底兜转过来。

一声脆响，有件金属东西重重地落在大理石台案上，沿着光滑的台面滑行一段才停下来。

我愣住了，脊背像被人抽了一鞭子，立刻僵硬。

深茶色的握柄，枪管的烤漆黑得发蓝，比巴掌大不了多少，精致而冰冷，散发着令人恐惧的张力。

这不是玩具，这是一把真正的苏制手枪。

那么刚才闻到的味道，也不是鞭炮的火药味，而是子弹出膛后的硝烟。真正的子弹，出膛后能呼啸着穿透撕裂人体的子弹。

我呆呆地立着，浑身控制不住地颤抖，根本不敢去碰触那块金属，仿佛那是块烧红的烙铁。

很久以前安德烈说过的话，突然回到耳边。他说："玫，你又真正了解他多少？"

他究竟在做些什么？他究竟是个什么样的人啊？

孙嘉遇从楼上下来，看见我端端正正地坐在餐桌前，不禁一愣："都这点儿了，你怎么还不去上课？"

"你昨晚上干什么去了？到底出了什么事？"我直截了当地问。

"什么事，你有什么事？"他坐下来，完全顾左右而言他，"今天的蛋煎得太老了。”

我瞪着他，气愤之下声音都是抖的：“在你心里我究竟算什么？床伴还是别的什么东西？你把什么事都憋在心里，是不是我不值得和你分担？”

他放下手中的面包，因意外而震惊：“你发烧啊你？一大早说胡话。”

我把手包放在桌上，质问他：“这是什么？这里面是什么？”

他死死盯着手包，神色凝滞，仿佛一时没有反应过来，接着他就翻了脸，跳起来恼羞成怒：“谁他妈的让你动我东西来着？你以为你是我什么人？”

眼泪一下冲出眼眶，伤心和失望把我的心填得满满的。我失去自控能力，冲着他大声嚷：“孙嘉遇你到底是人不是？你还有心吗你？彭维维说我贱，我就是贱，除了贱，我他妈的还是一彻头彻尾的傻逼！”

视线模糊得看不清任何东西，我站起身想离开。

他一把拉住我：“你听我说……”

我挣扎着要脱离他的手掌，胡乱拍打着他的头脸：“你放开我！”

他把我拽进怀里，用力制住我的挣扎：“玫玫……”

我停下所有的动作，浑身的力气仿佛一下消失。

这是他第一次叫我玫玫。

“玫玫，不是我不愿意告诉你。”他说得很慢，仿佛在艰难地挑选着词句，“我喜欢看见你每天打扮得漂漂亮亮的，无忧无虑地坐在钢琴前。看到你高高兴兴的样子，我就觉得赚钱多少还有点儿意义。那些烦心事，我不想让你知道，因为那是我的事，不是你的。男人沦落到要女人分担压力，还算是男人吗？宝贝儿，我是疼你，一定要逼我说到这份儿上，你才明白？”

我再死磕一会儿，终于软下来，把头靠在他的肩膀上，眼泪浸湿了他肩头的衬衣。不是被逼到死角，他绝不会放软了声音，说出他认为肉麻的话。我头回觉得自己不是东西。

“我害怕你知道吗？”我呜咽着说，“我害怕有一天再也看不到你。”

我心底其实并不愿追究他昨晚的行踪，知道得太多烦恼更多，就这样吧，我愿意做只糊涂的鸵鸟。

他抚着我的背，轻轻叹口气：“什么生意都要付出代价的，能把这七八年维持下来，有些事我就是想躲也躲不过去。”

“别再做了行不行？你不是说过带我去奥地利吗？我们走吧，毕了业我就可以挣钱，不用你养我，到时候我养你。”

他被我这句话逗乐了：“你的野心还真不小，要养着我？行啊，能吃女人的软饭是我人生的至高目标。”

“不要脸！”我挂着一脸泪珠笑出来，“那你跟我去奥地利吗？”

“去，当然去。等我把这儿的业务结束就跟你走。”他敷衍我。

“你说话算话，甭忽悠我。”

“我发誓行了吧？嗨嗨嗨，你看看都几点了？”他催我离开，“洗洗脸上课去，甭瞎操心，管好你的功课就行了。凡事有我，还没我迈不过去的坎儿呢。”

那天之后，我平添了许多心事，变得极其沉默。

晚上再也不像以前一样，脑袋挨着枕头就能睡着，而是整夜整夜地做噩梦，有时从梦中惊醒，满心恐惧地伸手往旁边摸一摸，察觉他依然在身边，才能放心地接着入睡。

五月底，我的专业课和俄语都通过了入系考试，但这个结果并没有给我带来想象中的狂喜。那把手枪带来的阴影还沉甸甸地压在心头，许久不曾散尽。

从考场回去，我很平静地给爸妈打个电话，把好消息通知他们。

接电话的是我爸。奇怪的是，他也没有过多的兴奋，只问了问何时开始入系学习，以及学校什么时候放暑假，我什么时候可以回去。

我问他：“我妈呢？我想和我妈说话。”

爸说：“你妈出差了，不方便给你打电话，等她回来再说。”

我感觉诧异，可又找不出什么破绽，只得满腹狐疑地挂了电话，开始一心一意地盼望暑假的来临。

妮娜又找人帮我录了一盘练习带，连她自己的推荐信，分别寄给了原来的同行朋友，两位在奥地利音乐学院任职的客座教授。

所有的一切都很顺利，余下的一个多月时间，我只需把几门预科专业课作个总结，同时等待奥地利学校的通知。

孙嘉遇的清关业务停过一阵儿，过不久就恢复了正常。我相信他说的，没有他过不去的坎。闲暇时我到处寻找奥地利的资料，天马行空一般遐想在那边的学习生活。

然而这道坎，他终究没有跨过去。

六月的一天，我从外面回到家里，意外地看到老钱和邱伟坐在客厅的沙发上，一人一边闷头抽烟，客厅里烟雾弥漫。

“今儿你们俩怎么凑一块儿了？嘉遇没回来？”我一面打招呼，一面忙着开窗换气。

这两人抬头看着我，都没有说话。我的笑容凝住，心开始狂跳，有不祥的预感。

“什么事？”

邱伟看看老钱，老钱看看他，两人交换半天眼神，老钱才开口说：“几处仓库让警察连锅给端了，小孙被扣在局子里。”

我的脑子顿时乱糟糟变成混沌一片，居然听到自己的声音说：“So what?”

语法逻辑全乱成了一锅粥。

老钱安慰我：“眼下还不要紧，警局最多扣留四十八小时。那些货可就麻烦了，他妈的都是坐实的走私证据！”

邱伟纳闷地问：“我就想不明白，他们怎么会知道仓库的位置，一掏一个准儿？”

老钱脸皱得像个苦瓜：“可不单是仓库，早就开始了。这半个多月海关连续扣了几单货。整个来势汹汹的，出手就要置人于死地。靠，我看就是成心砸场子来的！”

这些我不关心，我担心他的人，他已经连续几天低烧不退，每顿饭只能勉强吃一点儿，警局里的四十八小时他能不能支撑过去？

我跌坐在沙发上，眼前金星直冒，五脏六腑像乾坤大挪移。

老钱和邱伟忙着找熟人找律师，我待在家里等着，几乎掐着秒数挨日子。

两天后，他终于被放回来，脸色灰败，眼睛深陷下去，整个人都脱了形。

进门一声招呼也没有，直接上楼进了浴室。

注意到他走路都在打晃，我放心不下，追上去敲门：“你自己行吗？”

门内没有反应，我提高声音：“嘉遇……”

有东西嘭地砸在门上，他在里面大声喊：“你让我安静会儿成吗？”

邱伟在身后碰碰我，小声说：“让他自个儿待着吧，妈的那帮孙子整整疲劳轰炸了两天。”

我搬把椅子坐在一边等着。

浴室里静悄悄的，没有一点儿动静，不知过了多久，我听到砰的一声大响，是重物坠地的声音。我的心几乎一下子跳出来，不假思索地拧开门锁就冲了进去。

然后，我一眼看到他倒在地上，额角血流如注，已经失去了意识。

邱伟比我动作更快，冲过去抱起他，连声叫：“嘉遇……嘉遇……”

他没有任何反应，双眼紧闭，鲜血顺着脸颊往下滴，把上衣浸透了一大片。

我跪在地板上触到他冰凉的手指，喉咙发紧，一点儿声音都发不出来。

老钱赶上来，“哎哟”一声愣在门口。

还是邱伟最先反应过来，朝我们两个怒吼：“都愣着干吗？找医生！拿药棉和纱布来！”

老钱慌慌张张地去书房打电话，我冲回卧室寻找止血的东西，慌乱间竟把衣柜的钥匙别断在钥匙孔里，折断的尾端在我手心划出一条长长的口子。情急之下我也顾不得许多，抓起几条干净毛巾跑回浴室。

相熟的医生赶到时，孙嘉遇依然不省人事。

医生说，是因为连日的心力交瘁难以支持，昏倒时额头撞在浴缸上，幸亏伤口不深，只缝了四针。

他吩咐护士准备防破伤风的注射针剂，又关上卧室门，请我们回避并保持安静。

老钱胡乱煮了一锅面端上桌，三个人食不下咽，谁也没心思吃东西。我的胃部更像是塞着块石头，一个劲往下坠，累得眼前一阵阵发黑。

可我还是忍着恶心硬把面条往胃里填，情况已经糟成这样，我不能再倒下来添乱。吃完身上多少暖和了点，灵魂开始逐渐归位。

老钱吃完了就坐一边眯着眼睛假寐，邱伟站在窗前一根接一根地抽烟。

我走过去："邱哥……"

他回头："什么事儿？"

"怎么会弄到这一步呢？"

"我也不清楚。"他皱紧眉头回答，"只能确定一件事，肯定有人和警察通着气儿。不然凭着警察局那办事效率，三年也摸不到准地方。"

"有谁要跟他过不去，下这种狠手？"

"说不好，不过确实挺狠的，釜底抽薪，像是酝酿了挺长时间，专门冲着嘉遇他们来的。"

我脖子后面似有冷风吹过，飕飕地凉："是他得罪过什么人吗？"

邱伟仰起脸，嘴角有无奈的苦笑："干这行的，不得罪人才是奇迹。就说上回……"他看看不远处的老钱，忽然停下来。

我期待地看着他，他却不肯说下去，从茶几上拿起烟盒和火机，慢吞吞地再点上一支，似有什么难言之隐。

邱伟的嘴是出了名的严密，如果他自己不愿开口，无论如何威逼利诱都很难套出他的话来，我不想难为他，于是换个问题："那天你们说到仓库，都有谁知道仓库的具体位置？"

邱伟摇头："嘉遇一直很小心，连我都没有告诉过。"

"那警察怎么会知道呢？"

他还是摇头，缓缓吐个烟圈，然后回头叫老钱："老钱你来。"

老钱凑过来，听明白他话里话外的意思，连呼冤枉："这么大的事儿，我怎么会不知轻重随便乱说？睡觉我嘴巴上都拉着拉链呢。"

我瞥他一眼："你可是跟我说过。"

"哟哟哟，提起这个我倒想起来了。玫玫啊，仓库的事，运输公司和消防队，都是只知其一不知其二，真正清楚里面猫腻的，可只有小孙我们三个人。"

"你什么意思呀？"

"你好好想想，是不是和其他人讲过？比如说……你那个警察朋友？"

我愣了下神，方才琢磨过来他的意思。他怀疑是我泄露了消息。

但是再笨这点分寸我还有。安德烈也没有从我身上套过任何消息，虽然他知道我和孙嘉遇的关系。

“跟谁我都没提过，我朋友也从来没有问过！”

我觉得老钱说话信口开河，完全不负责任，颇有些生气，说得斩钉截铁。

“那就奇了怪了，真是见鬼了嘿！”老钱疑惑地摸摸头顶。

我捧着马克杯，慢慢啜着滚烫的咖啡，努力让自己清醒，渐渐回想起几个月前的情景。

圣诞节的时候我第一次来这里，就招了火警，惹得消防队过来灭火，然后老钱告诉我，他们为了躲避警察的搜查，把货转移到消防队的车库里，再往后，我在“七公里”市场撞破孙嘉遇和瓦列里娅……

脑子里忽然一亮，仿佛一道电光咔嚓闪过，我霍地抬起头：彭维维！

因为瓦列里娅失魂落魄的那段日子，孙嘉遇被警局传唤无罪释放之后，我曾和她提起过消防队的仓库。

难怪她会说：三十年风水轮流转，该还的总要还。

我的指尖开始一点点变得冰凉，但我仍然坐着，一口一口把杯中的咖啡喝尽，然后站起来往门外走。

“你上哪儿去？”大概看我神色不对，老钱拦住我。

“我找彭维维去，我问问她，要怎么着她才肯罢手。”我很镇静。

老钱勃然变色：“关她什么事儿？你这孩子失心疯了？”

“关她的事，关她很大的事。”我紧咬着牙关，感觉自己脸都扭歪了，“就是她想让他死，因为他不要她！”

我用力推开老钱，梦游一样拉开大门。

“小邱，拦住她！”老钱在我身后大叫。

邱伟几步蹿过来，死死扣住我的手腕。

“撒手！”我拼命扭动着想挣脱他，已经语无伦次，“我砍死她！我砍死她！大不了最后我和她一块儿死！”

我不知道该如何做才能消除心中的悔恨和悲愤，这一刻理解了为什么有人会在冲动之下杀人。如果害他的人在眼前，如果手里有刀，我会毫不犹豫地砍过去。

不计任何后果。

邱伟紧紧抓着我的肩膀不肯放松，一面柔声劝我："赵玫，有话慢慢说，你可千万别做傻事！"

老钱也追上来，硬按着我坐下："这是干吗呢？干吗呢？一个两个全这样，没一个省心的！那小丫头背后撑腰的是谁你知道吗？你和她拼命？找死呢这不是！"

我争不过两个男人的力气，绝望地崩溃下来，双手紧紧捂着脸，断断续续地说："仓库的事……是我告诉彭维维的……"

邱伟的手慢慢松开了，他用一种无法置信的口气问我："你说什么？"

"是我害了他……"

"得，明白了。"老钱摊开手，"这事儿是'青田帮'做的准没跑儿了。他们眼红这块肥肉也不是一回两回了，去年秋天他们就在'七公里'市场里生事儿。小孙给过他们警告，生生被剁了一个人还不肯罢休。"

邱伟瞟我一眼，用力咳嗽一声。

老钱却恍如未闻，依旧喋喋不休："上回在卡奇诺，他们找小孙，就是不死心，还想在清关的生意里插一脚，被拒了就开始想歪招儿，彭维维又跟的是帮里的老三，这是多明显的事实啊！"

他的话我听得并不真切，耳朵边嗡嗡直响。我只想这时候发生一场大地震，残砖断瓦能把我从头到脚埋进去，不用见人，更不用见他。

这时卧室的门打开了，医生出来说："赵小姐，他醒了，要见你。"

孙嘉遇斜靠在床头，额头上贴着纱布，脸几乎和身下的床单一个颜色。见我进来，还是冲我虚弱地笑笑。

我慢慢走过去蹲在床前，满心愧疚，几乎不敢看他的眼睛，只把脸埋进他的手心。

他的手指很凉，手腕上有铐过的痕迹。我不敢想象他在警局如何度过的四十八小时，心脏感觉到尖锐的疼痛，像被人狠狠扎了一刀。

"算了，"他反复说着，只是两个字，"玫玫，算了。"

我咬着嘴唇不出声，生怕忍不住会哭出来。

他的手放在我的头顶，声音飘忽得像梦呓一样："等这事完了，我就和你一起去奥地利。放假咱们去南欧旅游，希腊、意大利、西班牙，都是好地方，这些年总是计划，可是一直没有成行。我喜欢海边的城市，才选择奥德萨，可是这儿真冷……"

"嗯，等你好起来，我们就离开奥德萨。"我一点儿也不敢刺激他。

他的手从我的脸上滑过，手心又湿又冷。我注意到。他看人时目光茫然，没有任何焦点。

我回头找医生，那好心的老头儿明白我的意思，轻声说："刚给他注射了镇静剂。如果他觉得冷，就给他加床毯子。"

我点点头，摸着他的脸问："头疼不疼？"

他没有回答我，自顾自说下去："刚才做了一个梦，梦见小时候的事，我和院儿里其他孩子去果园偷樱桃，后面有狗在追，大孩子都跑了，只留下我拼命地逃，栽进土沟里摔得头破血流，是我爸背着我满头大汗地跑到医院。"他眼睛里有亮晶晶的东西，越攒越多，"从他走了我就再没有见过他，一直以为他恨我，七年了，他终于肯来见我……"

我不忍再看，伸手盖在他的眼睛上，那些温热的液体便沾湿了我的手心。

不不不，这不是我认识的孙嘉遇。

在雪地里几乎丢掉半条性命，我没有见到他崩溃。一针镇静剂，却让他放弃了伪装，露出隐藏的真面目。他的心里究竟藏了多少不能让我分担的痛苦，我并不知道。

想起初识时他极其卡通地挑起两道眉毛，说他爸是时传祥时的样子，我的心哗啦啦碎了一地。

他的声音越来越低，终于闭上眼睛睡着了。

医生守到晚上十点，见没有什么危险才收拾东西离开。走之前反复叮咛我们，一旦出现恶心呕吐或者幻觉，马上送医院。

医生担心的脑震荡症状始终没有出现，但他整个人垮了下来，连续几天烧到快40℃，一直昏睡不醒。

我寸步不离地守了四天，直到他的热度退下来，才和衣蜷在床上真正睡了一觉。

等我睁眼，已是六个小时之后。天色接近黄昏，光线暗淡，窗外的尤加利树在微风里刷刷轻响。我翻个身，发现孙嘉遇支着手臂，正从上方安静地凝视我。

“你醒了？”我翻身坐起来。

“嗯。早醒了，这几天睡得太多。”他抬起手，拨开我额前的刘海儿，细细打量半天，“你梦见什么啦，睡个觉都咬牙切齿的？”

支离破碎的梦境我想不起太多，却清楚地记得，梦里分明有彭维维的影子。我勉强笑笑，低下头没有说话。

他病着的这几天，没人跟他提过那件事。我还不清楚，一旦他知道泄密的事和我有关，会如何发落我。

孙嘉遇躺回去，手枕在脑后看着我笑：“我刚发现，你睡熟以后没有一点儿动静，连呼吸都听不到，乖得像只小猫。以前有没有人跟你形容过？”

“我妈说过，我从小就这样。”我很高兴他能岔开话题，“好几回她都以为我没气了，非得把我弄醒了恼得哇哇直哭才放心。”

“还有这样当妈的？”他忍不住笑，却不小心触动伤口，咧咧嘴捂住额头。

趁他精神还好，我煮了锅米粥，只把那层米油撇出来给他吃。

看见大半碗黏稠的米汤，他拍着矮几抗议：“这又不是奥斯维辛集中营，你得遵守《日内瓦公约》，不得虐待战俘。”

“别往自个儿脸上贴金了，你算哪门子战俘？”我心里搁着事，无心和他斗嘴，催着他快吃，“再不吃就凉了。”

“你裙下的败军之将，怎么不算？啧，这菜你炒的？真不怎么样。”依旧本性难移，边吃边啰唆，一点儿不像高烧几天的病人。

我怔怔地看着他低垂的额发，如果不是额头那块纱布过于刺眼，看他现在的样子，再想想几天前的情景，竟似一场梦境，仿佛从未真实发生过。

他无比留恋地咽下最后一口，依依不舍地放下碗筷，嘴里得了空闲又开始贫：“不算也行，可是换个说法儿就太难听了，你要不要听？”

“什么？”

他一字一顿地回答："谋——杀——亲——夫。"说完特得意地笑。

"妈的，你还是病得太轻，才好点儿就张狂。"我抬手轻轻抽他个耳刮子。

他应声发出一声惨叫，然后软软地歪倒在一边。

我吓坏了，以为碰到他的伤口，扑上去抱住他："我不是故意的……嘉遇……"

他在我肩头睁开一只眼睛，哼哼唧唧地说："这……是我……最后的党费……同志们啊……革命尚未成功……"

我再次被算计，哭笑不得，只能恨恨地咒他："你就坏吧，赶明儿脑门上留个大疤，看你还出去泡妞儿！"

他马上捂着心口，做出病体难支的样子，有气无力地说："唉，我脆弱的心灵被你严重伤害了，我心疼，你得赔偿我。"

我啐他："怎么赔啊？"

"叫我一声哥。"

"想得美！"

他腻我身上："叫一声，就一声。"

我勉强开口："孙哥。"

他咂摸咂摸味儿，摇头："不成，怎么听着这么像八戒叫猴哥儿呢？重来，叫嘉遇葛（哥）格（哥）。"

"呸，肉麻！"

"那你为什么就肯叫邱伟'邱哥'呢？"

我翻个白眼给他："我要是叫他'伟哥'你乐意吗？"

他愣了一下，然后反应过来，滚倒在床上哈哈大笑。

我想笑却笑不出来，不知道这样的日子还能维持多久。我拿不定主意，是等他病好了自己把真相告诉他，还是听天由命。

他毕竟还在低烧，和我说笑一会儿，便开始精神不济，眼皮不受控制地粘在一起，很快又睡着了。

我替他盖好被子，正要关灯出去，屋角的电话开始不停地响，丁零零催命一样。我低声骂一句，赶紧过去接听。

电话里是个女人的声音："让孙嘉遇接电话。"

我客气地回复："他正在休息，您留下电话和姓名，等他醒了我一定转告。"

那女人的态度却强硬而刁蛮："你去叫他起来。"

我有点儿生气，又怕惊动孙嘉遇，依旧压低声音说："对不起，他还病着，现在不方便接电话。"

那边安静了一会儿，然后问："你是谁？"

我看看话筒十分恼火，电话打到人家里，然后问对方是谁，这女人是不是有毛病？我回答："我是谁关你屁事？"直接挂了电话。

出了门想起书房另有一部分机，索性返回去把电话线拔了出来。

第二天下午四点左右，一个女人找上门来。

从她旁若无人迈进房门的时候，我就不喜欢她，第一眼就不喜欢她。

她的身材高大丰满，皮肤白得耀眼，五官是中国女人里少见的极具侵略性的张扬美艳，明明年纪不轻了，却看不出真实的年龄。两颗眼珠更是黑得瘆人，看人时似两根钉子。

她见到我先是一惊，随即眼含不屑上上下下扫视我一遍，目光像冰凌一样寒气逼人。凭着直觉，我知道她就是昨晚电话里那个蛮横的女人。

邱伟和老钱对她的态度，一个恭谨一个巴结，一个忙着递水点烟，一个赶着叫她"罗姐"，虽然老钱的年龄明显比她大上一截。

这女人竟然就是罗茜。我双脚踏上奥德萨土地的第一天就听到的名字，三教九流都要买账，在奥德萨几乎等同教母的传奇女人。

她是九十年代初第一批到达奥德萨的中国商人。十年间沧海桑田，中国人在这块土地上来来去去，上演着不同版本的悲欢离合，只有她一直留在这里，而且买了房子定居下来，那是一座堪称豪宅的别墅，后院有船坞直通黑海，游艇可以一直开到家门口。

我明白自己闯了祸，得罪了不该得罪的人，却倔犟地咬紧嘴唇。

她坐在沙发上，从烟雾后面一眼一眼瞟着我："是你挂了我的电话？"

老钱在身后偷偷推我一把。

我不情愿地说："姐，对不起，我不知道电话是您打来的。"

老钱忙着打圆场："小孩子不懂事，罗姐您甭和她一般见识。"

我看到她的嘴角不易察觉地向下弯了一下，接着她转过脸说："这就是孙嘉遇的小女朋友？传得挺神，我还以为是天仙下凡呢，也不过so so。"

我移开目光，不肯再看她。

很显然，她也迅速丧失了对我的兴趣，让老钱和邱伟在对面坐下，追问这段日子的前因后果。听到彭维维的名字，她又想起我，回头打量我半天，才评价说："'青田帮'那几个人，虽然人不地道，可是都不傻。港口一直是乌克兰本地帮派的地盘儿，已经十年了。他们哪儿来的胆子整这么个局？强龙还不压地头蛇呢，这事儿和'青田帮'究竟有没有关系，我看还得另说。"

"就是就是，罗姐您高屋建瓴，看得真透彻。"

老钱的马屁拍得实在太拙劣，不仅邱伟难堪地避开眼神，连罗茜自己都微微皱起眉头，她像是想起什么，看着老钱问："上回被当做人质的那个，就是你？"

提到这件事，老钱的脸明显抽搐了一下，但很快挤出一脸谄媚的笑纹："是我，您记性真好。"

"知不知道那帮人什么来历？"

"小孙打听过，可没什么收获。"老钱啰啰嗦嗦地回答，"这些人挺奇怪，像是呼啦一下从地底下冒出来，没头没尾的……"

罗茜不客气地打断他："这我知道，可你和他们待了几天，就没一点儿线索？"

老钱皱眉做苦苦思索状："他们嘴都挺严的，说话特别小心。只有一天，我影影绰绰听一人说，他们老大在中非待过。"

"中非？"罗茜吐出一口烟雾，仰起脸笑了，"这些年独联体真成了垃圾中转站，什么人都往这儿奔……"

这话把老钱和邱伟都骂进去了，两人面面相觑片刻，但都没吱声。

罗茜掐灭香烟站起来："行了，明白了，这事儿让我打听一下，看能不能调停。警察局那边，就是钱的问题，你们自个儿搞定。至于那姓彭的丫头，不用理她，回头有她哭的时候。"

"您费心您费心，谢谢您了罗姐！"得到罗茜大包大揽的承诺，老钱像听到天籁佳音，感激得点头哈腰。

“孙嘉遇呢？能见人吗？我看看他。”

我带罗茜走进卧室。

“姐，你怎么来了？”孙嘉遇看到她，立刻挣扎着要坐起来。

罗茜把手按在他的手背上，轻轻说：“小遇，你别动。”

一个如此简单的动作，一声温存的“小遇”，由她做来，竟是旖旎万千，荡气回肠。简直把站在旁边的我视做无物，我心里立刻咕嘟咕嘟开始往外冒酸水儿。

这还没完，她坐定了就开始使唤我：“帮我拿杯黑咖啡来。”

哼，我偷偷撇下嘴，这跟我在这儿装腔作势呢，嫌我碍她的事，又不愿说得太明白。我也不好太不识趣，不情不愿地退出去。

在厨房里磨蹭了十五分钟，约莫着该做的都做了，有什么梯己话也差不多讲完了，我才端着咖啡杯上楼。

正要伸手敲门，听到罗茜的声音传出来：“……不是我说你小遇，你挑女人的眼光可真不怎么样。以前的不提了，就说最近这俩，一个毒得像蛇蝎，一个傻得像棒槌……”

我脚下立刻像被胶水粘住，一步都迈不动了。

沉默片刻，接着是孙嘉遇的声音：“姐你别这么说话，她年纪小，没经过什么事儿……”

“你就护着她吧！”罗茜冷笑，“年纪小？我像她这么大的时候，已经出来闯江湖了。你大概还不知道，这回这么大一跟头，是怎么折的吧？……”

后面的话，我一个字都不想再听下去，一步一步后退，慢慢地走下楼梯。

我想找个安静的地方待会儿，可是我发现，罗茜身上具有穿透力的，不仅是她的声音和眼神，还有她的香水。我走到哪里似乎都能闻到她身上那股浓烈的甜香。

最后我躲到后门外，一个人坐在台阶上，把下巴抵在膝盖上，呆呆地注视着脚下的石材纹路。

不远处一只羽色斑斓的小鸟正踱着方步，我扔块石子儿过去，它呀的一声展开双翼，以一种轻灵的姿态飞走，掠过远处的蓝天和绿树。

那种夏日天空独有的深邃蓝色令我惊觉，原来奥德萨的春天已经过去了。

不知过了多久，后门吱呀一声，有脚步声一直走到我身后。

我没有回头，因为知道不是孙嘉遇，住了这么久，我已经能清楚地分辨出他的脚步，甚至他晚间回家，打开车的报警系统时，那吱的一声响，我也能辨出和别人的细微差别。

“赵玫，你坐这儿干啥呢？”是邱伟。

从知道彭维维的事情之后，邱伟就待我淡淡的，我们之间似乎筑起了一堵微妙的高墙。我猜，他已经完全把我当做红颜祸水。

直到这几天我守着孙嘉遇一步也不肯离开，他眼底深处的冰霜才渐渐融化。

“邱哥。”我用手指在地上画着道道，“能问你件事吗？”

他在我身边坐下来：“别客气，问吧。”

“你能不能告诉我，如果警察较真儿，他最坏的结果是什么？”

他踌躇了一下回答：“可能会按照乌克兰的法律量刑。”

我顿时觉得眼前的阳光亮得刺眼，于是垂下头深深地埋进两个膝盖中间。

他碰碰我：“赵玫……”

我把身体转到一边，不肯抬头。

“你甭害怕，还到不了这一步。”他的声音温和许多，“罗茜不是已经答应帮忙了吗？”

“她也能影响警察吗？”

“如果她不行，还有东西行啊，钱，美金，Money...”

我这才扭头看着他，咽口唾沫艰难地问：“罗茜和嘉遇……他们是好朋友？”

我说得很隐晦，但相信邱伟一定听得明白。

他果然笑了：“你想哪儿去了？罗茜是嘉遇的师姐，他们俩一个学校出来的。”

解释得如此坦白，但我一个字都不相信。要么是邱伟在打马虎眼蒙我，要么是他太粗心。纯粹是凭着女人的直觉，我觉得他们两人的纠葛，真不像邱伟说的，只是校友那么简单。男女之间一旦有了特殊关系，在人前肌肤相触，暧昧的感觉是完全不一样的。

又陪我闲聊了一会儿，邱伟还有自己的生意要照顾，于是扔下我走了。

我一直坐到夕阳西斜，眼看着罗茜驾驶一辆鲜红的欧罗巴跑车潇洒地离开，才磨磨蹭蹭地站起身，拍拍屁股后面的土，然后裤兜里的手机开始响。

"跑哪儿去了？"孙嘉遇劈头就问。

我小声说："在门外。"

"赶紧回来，我有话和你说。"

我感觉恐惧，就像罪证确凿的罪犯即将听到法庭宣判一样，一步一蹭进了我们的卧室，离他远远地站着。

"你站那么远干吗？"他扬起眉毛没好气地问。

我再往前蹭两步，还是不肯离他太近。

他被我气乐了，啼笑皆非地看着我："我又不打你，吓成那样至于吗？过来！"

我这才走到床前。

"是不是要我请你坐下？"

我机械地坐下了。

他扳过我的脸，仔细看了半天，忽然叹口气："你不是成心的，也不是故意的，对吧？"

我重重地点头，脑袋都快垂到胸前去了。

他再次叹气，手指拂过我的下巴和脖子，停在我的肩膀上："我不是埋怨你，可你总这么傻，将来可怎么办呢？"

我嗫嚅着，声音几乎闷在嗓子眼里："对不起……我也不想这样……我不想害你……"说着说着又觉得实在委屈，眼泪忍不住流出来，顺着脸颊流到下巴，再一滴滴落在他的手背上。

他无奈地苦笑："我又没骂你，哭什么呀？"

我情愿他劈头盖脸骂我一顿，他越这样我越难受，眼泪流得更凶，我哽咽得说不出话。

"别哭了。"他取过纸巾为我抹着眼泪，"我和你一般大的时候，干过比你更傻的事。可是玫玫，你得学着长点儿心眼了。无论父母还是其他人，谁都不可能照顾你一辈子，你早晚要自己面对一切。逢人只说三分话，不可抛却一片心，这句话你得刻在心里，时刻提醒自己。”

我泪眼婆娑地连连点头。

“自己做过的事，甭管对错，都要学会自己承担责任，不能总是逃避，听见没有？”

“嗯……听见了。”

“唉，”他今天第三次叹气，伸手把我搂进怀里，“我怎么会认识你这个小倒霉蛋儿啊？”

最后一句话让我又急又悔，我抱着他开始大哭。想起这些天的担惊受怕，想起认识他八个月来的笑泪悲欢，满腹委屈涌上心头。我越哭越心酸，几乎要号啕。

他没有劝我，只是紧紧搂着我，由着我把所有的难过倾泻出来，眼泪鼻涕全抹在他身上。

我终于哭够了，断断续续地停止抽噎，虽然眼泪还在往下流，到底想起正事来：“邱伟说，会按乌克兰的法律量刑，那可怎么办？”

他笑着捏捏我的耳垂：“邱伟吓你呢，哪儿有那么背呀？真要那样，我在这儿的七八年全白混了。”

“那最坏的结果是什么？”

“最坏的结果？大不了从头再来呗。哎，玫玫我问你，如果我什么都没了，你不会把我甩了吧？”

我的心安定下来，擦干净眼泪回答：“你要是还在外面招惹桃花，那就难说了。”

“妈的。”他连笑带骂地推开我，“你就不会说两句好听的？”

我歪头想想：“嗯，那我就跟着你，你去哪儿我去哪儿，天涯海角都跟着你。”

“这还差不多。”他弹我脑门，“真心的？”

“真心的。”

“好吧，我暂且相信你。这几天我也想了，要不我和你一起读书去吧，去英国读个法律学位得了。你觉得我做律师怎么样？是不是有史以来最帅的律师？”

我惊喜交集，立刻想到最实际的问题上去：“你去英国？那咱们就要分开了？”

“傻瓜，英国离奥地利有多远？周末开车都能过去。哟，不对，好像签证有问题，英国不在欧盟的申签单里面，这可有点儿麻烦。”他倒想得比我更远，好像即将变成现实。

我滚进他怀里揉搓着：“先过去再说，你不许再蒙我，又给我开空头支票。”

“好好好，不蒙你。”

他敷衍的口气还是能听出来，但我已经非常满足了。

窗外的天已是六月的天，轻风和软而温情，夹着野玫瑰的芳香和海水的咸香，把人的身心都浸透了，恍惚间仿佛旧日的相识。

Chapter 9 第九章

爱的尽头

这悬崖边不断破裂的爱，
因为不忍停下的足步而坍塌。
忘了他吧，
眼泪只会弄湿翅膀，
只要心灵足够宽广，
其实随时都可以飞翔，
即使这颗心早已坠落深伤。
——普希金《爱的尽头》

经过一场高烧，孙嘉遇的身体元气大伤，似乎被人完全抽走了真元，即使说笑，也带着疲惫不堪的神情。我虽心疼却又无能为力。几乎是在我的威逼利诱之下，他才颇不情愿地到当地医院作了个全身体检。

我想找母亲讨教食补的方子，可是又一直联系不上她，只能经常骚扰瓦列里娅和妮娜。

奥地利那边的入学申请暂时没有消息，我必须要作两手准备。以我七门功课六门五分的成绩，入学毫无问题。但我又面临着新的挑战。

奥德萨国立音乐学院钢琴系的不少正式课程，都会采用乌克兰语授课。这让我犯愁不已。来乌克兰八个多月，虽然俄语已勉强过关，足以应付日常生活，但是真正的乌克兰语就只能听懂简单的几句，少不得要趁着这段日子恶补。

而学校七月中旬就要放暑假了，预科毕业前，我还有无数的琐碎细节需要应付，每天就在学校和家之间两点一线跑来跑去。

这天从学校出来，我顺路拐到邻近的市场，买了些新鲜的海鱼和蔬菜拎回家。孙嘉遇病后的口味改了不少，像老太太一样，喜欢吃热熟软烂的食物。我只能利用有限的作料和工具，摸索着做些不伦不类的清蒸鱼和蛋羹给他吃。

开门进去，家里静悄悄的，楼上楼下没有一点声音。老钱和邱伟都不在，也看不到孙嘉遇的影子。

因为此前被没收的货物一直扣在警察局里，至今没个定论，孙嘉遇他们的业务只好全线暂停。据说罗茜正在设法斡旋，打算把涉事的几方找在一起，然后大家弄个都能接受的方案出来。

老钱反正在家里闲不住，天天嚷嚷着不能坐吃山空，要出去找点别的生意机会。我奇怪的是，孙嘉遇的伤口刚刚拆线，形象还是一塌糊涂的时候，他能跑到哪儿去呢？

我进厨房放好东西，一路找上去，才发现他躺在书房的安乐椅上，手挡在眼前遮着阳光，似乎睡着了。

我过去碰碰他的手背：“睡着了？干吗不到床上睡去？这样多容易感冒啊！”

“我没睡。”他依然闭着眼睛，“你回来了？”

“啊，这不废话嘛。”

“今天怎么回来这么早？”

我在他身边挤着坐下，摸摸他眉心隐约的纹路，笑道：“什么意思啊你？就不想看见我，特烦是吧？”

他没有理我，却抓起我的手，举起来凑在太阳光里，眯起眼睛细细端详。我的手指是纤细的锥形，没有明显的关节，从指根开始，越往上越细，指尖的血肉，便在阳光下幻化出一片红光。

“科拉细微依。”他把手贴在自己的脸上，然后又说，“奇怪，为什么只有用异族的语言夸人，才没那么肉麻？”（注：科拉细微依，красивый，俄语“美丽”的意思。）

两个人挤在一处实在难受，我想坐到他的腿上去，但看到他额前那块依旧红肿的伤疤，还是舍不得，于是挠挠他的耳根说：“那是因为你矫情啊。”

他沉默了一会儿，突然坐直身体，神色一下变得极其严肃：“你坐好，我有事要跟你说。”

我被他倏然变幻的脸色吓一跳：“干吗呀你？不带这么吓人玩儿的。”

“玫玫，”他吐口气，一个字一个字咬得极其清晰，“你去学校的时候，你爸爸打电话来了。”

“啊？”我也坐直身体，“什么事？他为什么不打我手机？”

CHAPTER 9

第九章　爱的尽头

“你爸说打不通……嗨，先不说这个。玫玫，我想告诉你，你妈病了，急性肾衰竭，医院今天下了病危通知书，你爸想让你马上回去。”

我像是听到头顶咔嚓嚓打了个闪，目瞪口呆地看着他：“病危？你说我妈？”

“是。”他点点头，握紧我的手，“你先别急，我已经找人帮你订机票了，今晚就能走……”

我用力甩开他的手，只感觉手足冰冷，胸口像被人猝然捅了一刀，那种气急恼怒无可言喻，一口气缓不过来，连呼吸都似乎因剧痛而停止。

“我妈不是在出差吗？”我的声音在发抖，“怎么会生病？你骗我，我不信！我打电话回去，我问问我爸……”

他紧抿着嘴唇，望着我一声不响，像是害怕一开口就说出不合适的话来。

我手指哆嗦着开始拨号，却连着拨错号码。重拨几次，电话里就没了拨号音，我绝望地拍打着按键：“这是什么烂电话，他妈的什么烂电话啊！”

他走过来把我拨拉到一边，调出来电号码拨回去，然后把话筒递给我。

电话一接通，听到父亲一声“喂”，我立刻崩溃了，冲着话筒大声嚷：“你为什么骗我？为什么不早点儿让我回去，我恨你……”

话没说完，我的嘴就被紧紧捂住，孙嘉遇从我手里强行夺过电话，对着话筒说：“叔叔您好，我是赵玫的朋友……对，咱们上午通过话。她刚知道消息，情绪有点儿不稳定，您甭在意，我会劝劝她……啊，是，她是今晚的航班，从基辅起飞，明天上午十点半到北京机场……”

我唔唔挣扎着想说话，他的手指却一点儿都不肯放松，同时把我紧紧夹在腋下，转身接着对我父亲说：“我会送她上飞机，您不用担心……是，北京那边儿也有人接……嗯，好的，您专心照顾阿姨就行了，甭客气，再见。”

放下电话，他几乎是一把把我推开，瞪起眼睛呵斥我：“赵玫，你什么时候能学着懂点儿事儿啊？你父母是怕耽误你的学业才不肯告诉你，你爸爸心里肯定比你更难受，你冲他嚷什么，啊？你到底想干什么？”

“我……什么都不想干。”我茫然地去抓他的衣袖，像抓着水中最后一块浮木。没了妈妈，我所做的一切都没了意义，都成了一场空。她甚至还不知道，我努力得来的六个满分，就是为了补偿我当年高考失利带给她的难过和失望。

我仰起脸，努力不想让眼泪落下来，双腿却失去所有支撑的力量，我站不住，顺着桌脚慢慢蹲下去。

“玫玫，听话，别哭，现在不是哭的时候。”他也蹲下来，拉起我的手紧紧握着。

他的手指和虎口处依然有薄薄的一层茧子，手心已恢复了病前的温软。这点温暖犹如当初被困在雪地上，两人相依为命时那一点微茫的火焰，透过冰冷的夜色传递出无尽的暖意。

我忍着眼泪，低声对他说：“我要回家。”

“我知道。”他依然握紧我的手，“我查了，今晚基辅到北京的航班还有空位。那边的朋友已经帮你订好票，邱伟一会儿开车送你过去。”

“我心里特别难受，刚才真的对不起。”

“我明白，当年我也经历过。你别怕，没有那么寸，你妈一定会没事的。你上飞机后睡一觉，很快就到北京了。”

我把头搁在他的肩膀上，用力吸口气，咽下一声哽咽：“谢谢你。”

他拍我的背：“说什么呢？又傻了不是？我还被监管着，最近不能离开奥德萨，所以没法儿陪你回去。明天有人会在北京机场接你，我和他交代过，如果医院医生什么的遇到麻烦，你就去找他。”

“好。”我咬着嘴唇点点头。

“快收拾东西去吧，你只剩下七个小时。”

“嗯。”

他这才轻轻推开我，扶着桌子要站起来。他的身体却明显晃了晃，手下一滑，一下跪倒在地板上。

“嘉遇，你怎么了？”我惊慌地上前想扶起他。

“没事儿没事儿，起得太猛了。”他连连摆手，“你快去收拾，邱伟去加油，说话儿的工夫就回来了。”

我扶他在沙发上坐下，呆望着他缺少血色的嘴唇，生生感受到一颗心被劈成两半的痛楚。

下午两点，我拎着一个小小的旅行包上车，里面只有几件换洗衣服和所有的证件。

孙嘉遇交给我一个包得整整齐齐的长方形纸包，我摸了摸就知道里面是什么，坚持不肯接受："我身上还有不少钱呢。"

"你什么都不懂，将来用钱的地方多着呢。"他不耐烦地把纸包塞进旅行包里，"别再啰嗦，赶紧上车走。"

我勉强挤出点儿笑容："那你表现好点啊，按时吃饭，别再招惹女孩子。我会不定时查岗的。"

"行啊行啊，我随时恭候。"他拍拍我头顶心。

"对了，医院的体检结果应该出来了，你记得让人去取。"

"知道了，真啰唆，都什么时候了还惦记这事儿？"

"那我走了。"

"嗯，回家以后有点眼力见儿，好好照顾你父母，有什么事儿就打我电话。"

我走下台阶，邱伟已经为我拉开车门。

我还是忍不住回过头去。他正靠在大门上，远远望着我微笑。这一场病下来，他瘦了不少，下巴都尖了，眼窝愈发深陷。

我停下脚步，突然间感觉到说不出的难过，一颗心跳得惶急而紊乱。

邱伟上前接过我的行李，低声说："我们得快点儿，不然就赶不上航班了。"

我像是没有听见，踌躇一下，就手扔下行李飞跑上去，拦腰紧紧抱住他。

他仿佛被我吓了一跳，侧开脸躲避着我的嘴唇："嘿嘿嘿，没瞧见邱伟在旁边呢？你注意点儿影响！"

我不理他，拼命寻找着他的嘴唇，找到了就用力堵上，接着顶开他的牙关。

我能感觉到他起初的抗拒和犹豫，但是很快他开始回应，急迫而焦灼，像朵火苗开始燎原。

我搂紧他的脖子，大脑几乎一片空白，只在心里不停地叫着他的名字，以代替我一直说不出口的三个字。

多年后我回忆起这一刻，当我终于可以作为观众，平静地审视这告别的一幕，我才能体味到这一个亲吻里，彼此都有太多的留恋和不舍，我只恨自己，为什么始终不能告诉他：我爱他。

他的过去我无从知晓，他的未来我也无从把握，但这一刻我分明真切地知道：我爱这个男人。

无论他做过什么。

命运曾给过我无数次机会，但我每次都抬抬手轻飘飘地放它过去，我以为后面还会有很长很长的路要走。如今我愿意付出任何代价，只为能重回这一刻。

可是时光一去不回头。

再也无法回头。

因为北京和基辅六个小时的时差，我乘坐的航班在乌克兰时间凌晨四点半，也就是北京时间上午十点半降落在首都国际机场。

飞机上的七小时，基本上不能休息，空姐不停地在机舱里来回派发食物和饮料，我一点东西都吃不下，仿佛昏昏沉沉打了个盹儿，航程就结束了。

一出机舱，北京初夏猛烈的阳光让人精神恍惚，想不明白凭空失去的几个小时到底去了哪里。

经过接机大厅，果然有人举着个牌子，上面写着特别显眼的“赵玫”两个字。

我走过去打招呼，那人放下牌子朝我笑笑，伸出右手：“赵玫你好，我是孙嘉遇的朋友，程睿敏。”

我已经筋疲力尽，一句话都不想多说，但为着礼貌起见，还是轻轻地碰碰他的手指：“这么早就麻烦你，不好意思。”

“不客气。”他依旧微笑，伸手接过我的行李，愣一下略带惊疑地问，“就一件？”

我点点头。

他不再说什么，提起行李就往停车场走，一边问我：“你想先去医院还是先回家？”

我不假思索地回答：“医院。”

他的脚步有一丝错乱，似乎犹豫了一下，然后说：“今天早上我去了医院，见到你母亲的主治医生。"

我的心立刻提到喉咙口："我妈怎么样？他都说什么了？"

"医生说话，永远是最保守的，不会给你肯定的回答。不过我听着呢，应该是好消息。"

"啊，真的？"

"真的。"他肯定地回答，同时侧过脸给我一个鼓励的微笑，"凌晨已经出现排尿，就是说，基本度过无尿高危期了。"

我低头，眼中有热潮呼啦一下涌上来。第一反应想给父亲打个电话，摸出手机来才想起，根本没有北京的卡。

他似乎猜出我的心思，温和地说："等上了车，你用我的电话吧。"

我感激地点头，心中郁结的块垒似乎松动一点儿，这才有心思去打量他。

程睿敏是一个清秀斯文的男人，和孙嘉遇差不多的年纪，职业化的装束整齐而时尚，透出一股儒雅的气息，笑起来眼神温柔如水，像是能一直流进人的心里去。温润如玉这种词，仿佛就是专门为他这样的男性准备的。

上了车，他叮嘱我系上安全带，又把手机递给我。还没有开始拨号，手机铃声就开始响，我只好还给他。

他瞟一眼屏幕，便接过来凑在耳边："二子，你那边才几点哪，又打电话来？一夜没睡吧？……嗯，已经接到了……嗯，挺好看的，就看上去不像你女朋友，倒像是你闺女……谢了，我很正常，没有恋童癖，只喜欢成熟懂事儿的……好，你等着……"

我听到手机里漏出的声音，似乎很熟悉，正在猜疑，程睿敏把手机交给我："是嘉遇，他要跟你说话。"

"玫玫，"当真是孙嘉遇的声音透过扬声器传过来，"你一路还好吧？"

"我挺好的，可是你瞎折腾什么，那边儿才四五点钟吧？你身体不好还不好好休息？"我颇有点儿上火。

"甭管我了，待会儿我还可以补个觉。听小幺说，你妈妈已经好多了，这就把心踏踏实实地放肚子里，好好在父母跟前孝顺几天，别耍孩子脾气，听见没有？"

"听——见——了。"我不满地拉长声音。

“好好好，我不啰唆了。哎对了，你瞧我这兄弟，和我比谁更帅啊？”

我偷偷瞟一眼程睿敏，实话实说：“你比较帅。”

他在电话里大笑：“行，我死亦瞑目了。跟你说啊，这人从小到大欠我无数人情，你一定得替我找补回来，有什么事儿就拼命抓住他，千万别不好意思。”

我咧咧嘴：“知道了。”

“那什么，我挂了，你可记着随时向党汇报啊，小心别被我兄弟勾引了，他对女人那温柔劲儿，可没几个人扛得住。”

我再瞟一眼旁边的人，什么也不好说，只能低声答应：“嗯。”

程睿敏安静地开着车，牙齿却紧咬下唇，一副要笑不笑的模样，显然刚才的谈话，他听了个八九不离十。

我讪讪地把电话还给他。

他看我一眼问：“你不打电话了？”

我想起正事儿来，赶紧打到父亲的手机上。爸的声音很疲惫，却带着一丝欣慰：“你回来了就好，你妈也在惦记你。”

到了医院门口，程睿敏从西装兜里取出一张名片，指点着上面手写的人名和电话号码交代我：“这人就是泌尿科的主任，有什么事你可以拿我这张名片直接找他，再搞不定，你照着名片上的电话打给我。”

我用力点头，收好名片下车，提着行李走了几步，想想又拐回去。

他摇下车窗：“忘什么事儿了？”

“没有，我……我想说，哥，谢谢你！”我是真喜欢他的体贴和温柔，言语中表达的是由衷的感激。

他看着我笑了：“说什么呢，嘉遇是我最好的兄弟，他的事就是我的事，你要谢还是回去谢他吧。”

我也不好意思地笑一笑，慢慢退后几步，朝他挥挥手。

孙嘉遇的张扬和他的安静似两个极端，但两人有一个共同的特征，就是笑起来都双眼弯弯的，像两枚月牙儿。

经历了十多个小时恐惧和颠簸的煎熬之后，我终于见到病重的母亲。

CHAPTER 9

第九章　爱的尽头

她已经脱离危险期，从ICU里转出来，还能面露微笑和我聊几句闲话。因为频繁地洗肾，她的皮肤变得焦黑干燥，我几乎难以相信，这就是我曾经文雅清秀的妈妈。

而爸一个人家里医院两头跑，累得掉了十斤肉，额头嘴角皱纹深刻，头发几乎白了一半，老态毕现。

我伏在妈身上大哭，痛恨自己的不孝。

都说父母在，不远游。如果不是我当年太过任性，好好考上国内的大学，也不会离父母这么远。妈妈更不会为了我尚在幻想阶段的奥地利求学生涯，频繁地在外面接活，以应付我将来昂贵的学费和生活费。她就是因为过于劳累才病倒的。

我在家里待了半个多月，乖乖做了十几天孝顺女儿，直到母亲的生理状况逐渐稳定。

医生说，尿毒症的症状尚未完全消除，今后一段时间还要依靠每周两次的透析维持正常功能。

虽然父母有些存款，他们也都有大病统筹保险，但洗肾这样的大额花费，自付比例接近百分百。除了这次住院的花费，以后每月家里要支付的医疗费至少需要四千，这还不包括那些昂贵的进口自费药物。

看得出来，爸很焦虑。但他和以前一样，虽然鬓角的白发因此又添了几根，却依然坚持“饿死不食嗟来之食”的底限。

临走时孙嘉遇交给我的两万美金，不小心让他发现了。他大惊，非常严肃地和我谈了一次，询问我哪儿来的这么多钱。

我开始还嘴硬，一直狡辩说是同学凑了借给我的。

结果爸又想起和孙嘉遇通过的那个电话，连连追问他是什么人，我是不是在交男朋友?

提到男朋友这茬儿，我吭哧吭哧磨叽半天，最后见实在瞒不过去，只好招认了。但他的背景，我一个字都不敢透露，只说他是普通的中国商人。爸的血压有点高，我要是讲了实话，他老人家非得当场脑溢血不可。

爸完全不相信，面带忧虑看我很久。

我被逼急了，只好祭出最后一招：“他是S中和B大毕业的，您觉得他能坏到哪儿去？”

看来名校崇拜情结很多人都有，我爸也不例外，听到B大的名字立刻不吭声了，狠狠瞪我一眼，暂时不再追究，只叮嘱我：“不管是谁的钱都赶紧还给人家，咱人穷可是不能志短，你甭让人将来一辈子瞧不起你。”

我接着他的话茬儿小声嘀咕：“就是就是，人不能有傲气但得有傲骨，您以为人人都是江姐哪！”

他猛地回头：“你说什么？”

我吓得一缩脖子，赶紧找补：“那什么，我妈该吃饭了。”

他这才把一个保温饭桶交我手里，催着我赶紧送医院去。

我如蒙大赦，接过饭桶一溜烟儿出了家门直奔公交车站。

吃饭的时候和妈聊天，提到这家医院一直紧张的床位，她还庆幸自己运气不错，从ICU出来居然碰上双人病房腾出空位，比起嘈杂不堪的六人大房间，真算是天堂了。

旁边的病友却插话：“甭逗了，那哪儿是您运气好啊？根本就是有人关照过嘛！您再瞅瞅那些护士跟您说话时的脸色，平常她们可都觉得自个儿倍儿牛逼的，什么人没见识过？要没人打点，她们能有那满面春风吗？”

我妈还一脸迷惑：“不能啊，我们家没人和这家医院熟啊？”

我在一边埋着头不好多说，心里却明镜似的，完全明白这背后的翻云覆雨手。

回到家我打电话给程睿敏，感谢他这些天的费心照应。他的声音依然温和好听，隔着电话都能感受到他春风化雨一般的微笑：“举手之劳，不用客气。还是那句话，嘉遇是我最好的兄弟，哪天我遇了事，他也会上心帮忙的。”

我很为他们之间单纯的兄弟情谊感动，便不再说空洞的客套话，利利索索地道再见，然后掐着时间打奥德萨家中的电话找孙嘉遇。

可是铃音回响了很久都没有人应答，我又打孙嘉遇的手机，他的手机还是关机。

我顿时感觉不安，好像从三四天前，就无法联系上他。每次打他的手机，都被提示机主关机，家里的电话也没有人接。

我很忐忑，这家伙究竟在做什么呢？他还好吗？他的身体有没有恢复？

CHAPTER 9

第九章 爱的尽头

时间已是六月底，北京开始进入闷热潮湿的炎炎夏季。妈妈的气色却好了很多，有时候我们会趁着护士不在，带她回家看看。

这天一家三口坐在一起开了个家庭会议，讨论我的学业问题。

我宣布考虑了几日的决定："我想暂时保留学籍，先回北京找份工作。"

从前不事稼穑，这些天观察很久，终于看明白从不在意的事实。

父母以前的收入虽然不错，但都和工作量挂钩，今后一年半载，妈肯定不能再接项目，只能靠死工资维持收入。像这样银子流水一样从手中消失，家中有出无进的状况，实在不适合再供养一个留学生。

但他们的反应之激烈，完全出乎我的预料。

爸非常恼火："玫玫，爸妈已经过完大半辈子，你的人生才刚开始，不要一时头脑发热，因为我们耽误你自己的前途。"

我闭紧嘴不肯说话。

妈更是急得迸出眼泪："赵玫你马上回乌克兰去，不然我就停了治疗。"

一晚上疲劳轰炸，再加上妈的眼泪，最后我只好妥协，答应暂返奥德萨，把学期末的后事处理干净，如果妈的身体状况还好，我就留在奥德萨过暑假，一来省点儿路费，二来可以补习乌克兰语。

但我有一条底线，就是今后坚决不许他们再给我生活费。

爸不解地问："那你以后怎么生活？"

我回答："可以去打工啊，比如教小孩儿弹琴，很容易挣钱的，又不累。"

话是这么说，但我心里明白，那是完全不可能的。如果我想打工，作为语言不精的中国学生，唯一可去的只有两个地方，在"七公里"市场帮人看摊，或者，去卡奇诺赌场做女侍应生。

但这两处的收入，都只能保证基本的生活费用，学费是根本不用奢望的。退到底我还敢说这样的话，不过是因为背后有孙嘉遇支撑着底气。

作出回京的决定时，虽然十分难过不舍，但我并没有机会同孙嘉遇商量，因为依然无法联系到他。

我翻遍手机里的联系名单，非常沮丧地发现，除了学院的同学，我的生活圈里好像只有孙嘉遇一个人。和老钱、邱伟天天见面，我竟然没有他们的联系方式。

尝试着打电话到瓦列里娅的店里，她却是个小迷糊，一问三不知："我也很久没有看到他了。咦？你不在奥德萨吗？"

我很烦躁，敷衍着挂了电话，继续啃着手指头想其他的辙。想到一周后才有返程的航班，心中的焦虑愈扩愈大。

重返乌克兰的前夜，我早早躺下，迷迷糊糊睡得正香，爸敲我的门："玫玫，乌克兰的电话。"

我一下惊醒，噌地跳下床，只穿着睡裙就冲出去，直扑到客厅的电话旁。

"你良心没有的，死啦死啦滴，怎么这么长时间不来电话？"我说得飞快，感觉到如释重负的轻松愉快。

那边却一片沉默，只能听到电流的嗞嗞声。

我疑惑起来："喂？"

"赵玫。"终于有声音传过来，喑哑而干涩。

我的心直沉下去。是彭维维，居然是彭维维！

"你有什么事？"我尽量克制着自己，保持声音的平静。

还是沉默。

我侧头看看墙上的挂钟，时针分针正呈现一个六十度的夹角，已经半夜两点了，奥德萨的晚上八点。

"没什么。"彭维维忽然轻笑一声，银铃一般，在这万籁俱寂的深夜，却显得异常诡异，"赵玫，今晚奥德萨的月色真好，亮得像白天，北京也有月亮吗？"

舌头有点儿大，显然是喝醉了。

我压抑着已经冲到头顶的怒气，生怕惊动了父亲，压低声音说："现在是北京时间凌晨两点，明天咱们再风花雪月可以吗？"

电话线那端又一次静寂无声。

我等着，指甲几乎掐进自己的肉里。等我回去，还有一笔旧账要和她清算！

那边很久没有说话，过了一会儿，咔嗒一声轻响，电话挂断了。

我完全没了睡意，抱着手臂坐了很久，终于又拿起电话，一下一下按着那个烂熟于心的号码。

依然是乌克兰语：对不起，您拨的用户已关机。

我返回卧室，再也无法入睡，睁着眼睛躺到天明。

离家之前，我趁父母不注意，还是把两万美金留在抽屉里，并写个纸条给他们，说明先放在家里应急，如果用不着我就尽快归还。

等待登机的时候，我发了个短信给孙嘉遇，告诉他我今天的行程。

飞机沿着跑道开始滑行，起飞，愈升愈高，渐渐进入一万米之上的浩瀚晴空。

仍然是七个小时的航程，在发动机的轰鸣声里，我满怀着忐忑，注视着身后渐行渐远的中国领土。

飞机在奥德萨机场缓缓降落，我的心也似跌落到了最低处。莫名的恐惧沉甸甸地压在心头，我几乎迈不动脚步。

勉强振作起精神，我拎起手提行李，随着大队旅客排队出海关。

远远看到邱伟穿过人群朝我走过来，我这才松口气，疲倦得想就地躺倒。

“行李呢？”他问我。

“没有，只有这么多。”走的时候匆匆忙忙，来的时候又狼狈不堪，哪儿有精力去照顾多余的行李？

邱伟没有再说话，弯腰替我挽起背包。我看看他的身后，并没有我日思夜想的人。

“嘉遇为什么没来？”

“他在基辅办事，让我接你回去。”

邱伟把我的背包扔进后座，却低着头不肯看我。

明知他在说谎，但我不想点破他，我坐上司机副座，一声不响地扣上安全带。反正总会见到孙嘉遇，他总要给我一个解释。

一路上，我们两人都没有开口说一句话。

但邱伟并没有送我回家，他带我去的是一个陌生的地方，奥德萨城南中等住宅区里的一栋小户型公寓。

整个房间豆腐干一样大，捉襟见肘，条件和我前两个住处是无法相比的，但总算还干净。又是独立的单元，厨房、卫生间倒一应俱全。

我看到自己的行李箱和其他杂物都堆在墙脚，乱糟糟一片。

“为什么？”我双手紧握在一起，浑身哆嗦得像一片风中的叶子。

邱伟站着不出声，双手插在上衣口袋里，神情显得十分为难。

“为什么？”我再问一次，人已经摇摇欲坠。

他看着我，终于开口：“时间太紧找不到好房子，你先在这儿凑合几天。”

这不关我的事，我只想知道：“他为什么要赶我走？”

“他不想连累你，不想让你卷进来。”

“什么意思？我听不懂。”

他插在口袋里的右手伸出来，取出一张报纸放在床上。

我勉强拿起来，报纸在我手中被抖得哗哗作响。上面的日期是十天前，掀开里页，我看到孙嘉遇的照片。

那是一份通缉令，罪名是绑架及杀人未遂。

脚下的地板好似裂开一条大缝，我的世界在一片黑暗中完全坍塌。

眼前的黑雾散去，我醒过来，发觉自己靠在邱伟的臂弯里，头晕恶心得难以支撑。

邱伟要扶我起来，我却推开他，自己走到床边躺下。

这一躺下，我十几天没有起床。

我只记得自己不停地呕吐，人也烧得有点糊涂。医生来了又去，邱伟一直没有离开。昏迷中，我能感觉到他喂我吃药，扶着我喝粥。

可我完全吃不下，勉强咽进去又全部吐出来。有几次甚至吐在他身上。略为清醒的时候我一直想：是不是要死了？这样倒也干脆。

但我最后还是退了烧，渐渐好起来。

邱伟几乎被我吓死，他说：“赵玫，你命真大啊，烧了这么多天居然没有转成肺炎，我都以为你要过去了。”

我冲他笑笑。真过去倒好了，再不用关心任何人、任何事。一旦清醒，那份触目的通缉令仍在眼前挥之不去。

CHAPTER 9

第九章　爱的尽头

他那么理智清醒的一个人，怎么会铤而走险，做出这样的蠢事？我不明白，完全想不明白。

我问邱伟："是不是有人陷害他？"

邱伟怔了一下，脸上有轻微的歉意。他看着我，笑容极其苦涩："我也希望是这样，可不是，这件事确实是他做的，真的，是他做的。"

有数秒的时间，我不理解他在说什么，只是茫然注视他翕动的嘴唇。但是我突然反应过来，身体里支撑着元气的最后一点希望，哗啦啦倒塌粉碎。

"他现在在哪儿？"

邱伟移开目光，我听到他深吸了一口气，然后说："警察也在到处找他，我不知道，你别问我，我什么都不知道。"

他的话里很有自相矛盾的地方。不然，我只把回程的消息发给孙嘉遇，他怎么会知道我乘坐的航班？但他不想说，我也不想戳穿他。木已成舟，再也没有挽回的余地，一切都失去意义。

我扭头看向窗外的天空。

窗外天色湛蓝，大团大团的白云正从天边飞卷而过。室外有棵不知名的大树，累累枝杈几乎伸进窗内，绿叶间掩映着大簇大簇雪白的花。

我想起回北京前的那段日子，虽然内心煎熬，可一切都是那么正常，正一点点往好的方向转移。我离开的半个多月里，这里究竟发生了什么，整个世界竟似脱离轨道，变得如此荒诞不经。

"邱哥，你走吧，让我一个人待会儿。"我厌倦地闭上眼睛。

他吃了一惊："你病成这样……"

"我没事了。"我坐起来慢慢穿衣服，"我有私事要处理，你留在这儿不方便。"

十多天没有洗脸洗澡，蓬头垢面，头发油腻腻地纠结在一起，身上的馊臭味自己都闻得到，亏他能捏着鼻子忍着。既然仍要活下去，这个皮囊我就还得接着小心服侍它。

邱伟皱着眉，他当然明白我在说什么。

"真的，我没事儿了。"我强调一句。

他不放心地追问："你有没有关系比较好的女同学，过来照顾你两天？"

我摇摇头。这会儿我谁也不想见，就想一个人待着。但他的话，让我记起一个人。

我记起临行前接到的电话，诧异自己还能够笑出来："邱哥你知道吗？我来那天，彭维维还给我打电话呢。她真牛啊，是不是终于夙愿得偿报了仇啊？她……"

邱伟却倒退两步，脸上的表情惊恐异常，他瞪着我，仿佛白日见了鬼。"彭维维？她……她在你到的那天，已经死了。"

我脸上的肌肉好像被急速冷冻，笑容一下僵住，头发全都在头顶竖起来，完全忘了自己刚才在说什么。

"她死了？什么时候的事？"不知过了多久我才回过神，想起那个怪异的电话，吓得声音都岔了。

"就那天，你临回来前一天的晚上，她在家里开了煤气自杀，等早上邻居闻到异味报警，人已经没救了。"

也就是说，彭维维给我的那个电话，是她的生命开始倒计时的时候。她说：赵玫，今晚奥德萨的月色真好，北京也有月亮吗？

我伸出双手捂着脸："为什么？"

维维，你究竟想跟我说什么？

"没人知道，据说她没有留下任何遗书。不过，验尸时警察发现吸毒的痕迹。"

我震惊地抬起头："吸毒？"

邱伟点点头："你还记得罗茜说过的话吧？"

罗茜？她说过什么？不过一个月前的事，却好像已相隔一个世纪，我摇摇头，完全记不起来了。

邱伟叹气："她跟的人里面，有几个好鸟啊？恐怕是上船容易下船难，她一个女孩儿又能怎么办？那些王八蛋控制人的方法很多，毒品是其中最简单的一种。"

我拼命地摇头。我不相信，那样鲜活靓丽的生命，自小集万千宠爱在一身的美丽女孩，怎么会走这条路？

邱伟神色黯然："嘉遇警告过她，她差点儿烧了他的房子。帮她转学，她也不肯离开。说起来如果不是那次火警，嘉遇也搭不上消防队这条线，就不会有后来这么多事儿，都是命啊……”

我垂下眼睛，心中似有人在用钝刀子一刀一刀地切割，疼至麻木。

帮他推波助澜的，还有我。这是难以逃脱的宿命，环环相扣，开始时一切早已注定。

邱伟离开了，走之前留下他的新住址。他和老钱在孙嘉遇出事之后，为躲避对方的报复，都先后搬离了原来的住处。

等他关上大门，我才勉强挪下床，脚步虚浮，像踩在棉花堆里，走了几步已是一身虚汗。

公寓里依然一片狼藉。

我蹲在那堆乱七八糟的行李前，想找出原来的睡衣和毛巾。打开行李箱，最上面却是一件叠得整整齐齐的黑色男式衬衣。

我的心口像被铁锤重击一下，怔怔地抱着衬衣站起来。

这件衣服，是孙嘉遇所有衬衣里我最喜欢的一件。每次他穿起这件衬衣再戴上墨镜装酷，我总逗他说像基努里维斯他弟弟。

他为什么会把这件衬衣留给我？是想告诉我别忘了他？

我傻傻地靠墙站着，一时间痴了。略微动一动，便听见衬衣口袋里好像有东西在沙沙响，我小心地取出来。

那是两页纸。一张是地下钱庄的存款凭条，我曾经见过的那张。另一张是份授权协议书，上面用潦草的笔迹写着：本人愿意将此存款转交赵玫全权处理。

最下面是他的签名和日期，还有一处空白，为我的签名预留着地方。

将近五万美金，他全部转到了我的名下，没有任何条件。

我膝盖发软，再也支撑不住自己的重量，紧紧搂着他的衬衣，我渐渐矮下去，跪在地板上。

衬衣上似乎仍然残留着他的体温，若隐若现的温暖气息，清淡的烟草味道，如此熟悉而亲近，仿佛他就在身边，我们之间却像永远隔着不可逾越的天涯。

似有一口浊气塞在胸口，我张开嘴可是吸不进一点空气，想哭但完全挤不出眼泪。伏在地上许久不曾改变姿势，渐渐全身麻痹，几乎动弹不得。

直到窗外夜色降临，我才勉强站起来，扶着墙挪到浴室去。滚烫的热水哗哗淋下来，僵硬的四肢慢慢恢复柔软，我的思维也一点点清晰起来。

我烧开一锅水，泡碗面强迫自己吃下去，然后吹干头发，换上干净衣服去找邱伟。

他不在家，我就坐在门口的楼梯上等他。

邱伟一个小时后才回来，见到我，他手中的车钥匙在惊讶中落了地。

“赵玫，你瞎跑什么？”他一边开门一边说，“当心再着了凉，你这条小命儿就交代了。”

我跟着他进屋，一脚踹上大门，拦在他身前：“告诉我，孙嘉遇在哪儿？”

他很惊讶，但依然是那句话：“我不知道。”

“你不知道？”我盯着他，“那你告诉我，我回来那天，你是怎么知道我的航班号的？”

他非常狼狈，眼神闪烁不敢看我：“赵玫，你最好别逼我。现在找他的，不仅是警察，那边的人也在拼命找他。”

我不肯放松：“那你跟我说，这半个多月到底发生了什么？”

他坐在沙发上，点起一支烟，低头猛抽，就是不肯开口。

我只好耍无赖要挟他：“你不肯说是吧？成，我这就去你门口坐着，坐一夜，坐到你愿意开口。”

他苦恼地抱住头，显得极其无奈，过一会儿终于说：“你好好坐下，我告诉你。”

我坐在他对面，身体因紧张微微发抖。我一定要弄明白，到底有什么不同寻常的事发生，才会让孙嘉遇像安排后事一样，为我找好退路？

邱伟掐灭烟蒂，抬起头苦笑：“事情太复杂了，让我从哪儿说起呢？”

我想一想，回答他：“我回北京前，罗茜不是在找各方调停吗？”

“啊，对，就是那一次。你走了没几天吧，几方的人马都坐在一块儿，就在奥德萨饭店。其中有个人呢，居然是嘉遇七年前的旧识，嘉遇本来笑嘻嘻的，一见到这个人，当场就翻了脸，一脚踹翻桌子走人了。”

邱伟说到这里停下来，像是在整理着思路。也许头绪太多，他不知道如何才能讲得更清楚。

我听得心惊，却没有催促他，等他重新开口。

过一会儿，他摇摇头说：“嗨，我还是从头儿说起吧，不然太乱了。就说嘉遇大学毕业那年，想在国内开公司，那时他家老爷子还在位，是那种特别谨小慎微的人，生怕他留在国内惹出是非，坚决不同意，死活要送他出去读书，爷俩谈不拢就彻底闹崩了。那时候东欧市场正红火，他一气之下跑到匈牙利半年不肯回家。他妈心疼他，就把家里的积蓄瞒着老爷子交给他做了本钱。谁知道第一笔生意还没结束，老爷子就出了事，嘉遇立马儿转让了手里的余货，想带着现金回国。”

是的，在雪地里孙嘉遇曾经提起他的父亲，也提过这件事，我努力想把几个已知的碎片拼在一起。

“按照匈牙利的法律，想往国外汇款，一天不能超过几千美金。所以他打算冒险带现金闯关。有人说帮他的忙，就给他介绍了一个大使馆官员，因为外交人员是有豁免权的。他就把大部分现金交给这个人，自己只随身带着一小部分进了机场。你猜猜吧，后来发生了什么？”

不用猜，稍微动动脑子就能想到，我几乎不忍再听下去。

邱伟看着我无奈地笑笑：“他过了海关，坐在咖啡厅里等着那人进来，过一会儿那人打电话，说自己被海关警察扣了，现在警察正在到处找他，让他快点儿离开。嘉遇那时才二十二吧，还是一没经什么事儿的小孩儿，自小让他妈宠得五谷不分，完全没有人心险恶的概念，当时吓得脸都白了，乖乖儿地上了飞机。等他彻底醒过味儿来，人已经在几万米高的天上了。”

我听得完全词穷，难怪他说，他和我一般大的时候，做过比我更傻的事。我只是不明白，为什么他的故事总是由别人告诉我，他自己从来不说不解释？

“回了北京，我们都说他肯定让人涮了，这死心眼儿的傻孩子还不死心，又返回匈牙利找人要钱。那人还挺硬气，不管多少朋友中间调停，嘉遇急得几乎给他跪下，就是一口咬死了，钱被警察没收了。让他拿出罚没单据吧，他又拿不出来。后来老爷子病重，几个朋友只好先凑了一笔钱，让嘉遇先回国，等他赶回去，老爷子却已经没了。唉，这事儿从此成了他心里的死结，总觉得老爷子的死跟他有关系。给老爷子办完后事，他妈求我们想法儿劝他吃饭，从老爷子过去他就没吃过一口东西。我们带他出去，好说歹说，总算说动他张嘴，才刚吃一口，人就一头栽在地上，胃痉挛就是那时候落下的毛病。”

这个故事让我不堪重荷，我扶着额头，心间似有无数纵横的伤痕，从里至外泛出沁入骨髓的疼痛。

邱伟亦沉默，这一刻，我们之间好像只有纸烟燃烧的声音。

“那个人和他吞下的钱呢？就这么便宜他了？”过一会儿，我狠狠地问。

邱伟翘起嘴角笑了：“赵玫，你什么时候见过鱼吞了饵再吐出来的？”

我突然醒悟过来：“你刚才说七年前的旧识，就是这个人？”

“就是他。”

“那么说，这回被绑架的也是他？”

“是。”

即使知道绑架杀人是骇人的罪名，我在这一刻还是轻易原谅了他。人总是倾向帮亲不帮理的，事情一旦轮到自己的至亲身上，是非对错全部作废。我只是恨他不该如此自私轻率，就算他心中没有我的位置，至少也该为他的母亲考虑一下。

“我送你回去。”邱伟站起来打算结束谈话，“养好身体回学校，好好做你的学生，别再掺和这些事。”

我不肯走：“你还没说完呢。”

他有点儿生气地瞪着我：“你还想知道什么？”

“那个人到底是哪一边的人？前些日子给嘉遇下的套儿，跟他有关吗？为什么最后让他跑了，变成……未遂？”

邱伟用力抹着脸，露出不胜烦恼的样子：“哎哟喂，以前我没发现你脑子这么清楚啊？”

“你现在知道也不晚。”

“行行行，我怕你。”他只好又重新坐下，“说吧，都有什么问题？”

“那个旧识，骗了嘉遇钱的人，他到底是青田帮的人，还是乌克兰那边的？”

“算是青田帮那边儿的吧，不过也不全是。这个人前些年在中非混得不错，可是不小心得罪了什么大人物，半年前刚从那边过来，正愁没米下锅呢。逢着青田帮想从乌克兰黑帮那儿弄点儿好处，都瞄上了清关这块肥肉，两下里就勾搭在一起，嘉遇他们不幸成了磨心儿。”

中非这个词很熟，我努力回想着，到底想起一件事来：“那回，就老钱被扣了做人质那回，就是他干的？”

“没错，不过那回他没出面。再后来的事儿，可就是和青田帮两家联手了。罗茜出头调停，是想让大家都退一步，以后相安无事，没承想弄成了这么个局面。这俩人的仇，别人既插不进去也解不开。可谁都没有想到，嘉遇居然会出钱找乌克兰黑帮做掉他。”

我抬起头，一时没有说话。就是那个惊心的夜晚之后，我在孙嘉遇的包里发现一支手枪。这一瞬间，很多曾被我有意忽略过的画面，包括当晚他和老钱的异常表现，都在眼前鲜活起来。

忽然间我感觉浑身发冷，再也不愿往深里细究。

按说我最好转身离去，像邱伟说的那样，装做什么也没有发生过，若无其事继续我的学生生涯。有他留给我的那笔钱，我尽可以忘掉这一切，换个地方重新开始。

理论上非常简单，可我做不到。

曾有人说过，爱情是场瘟疫。我想我彻底明白了，却已经来不及，就算前面是悬崖，我也只能闭着眼睛往下跳。

至于绑架后的经过，邱伟并没有说太多，只是尽可能简单地描述了那惊悚的一幕。

乌克兰黑帮的人，在那人住所附近窥测几日之后，终于找到机会将人掳走。他们从孙嘉遇手里拿到钱便准备做掉人质，开车前往郊外的海滩。那里荒无人烟，一望无际的芦苇丛里，是杀人埋尸的绝佳之处。

但是临到动手，不知为什么孙嘉遇后悔了，跟乌克兰黑帮的人商量，钱他不要了，但把人放了。乌克兰黑帮自然不肯答应，他们已经出手就绝不能再留活口。

双方内讧的时候，附近恰好有辆警车经过。开车的人顿时心慌意乱，失手之下车撞到树上，那人虽然手脚被缚，却趁机挣脱控制，滚下车拼命大叫："救命！杀人了！"

车上的人都只受了点儿轻伤，惊惶之下四散奔逃。死里逃生的被绑架者被警察救下，所有绑架者中，他只认得孙嘉遇的脸。

说到这里，邱伟一拳砸在桌上："靠！你说这个白痴，要狠你就狠到底，都到这份儿上了，还他妈的做唐僧干什么？"

我低着头不出声，同样恨他不合时宜的心软。

回去的路上，我苦苦哀求邱伟："让我见见他。"

"不行。"邱伟拒绝得极其干脆，"除非你想让他进监狱。"

他目前的处境，只能到处躲藏，躲到警方松懈，再用假护照偷渡出境。但是，吃了大亏的对头也买通了人四处寻找他，他们要的是他的命，生死不论。

我忍不住抱紧双臂，七月的夏日已经很热了，身后却有不知什么地方吹来的冷风，令人遍体生寒。

Chapter 10 第十章

康 复

我用软弱的低语呼唤我的爱人，
但在我的意识中又聚起阴郁的幻想，
我用我软弱的手在黑暗中把你寻觅。
突然，
在我滚烫的额头，
我感觉到你的眼泪、你的亲吻和你的气息。
——普希金《康复》

我像游魂一样恍恍惚惚晃了几天，便接到中国同学会的通知，说彭维维的父母已经拿到签证，从国内赶到奥德萨处理女儿的后事。

彭维维火化以后，同学们在学校为她办了一个小小的追思会。

会上我见到彭维维的父母。她妈妈还记得我高中时的模样，拉着我的手放声大哭，不停地问我："好好一个人，怎么说没就没了？闺女，你和我们家维维最好，知道她有什么想不开的，怎么会走这条路呀？"

我无言以对，只能默默陪着她流泪。

维维的父亲脸色铁青地坐在一边，一直不肯说话，后来提醒妻子："那个玩意儿呢？拿出来让她认认。"

他这么一说，维维妈立刻停了哭泣，从贴身衣兜里取出一个东西，放在我手心里。

我的眼神马上就直了，呆呆地盯着它，像盯着一枚定时炸弹。

玫瑰、金、银三色的戒指，做工精致而细腻，卡地亚永恒的"Love"标志。

就是这枚戒指，曾在维维的中指上驻留过很长时间，伴随她的举手投足，吸引着人们的视线。

"阿姨，这是……"

维维妈又落下泪来："维维去的时候，手里就紧攥着它，掰都掰不开。闺女，你好好想想，以前见过这个戒指吗？是什么人送给维维的吧？"

我情不自禁地收紧手指，那个小东西就

像块烙铁，滚烫地嵌进我的手心。

我闭上眼睛，眼前是一片血红。维维，你临走的时候，是不是也这样紧紧握着它，像握紧最后一点破碎的希望？

“闺女？”

忽然间，我感觉再也无法忍受，扔下戒指，站起来跑了。

三天后，彭维维的父母带着她的骨灰返回中国。记得当年她曾对我说过一句玩笑话，她说，如果她在这里玩掉了底，让我把她的骨灰带回中国。

没想到一语成谶。

那之后有半个多月的时间，我什么都做不成。每天就坐在公寓里，太阳的影子静悄悄地移动着位置，从东到西，我只是茫然地等着，虽然自己也不知道究竟在等待什么。

有时候看到自己的影子，都能被吓一跳，仿佛有人一直跟在身边。

“维维，是不是你？你还恨他吗？你还恨我吗？”我在阳光下伸直手臂，望着墙上的人影喃喃自语。

影子不停地颤动着，却没有人回答我的问题。

我捂着脸倒在床上，眼泪顺着手指缝往下流，沾湿了枕头，也沾湿了床单。

只有往家里打电话的时候，我才能振作精神有口鲜活气儿。所幸母亲的病情并无恶化，我暂时放下一颗心。

手里有限的一点钱，渐渐流失干净。我需要找个工作养活自己，再这么下去，我离精神崩溃的日子也不远了。

孙嘉遇留下的那笔钱，我不想动。夜深人静时，我反复地一笔笔描摹着他的签名。只有这个时候，才能感觉到和他仍有一丝联系。

我打算重新开始正常的生活，这时候邱伟却来找我。

他的脸色十分郑重：“跟我走。”

我被惊吓到，水杯几乎脱手滑落，这些日子我已经成了惊弓之鸟。我抹着溅落的水渍，结结巴巴地问：“又又又出了什么事？”

“他要离境了，就这几天。”

我二话不说，换上鞋跟他上车。

CHAPTER 10

第十章 康 复

我们先在路边一个电话亭停下，我看着邱伟拨通、挂断、再拨通、再挂断，连续三次以后才提起话筒，开始压低声音说话。

电话那边就是孙嘉遇，我尽力压抑着心中疯狂的渴望，站在一边沉默不语。

然后，我们先后换了三部不同的车，最后在一片树林边停下。邱伟把车子开进密林深处藏好，又带着我步行了几百米，才到达一座孤零零的海边别墅。

“进去吧，他在里面等你。”邱伟用钥匙开了大门。

我一步迈进去，便听到大门在身后砰然关闭，声音在空荡荡的室内回响，令人心颤。

室内拉着厚厚的窗帘，没有开灯。乍从明亮的室外进来，眼前一片漆黑。

在门口站了几分钟，眼睛终于开始适应黑暗，逐渐辨别出物体隐约的轮廓，我摸索着往里走。

有人正坐在客厅的沙发上，脸前有一点暗红的火星时明时灭。

我试探着叫一声：“嘉遇？”

桌角的台灯啪地亮了。

我定睛看清眼前的人，忍不住倒退一步。这是孙嘉遇?

他的头发不知多久没有打理，双颊凹陷，一脸憔悴，我几乎认不出他来。

他也在打量我，神色困惑，手指间还夹着半燃的香烟，而旁边的烟灰缸里已经塞满了烟蒂。

我怔怔地看着他，不知该做什么。二十二年的生活经验，并没有教过我如何应付这种场面。

过了很久他开口：“你怎么瘦成这个样子了？”

虽然声音沙哑，但我还能分辨得出，的确是他。我走近一步蹲在他膝前，伸出手抚摸他的脸。那种熟悉的触感从手指传递到心口，我终于确定自己不是在做梦，是真的见到他了。

我仰起头贪婪地望着他，想寻找旧日的痕迹，可他的眼睛如此陌生，仿佛所有的喜怒哀乐都已消失，再没有以前的灵动。

眼前渐渐水雾弥漫，他的脸也消失在其中，变得模糊不清。

“你是不是怕我呀？和一个杀人未遂犯关在一间屋子里，是不是特别可怕？”他为我抹掉眼泪，看着我笑一笑。

这一笑，我才觉得原来的孙嘉遇又回来了，终于伸手抱住他。

接触到他的身体，我顿时感觉安心，这是长久以来对他习惯性的依赖。他腮边的胡楂硬硬地刺着我的脸，身上一股浓烈的烟草味道，我搂紧他的腰，辛酸地闭上眼睛。

但他的身体语言疏离而冷淡，没有任何回应，最终我不解地放开双手。

他错开视线，淡淡地说："我要走了，后天的机票。"

我像被人迎面打了一拳，鼻梁酸痛，眼泪再次涌上来："我跟你走。"

"跟我走？你想跟到哪儿去？言情小说看得太多，脑子就跟常人不大一样。"他损起我来还是不遗余力，"你真不应该来，邱伟这家伙好心办坏事儿。"

我把脸埋在他的膝盖中间，不打算回应。邱伟怎么想我不知道，可走这一趟我不后悔。他此番离开，不知何时才能再见。往事早已不堪回首，未来白茫茫一片看不到去路，如今我能多守他一刻就多守一刻。

他的嘴唇动了几下，声音很轻，我还是听出他在说两个字："傻妞儿。"接着一声叹息，更是轻得像呼吸。

窗外的天色黑了又亮，窗帘掩映的室内却日夜难辨。三十六小时之后，他将离开乌克兰，暂时避到第三国去，或许再也不会回到这里来。

我窝在他怀里，摸摸他胡子拉碴的下巴，勉强笑着问："你有剃须刀吗？我给你剃剃胡子吧？多难看哪。"

分离在即，无论内心如何惨痛，我都想尽量维持着轻快的表情。

我在浴室翻了半天，只找到一把银制的手工剃须刀，最老旧的样子。我举着它回卧室，做出高高兴兴的模样，把刀片横到他的脖子上威胁："乖乖的，不许乱动啊，不然我就给你放血啦。"

他像是被这玩意儿给吓到了，一直往后躲："赵玫，你浑劲儿又上来了吧，你会使吗？"

我按住他："说了别动你偏动，看看看，剃须膏弄得哪儿都是。"

小时候我用这种剃须刀给我爸剃过胡子，有时候掌不住劲儿，就会在他脸上割几个小口子。今天我属于超常发挥，没有一点儿技术失误。我熟悉的俊秀容貌，一点点从泡沫下现出原形。

我用浴巾抹掉剩余的剃须膏，捧着他的脸仔细而贪婪地看着，这样的眉眼和嘴唇，我要用心记住。

他在我的注视下闭起眼睛，呼吸变得急促。

房间里寂静无声，我多么希望时间能在此刻静止，可是墙角的座钟滴滴答答依旧永不停歇，我终于控制不住哭出来。

"你让我来，就是为了和我说再见吧？等事情过去，你还会来找我吗？"我问他。

他侧过身，轻轻抱住我，一时没有说话，沉默很久他回答："玫玫，忘了我，如果有可能就离开乌克兰重新开始，跟我纠缠下去不会有好结果。"

"我不！"我哭得更厉害。

"别任性，我是为你好。"

"不！"

他叹口气，一下一下摸着我的头发："彭维维……她的事儿你听说了吧？我不想再害了你。"

这个例子让我难以接受，我赌气说："她是她，我是我，我俩不一样！"

"一样的，开始都是一样的。"他微垂下睫毛，眼神极其苦涩。

看他的样子，再想起维维的遭遇，我心里又酸又苦，百味杂陈："你真的喜欢过她，对吧？"

"我确实喜欢过她。"他扶着额头，神情无限萧索，"她长得漂亮，人又活泼，和她出门可以满足一个男人所有的虚荣心，我们有过一段挺好的日子。"

我不由自主地直起身："那后来呢？"

后来为什么会变得像仇人一样，彼此相看两厌？

"后来……后来我觉得俩人性格实在不合适，她个性太强，我也从来不知道让着她，天天吵架多过正常的说话。那时候，她说得最多的一句是，没有男的真正爱过她，都是为了她的身体。我说，既然你都那么想了，俩人在一块儿还有什么意思？干脆分了好了。她就和我赌气，去外面和人约会吃饭，再回来专门气我；我说行啊，你做初一甭怪我做十五，我也出门找乐子。就这么着越闹越僵，做梦也没有想到，最后是这么个结局……"

他低下头，再也不肯开口。

“维维她只是运气不好……”我说到一半停下，自己都能察觉到言语中的空洞无力。

他还是什么都没有说，只是揽过我，再次叹口气。

我怔怔地靠在他身上，也不想再说话。眼泪早已风干，脸颊的皮肤被泪水浸泡过，紧巴巴地绷着，非常不舒服。

这故事的另一半，我在维维那里早就听过，到今天才把另外一半拼全，原来竟是个罗生门的故事。但维维人已不在，谁是因谁是果，谁为是谁为非，都不再有任何意义。

床头的壁灯把两个人的影子映在对面墙上，那壁纸是充满东南亚风情的热带花卉，枝叶缠绵扑朔迷离，就像剪不断理还乱的世间男女之情。

我伸出双臂绕过他的脖颈，把脸贴在他的背上，怀着最后一点希望追问：“如果我去了奥地利，是不是还能见到你？”

“我不知道。”他回答得很干脆，“现在只能走一步看一步。”

“那你为什么要放过那个浑蛋？他要是干干净净死了，哪儿还有后来这些事儿？”我深恨他这点，那么聪明的一个人，怎么会做出这样的傻事？

他的胸腔微微震动了两下，竟像是在笑：“好像每个人都在问这问题，是我一念之差做了蠢事，行吗？”

我扳过他的脸：“告诉我。”

他看着我：“你想让他死吗？”

“他该死！”

他的嘴角再次露出笑意，可那绝不是愉快的笑容：“听听，连你都这么说，我怎么就心软了呢？两次栽在同一个人手里，这不是傻逼是什么？”

他仰起头，壁灯的光晕在他脸上流转，他的脸上充满自嘲的微笑。我望着他秀气的侧影，只觉得心疼，却不知道疼在什么地方。

“嘉遇。”

“什么？”

“我知道你是好人，所以下不去手。”

这回他真的笑了，回头看着我，眼睛弯弯地勾出两道笑纹：“你知道不，我平时最怕人跟我说，孙嘉遇你真是好人。谁这么说话，准就有什么事儿想要求我了。”

“你就是。”我固执地重复。

“算了算了。”他抓过我的手按在自己胸口，“已经十二点了，你好些天没怎么睡了吧？过来点儿，我抱着你，这就睡会儿吧。”

我犹豫一下，伸出另一只手，轻轻覆在他的手背上，他的心脏便隔着内衣怦怦撞击着我的掌心。和着他心跳的节奏，渐渐倦意上涌，我挨着他睡着了。

不知过了多久，我忽然从睡梦中惊醒。灯仍然黑着，分不清此刻是深夜还是黎明，却清清楚楚听到窗外汽车引擎的轰鸣声。

我一个激灵，立刻要坐起来，有人按住我，轻轻说：“别出声。”

模糊的光线里，我看到孙嘉遇光着脚走到窗边，从窗帘的缝隙中向外看了很久，然后他说：“他们终于还是来了。”

话音未落，客厅的方向传来玻璃碎裂的声音，接着是嗒嗒嗒一阵点射。

我吓得手脚发软，连滚带爬朝他扑了过去：“谁谁谁？什么人……”

我的话还没有说完，孙嘉遇已经迅速蹲下，伸手握住我的脚踝用力一拉，我失去平衡，立刻摔在地上，接着他滚过来，整个人扑在我的身上。

一时间我还没明白发生了什么事，已有子弹带着灼热的气流，贴着耳边呼啸而过，在地板上激出一溜儿火花。

随后是通通通几声闷响，好像爆竹的声音被棉被闷住一样。卧室梳妆台的镜子被击中，发出令人心悸的脆响，玻璃碎片四处迸溅。

压在上面的身体，明显抖动了一下。

“嘉遇？”我挣扎着要爬起来

“别动！”他用力按住我，“你不想活了？”

“他们要干什么？”我惊恐万分。

他捂住我的嘴低喝：“别说话！”声线压得极低，却异常镇定。

我已经完全乱了方寸，听话地闭上嘴。

他拖着我一点点挪到衣橱后的死角处，这才凑在我耳边说：“没事儿，他们在试探虚实，不会轻易进来。”

果然，从隔壁房间又传来几声异响，跟着是瓷器破碎的声音，之后完全归于沉寂。

不用他解释，我已经明白，来的肯定不是警察。

随后窗外汽车引擎的声音也消失了，四周是一片瘆人的寂静，只有远处哗哗的海浪声清晰可闻。

我的背紧贴在墙上，浑身瑟瑟发抖，耳朵里灌满了自己的心跳和彼此的喘息声。

我想去握他的手，触到的却是一块冰凉的金属。

借着窗帘缝隙透进的月光，他异常熟练地把弹匣压进手枪的弹仓口，打开保险，哗啦一声拉上枪栓。

我怔怔地盯着他模糊的五官，这一串动作绝不是出自一个持枪的新手，而是无数次苦练之后的协调流畅。

他侧过头。在如此昏暗的环境里，也能清清楚楚看到他的眼睛，冷静而充满杀气。

我的手和眼睛都像被火烫了一下，竟有片刻明显的痛感。我想起他右手食指和虎口处的茧子，想起我们第一次见面的情景，所有的侥幸都在一瞬间退去。

我缩回手，感觉指端黏湿一片，把手伸到眼前，用力睁大眼睛也辨别不出什么，但鼻端闻到一股淡淡的血腥气。

恍如梦中一脚踏空，我的心直沉下去，抓紧他的手臂问："你中弹了？"

他没有回答。

我颤抖着再去摸他的手臂，他一把攥住我的手，轻轻嘘一声："被碎玻璃崩到了，你别乱动行不行？"

我尚未吐出一口长气，室外传来轻而急促的说话声，中间夹着金属物品冰冷的碰撞。有人轻轻敲击着防盗窗的护栏，声音虽小却怦然惊心。

潜伏在周围的隐隐杀机令我头皮发麻，我死死搂着他的脖子："外面到底是什么人？"

即使是在黑暗里，我也能感觉到他扬起了嘴角。他说："你觉得能是什么人？"

CHAPTER 10
第十章 康 复

“他们要干什么？”

“进来，取命。”他一字字说得十分清楚，声音里依然带着笑意，却寒气逼人。

脊背上有一波一波地寒战滚过，我绝望而慌乱地在身上乱摸，“手机呢？报警啊！为什么不报警？”

“报警？”他按住我的手低声嘲笑，“嗨，宝贝儿，你忘了我的身份？别说报警，只要手机一开机，当场就能把警察招来。”

我立刻像被施了定身法，血液全部涌上头顶，手顿时僵在半空。

一个念头渐渐在脑海中浮现，我问：“这些人，是我带来的？”

他平端起双手试着瞄准，慢慢说：“跟你没关系，他们不会放过任何机会，总会找上门来的。也好，这笔账最终要有个了结。”

我垂下头，似乎失去了语言能力。

隔一会儿他说：“我一直想让你脱开，没想到最后还是把你卷进来。我没有阻止邱伟带你过来，真是个错误。”

我看着他，他的眼睛在微弱的光线里有什么东西在闪闪发亮。

“玫玫，对不起。”多少前情旧怨，都含在这几个字里，他说得艰涩凄凉。

我抬手去摸索他的脸，喃喃说：“我宁可那时候我们在雪地里永远走不出来。”那是无比纯净的时光，他只有我，我也只有他。

他把脸埋进我的掌心，依然说：“对不起。”

“没关系，我不在乎，要是你什么都不说就偷偷离开，我才会恨你，我会彻底鄙视你。”

他没有抬头，睫毛在我手心里频频颤动，像受惊的蝴蝶在扇动翅膀。

耳边突然噗一声轻响，我吓一跳，抬起头四处察看却找不到任何异样。

他仔细观察一会儿，轻声解释：“电源被切断了，这房子的防盗系统大概也瘫了。这可有点儿麻烦，我还以为靠那套系统能撑到天亮。”

我握紧他的手没有说话，想汲取足够的勇气抗拒心中的恐惧。

不一会儿客厅方向就传来毛骨悚然的轧轧声，静夜里听得人心惊肉跳。

“你待着别动，我去看看。”他挣脱我的手。

我屏住呼吸看他手脚并用，匍匐穿过床前的空地，消失在卧室的门口。

轧轧声仍旧在继续，渐渐我听出点门道，好像是防盗窗被撬动的声音。这些人势在必得，一定会在天亮前进入室内。

我忽然微笑，想起以前看过的港台剧，那里面的黑社会似乎从来没有这般礼貌谨慎过。想象中他们应该一梭子打烂门锁，很酷地踹开大门，然后不分男女老幼一通扫射，枪口下鲜血四处飞溅。

可见编剧们的想象力多么不靠谱，简直是误人子弟。

孙嘉遇很快回来，把一个东西塞进我手里。

“听着，玫玫。”他的声音很平静，像说不相干的闲事，“落在他们手里生不如死。如果他们真的进来，你往厨房去，把门顶死，割断煤气管道……”

他放在我手里的，是一只银色的打火机，他生日时我送他的唯一礼物。

我浑身如浸在冰水中，拼命捏紧了那只小巧的打火机。想不到我年轻的生命竟以这样的方式结束，人生有太多的乐趣我没有来得及体验，我再也不能在父母身边尽孝，但是幸好，还有他在身边。

幸好。

我点点头，声音镇定得让自己都吃惊：“行，我跟他们说，Game Over！”

他愣了一下居然笑出来，问我：“你不怕吗？”

“和你在一起我不怕。”我老老实实回答，“可我不想死，我还想将来嫁给你，和你过一辈子。”

他在黑暗里看我很久，然后伸出手反复摩挲我的脸。

几分钟后，他又离开卧室，说要取点东西。

我坐在衣橱后面等着他，安静地等待着未知的命运。他很快就回来了，依然坐在我身边搂着我的肩膀。

我听到他的声音在我耳边低低地说：“玫玫，假如我有结婚的机会，我不介意娶你。”

我转过头，尚未作出反应，一块湿手帕就盖在我的脸上。我只挣扎了一下，便很快失去知觉，陷入一片黑暗。

昏睡中眼前似乎飘满了五颜六色的气球，我伸手去抓，它们却轻盈地飞离。耳边有细细的碎语，仔细去捕捉，却又消失了。我苦恼地辗转，想寻觅一个清静的地方藏身。

那声音却在耳边一直徘徊不去，我竟能分辨得出来，好像是俄语。忽然间我清醒过来，用力睁开眼睛，眼前是一片宁静柔和的白色。

我不知道这是什么地方，心中充满了诧异。试着动动身体，手背上顿时传来一阵刺痛。我扭头，看到身边的点滴架上，正有透明的液体不紧不慢地滴入我的体内。

我很快恢复了记忆，明白自己正躺在医院里，失去意识前的所有担忧恐惧瞬时纷至沓来。

窗前站着一个人，因为逆光，我只看到一个清晰的轮廓，宽肩细腰，匀称而修长。

我坐起身叫："嘉遇？"

那人迅速转身，疾步走过来，脸上的表情是狂喜："玫，你醒了？"

笔挺的警察制服，碧蓝清澈的眼睛，孩子气的笑容，竟然是多日未见的安德烈。

我没想到会在这里遇到安德烈，惊奇地看他半天，挣扎着要下床："孙嘉遇呢？我要见他。"

安德烈俯身凝视着我，他的眼珠仿佛突然变做一种不透明的蓝紫色，沉重得让人不安。

"发生了什么事？"我已有不好的预感，全身肌肉开始绷紧。

他受伤了？还是……

"他还活着。"安德烈似乎看透我的心事，面无表情地直起身。

"他现在在哪儿？"

"警察局。"安德烈语气平淡简洁，如同向上司汇报工作，"孙在凌晨四点报了警。我们赶到现场，与黑帮枪战后击毙三人。孙只受了轻伤，但必须入狱候审，今后他需要面对走私、绑架和谋杀的指控。"

我彻底清醒过来。

他报了警，居然报了警！他难道忘了自己是警方通缉的犯罪嫌疑人？

"我呢？我怎么会在这儿？"我大声嚷。

他扶着我的肩："你吸入过量的麻醉剂。我们在衣橱里找到了你，担心你受过其他的伤害，所以送你来医院。"

我拽着安德烈的腰带："为什么？他有没有说过他为什么要报警？"

"你真的不明白吗？"安德烈低头看着我，话说得很慢，带着一点儿伤感，"他宁可自己入狱来保你无恙，能有什么原因？我们的政府才向选民承诺过，要彻底打击走私，清除海关腐败，这时候入狱，你知道意味着什么吗？"

我松开手，开始往后退，一直退到背部抵着床头，再无后路可退。

"玫。"他蹲在我面前，伸手覆在我的手背上。

我瑟缩，下意识地把手藏在身后，脑子里一片混沌，十分吃力地消化着他的话。那些熟悉的俄语单词，此刻好像都变成了陌生的符号。

安德烈苦笑，慢慢站起身："对了，孙让我转告你，因为不想让混乱场面刺激到你，所以用了麻醉剂，请你原谅他。"

我难以置信地看着他，眼前金星乱冒，说不清是喜是悲。但有一点我清楚，至少孙嘉遇还活着。

"他会判多少年？"

"玫，我不知道。"他的脸上有同情和遗憾，声音出奇的温柔，"我只是一个警察，我的责任是抓捕犯罪嫌疑人归案。至于判多少年，那是法官的决定。"

我埋下头，心中充满沮丧和无助，却说不出一句话。

"一会儿会有同事给你录口供，记着，和你无关的，一句都不要多说。"

这句话让我感动，他一直都爱护我，无论我怎样令他失望。

他似乎明白我在想什么，屈起手指蹭着我的脸颊："谁会忍心伤害你？我一直忘不了第一次见你时的样子，那样细腻光滑的皮肤，像丝绸一样，黑色的圆眼睛像小鹿……"

我忍不住笑，眼泪却无声无息地流下来。我说："安德烈，你不仅是个傻子，视力也有问题。"

整个案子取证期间，虽然律师努力斡旋，孙嘉遇还是未能获得保释。而且因为事涉走私，他在乌克兰的所有资产均被冻结。

CHAPTER 10

第十章 康 复

孙嘉遇的精神状态非常让人担心，除了律师，他谁都不肯见。而律师谈起他也连连摇头，说他整个人极其消极，根本不在乎最终的判决，像是已经完全放弃。

邱伟的俄文不太好，和律师的沟通就有些费劲，我那点儿有限的俄语水平，更是帮不上什么忙。

原来我们都指望着老钱，可是老钱在孙嘉遇被捕之后，只来过两次，神情紧张不安，大概是怕受到连累。孙嘉遇在看守所中守口如瓶，没有攀扯任何人。等了十几天，老钱见没什么动静才放心，借口事忙，再也没有现过身。

邱伟气得在背后拍着桌子大骂："王八羔子，良心都他妈的让狗吃了！"

骂归骂，官司还得接着准备，最后只好从奥德萨国立大学找来一个本硕连读的中国留学生做翻译。

窗外正在下雨，淅淅沥沥的雨珠顺风飘过来，扑在玻璃窗上，再一滴滴沿着窗框滑落。有只蜜蜂落在窗台上，不知为什么没有在雨前赶回蜂巢，翅膀被雨水打湿了，沉甸甸的再也无法起飞。

我把额头靠在窗棂上，呆望着那只毛茸茸的昆虫扑棱着翅膀拼命挣扎，耳边有一搭没一搭地听着邱伟和律师的讨论。

按照律师的说法，现在警察局对孙嘉遇的起诉，真正能站住脚的，其实只有两件事。一是走私，这个没什么可说的，人证物证俱全，翻案的可能性几乎为零。但是另一宗绑架杀人案，则很有商榷的余地。

邱伟直点头："按您吩咐的，能做的我们都做了。现场那两个警察，已经托人搞定了，该说什么不该说什么，他们心里都清楚着呢；那几个乌克兰黑帮的人也被按住了，近期不许他们露头。"

"那很好。"律师说，"没有第三方人证和污点证人，现场物证又早被破坏，如今只剩下原告的证词，这案子的可判决性就大大降低了，很好。"

但是邱伟显然另有担心，他皱起眉："话是这么说，可我们想得出这招儿，对方又不傻，肯定也在活动，说不定钱砸得比我们更凶，关键是嘉遇还在里面，我们投鼠忌器，人家不在乎呀！"

"那就没办法了。"律师摊开手，"只能再送钱，警察局相关的人都送到。"

提起这些行贿的道道，这位乌克兰籍的律师可一点儿都不含糊，比我们还门儿清。

邱伟看看我，只能无奈地苦笑："行吧，警局里该上香的菩萨，咱都去捐个香火钱。"

我突然想起一件事："中国大使馆能帮忙吗？用他爸原来的关系，应该能打声招呼吧？"

"你可真够天真的。"邱伟把脑袋摇得像个拨浪鼓，"人走茶就凉啊，何况他爸都过世六七年了，人伺候如今的新贵还来不及呢。再说这可是刑事案，谁愿意沾上惹一身腥啊？"

"那罗茜呢？"

"更没戏。你不知道，上回那事儿，嘉遇没和她商量就一意孤行，弄得她特别难堪，所以早就放出话儿来，今后谁也甭在她面前提孙嘉遇三个字儿。"

我小声地说："她说的是气话，她不会不管他。"

邱伟狐疑地盯着我："你怎么知道？"

因为我也是女人。女人总是比较痴心的，就像彭维维，经过那么多，不管她最后时刻心里想的是恨是爱，但她最后放不下的，还是他。

邱伟想一想，还是摇头："算了，回头再说，我才不想去死气白赖求个女的。"

由于我们俩说的是汉语，那律师迷惑地听了一会儿，放弃努力，合上手中的卷宗提醒我们："别的就不说了，关键是孙自己要配合，他不肯配合什么都是白费。"

"让您费心了。"邱伟跟他握手道别，"您见了他再好好劝劝，好歹也见我们一面。"

不知道律师都跟孙嘉遇说了些什么，几天后，他终于答应和我们见面。

我和邱伟坐在会见室里等他，因为紧张，大夏天我变得手脚冰凉，口干舌燥。

二十分钟后，孙嘉遇终于被警察带进来。

我不由自主地站起来，傻傻地看着他在桌子对面坐下。

他身上的衣服倒穿得整整齐齐，头发已经剪短，虽然人还是那么瘦，可是看上去气色反而比较好。但他的眼睛，比起上次我和他见面时，更加死气沉沉，冷漠得没有一点儿生气。

邱伟递烟给他，跟他说律师那边的进展。他叼着烟，就那么心不在焉地听着，看人时眼神似乎望着透明物体，让你觉得他的目光已经穿透你的身体，不知道落到什么地方去了。

心里有东西在搅动，疼得我呼吸困难。我知道他的确已经放弃。那天他是凌晨四点二十分报的警。没有人知道，他独自一人和对方僵持的一个多小时里，到底在想些什么。

邱伟反复叮嘱："嘉遇，在里面你自己千万小心，这上下总有我们打点不到的地方。"

他终于抬起眼睛，眼底有一股不同寻常的神色。

邱伟凑近，声音非常非常低，低得几乎听不到："有人不想让你说话。"

孙嘉遇脸上的表情终于有了变化，露出一丝轻微的笑意，充满嘲讽。

"行了，你们回去吧。"他站起身，今天第一次开口说话，"以后别再来了。"

我倏地探过身子，隔着桌子冲动地抓住他的手："嘉遇……你一定要小心……"

他垂下目光，既没点头也没摇头，就那么看着我，眼睛里全是淡漠和清冷，声音也冷冷的没有一点起伏："离开乌克兰吧，回北京也行，这地方和你八字不合。"

警察过来要带他离开，我使劲攥着他的手不肯放开。

"松手！"他硬邦邦地说。

我眼泪汪汪地看着他，不说话也不肯松手。

他的手臂抻直了，用力要挣脱我，我的手心出了汗，只能眼睁睁地看着那只手从我手中一点点滑脱，直到完全分开。

他消瘦的背影终于在长廊尽头消失，他始终没有回头再看一眼。

在看守所里，我还勉强控制着自己不要失态，出了门再也支持不住，双腿发软，扶着墙喘息半天，勉强才透过一口气。

那天晚上我在酒馆喝高了，逼着邱伟听我倾诉，把之前的无数细节都晾出来盘点。

最后我说："你听到没有，他让我走。我还能走到哪儿去？经这么多事儿了，他干吗还要装大尾巴狼？他要有个什么好歹，我活着有什么意思？"我用力拍着桌子，"丫就是一浑蛋，我怎么会认识他？我为什么要认识他？"

邱伟开始还想笑，忍得眉眼皱成一团，然后他叹口气，沉默几分钟后问我："你究竟了解他多少？"

我伏在桌子上，完全拒绝回答。

谁都要问我这个问题，我就是糊涂，那又怎么样呢？片儿汤话谁都会说，真遇上命里的劫数又能怎么样，如果时间可以倒回去，甭管回去多少次，到了关口上，我可能还是同样的选择。

我的确不了解他。初遇时只知道他风流英俊，完全看不到月亮的另一面；等我逐渐醒悟，早已泥足深陷拔腿难逃，再也来不及回头。

邱伟说："不怕你恨我，以前我劝过嘉遇和你分手。我说你们俩不合适，干干脆脆就是两个世界的人。嘉遇你算算，自打你们认识，倒霉事消停过吗？老辈儿人总说八字相克，不能不信。趁着感情还没到那份儿上，早分了还没那么痛苦。"

我笑了笑："你不就想说，我是个扫帚星吗？这弯儿绕得你不累吗？"

"我没这意思。"他有些尴尬，"我是想说，他的确没看错人。他跟我说，挺干净透澈一小姑娘，全心全意在我身上，我要是现在跟她说分手，就是活活儿毁了她。"

邱伟平时没这么多话，说话也不会这么语无伦次，明显他也喝多了。

我头枕着自己的手臂哧哧笑起来，笑得无法抑制。

"哎赵玫，你没事儿吧？"邱伟心虚地碰碰我。

我摇摇头，一口气干了半杯啤酒，只觉得一点酸涩从心里慢慢膨胀，最后堵在嗓子眼那里。我哽咽起来，被酒呛住，咳得满眼是泪。

"赵玫……"邱伟满脸歉意地看着我。

我站起来飞快地冲进洗手间，对着洗脸池吐了个干净。

第十章 康 复

等我终于抬起头，从镜子里面看到的，是一个脸色苍白的陌生女人，眼睛下面两抹青痕，眼神呆滞，头发枯涩无光。

我手撑着台面，浑身簌簌地抖，从国内回来，左右不过一个月的工夫，自己就像老了十年。

邱伟追过来在外面敲门："赵玫？赵玫？"

我深吸口气，撩起凉水洗把脸，然后开门出去："我没事。"

他的酒像是醒了一半，一直道歉："你就当我说的都是放屁，他究竟待你如何，你比我更清楚。"

"算了，邱哥。"我蘸着酒水在桌上画着圈，犹豫半天才问他，"你是不是还瞒着我一件事？"

"什么？"

"你上回没跟我说完吧，嘉遇为什么要放过那个人？"

他在腾腾烟雾中扭过脸，一脸诧异地注视我："你跟嘉遇见面没问过他？"

我干笑一声："你觉得凭他的脾气，会把这种事儿告诉我吗？"

邱伟垂下头，看着眼前的啤酒杯，半天不说话。过一会儿他用力捶一下桌子，震得杯子里的酒都溅了出来："为什么呢？就因为那人跟他说，要给女儿写封信。那兔崽子告诉他：孙嘉遇，你也甭觉得自个儿委屈，你爸死了你没见着，可当年为那么点儿钱你硬是逼着我离开中国，害得我好好一家子妻离子散。老婆改嫁，连女儿的姓都给改了，我闺女打从出生长到现在，就不知道她还有我这个亲爸爸。我妈死的时候我也不在身边，她是叫着我名字咽气儿的，这笔账咱俩怎么算？"

我的牙齿在手指头上咬出几个鲜明的牙印儿，声音直哆嗦："就为这个？"

"啊，那人还说了，你见了我闺女说一声，七年前我扔下她是迫不得已，今天扔下她还是迫不得已，跟她说她爸爸一直惦记她，以后逢着清明七月阴，让她给我烧点儿纸。"邱伟仰头笑起来，"这么着孙嘉遇他就心软了。你说说，这人是不是脑子有毛病啊？"

"是有毛病。"我忍着满眶的眼泪赞成，"他就是一傻逼，特大号的傻逼，没人比他更傻逼的！”

“没错儿。”邱伟扬手叫过酒保，又上了两扎啤酒，端起杯子大着舌头对我说，“来，干杯！一醉解千愁哇！”

快打烊的时候，老钱赶过来，一坐下就迫不及待地问：“你们见到小孙有没有问问他，关于生意他是怎么想的？原来的关系应该都还能接着利用吧？”

邱伟心情不好，再加上酒意，话就说得特别难听：“老钱你是不是太心急了？放心，他要是死了肯定交给你。再等等，就快了！”

老钱被噎得直咽唾沫，闭上嘴不再说话。

身后有喝多的人大声撒着酒疯，和着酒味烟气和人体的臭味，我觉得身边的一切都令人厌倦，站起来不发一言地离开。

几天后，我终于在“七公里”市场找了份看摊的活儿。店老板是个精明的温州人，话说得客气，可使唤起人来一点儿都不客气。我的工作时间是从上午十点到下午六点，没有节假日，每天在店里死死盯八个小时，上个厕所都要一溜儿小跑。

一个月的工钱是一百二十美金，只够我勉强支付房租水电和一日三餐。

时令已至仲夏，集装箱顶无遮无拦，每到下午吸收了半天的热量，店里便热得像蒸笼，让人喘不过气。

我不仅要看店，隔三差五还要按照老板的指示盘点存货，他又经常不在店里，我只能一个人把货箱搬来搬去。曾经精心保养的手指很快变得粗糙不堪，经常出现莫名其妙的伤口，指甲缝全部开裂。

我也就是拿创可贴胡乱裹一裹，并不怎么在乎。比起心里的难过和煎熬，这都不算什么。

午饭便买市场里的盒饭胡乱对付一顿。那对卖盒饭的夫妻，我也认得，妻子就是曾帮我们做过家务的四川阿姨。第一次看到我，她的嘴几乎张成一个0型。

后来她唠唠叨叨地说：“真是作孽啊，水灵灵的女娃儿，爹妈手心的宝贝，送这儿遭罪。”然后为我在菜里多添几块肉。

我只是笑，感激她的好意。但那些油腻的荤腥，我一点儿都吃不下。这些肉最终都便宜了隔壁店里那只硕大的狼狗。

邱伟还在为孙嘉遇奔忙，把自己的生意都荒废了。第一次庭审，是半个月后，八月八日，一个吉祥的数字。

安德烈得知我在“七公里”市场打工，只要没有出警任务，他就会专门从城里开车过来，一直等我关了店下班，再送我回家。

我不想总这么麻烦他，提过几次，他只当做没听见，我就只好随他去了。

我们在一起的时候，他从来不提自己经手的案子。我知道他对自己的警察工作有一种超乎寻常的热爱，脑子里从未起过渎职的念头，也就不去难为他。如今我对什么都提不起兴趣，所以两个人之间常常无话可说，时不时地会冷场。

这天他送我到公寓楼下，我照例说声“谢谢”，开门下车。

他却叫住我：“玫。”

我转头：“什么事？”

他远远地望着我，碧蓝的眼睛里充满无数复杂的内容：“玫，你才二十二，以后的日子还很长……”

我咧开嘴笑笑，然后摆摆手，转身进了电梯。

电梯里空无一人，我对着光可鉴人的内壁，才发现不知什么时候，脸上纵横交错全是泪水。二十二，很年轻吗？为什么我觉得心脏已经沧桑得像过完半生？

事情发生前没有一点预兆，我还记得那是个薄阴凉爽的夏日，上门的顾客特别多，我一直忙到下午两点，才有时间吃午饭。

刚端起已经凉透的盒饭扒拉两口，就听见隔壁店那只来自德国的纯种黑贝愤怒的狂吠。

我慌得撂下饭盒出去查看，以为又碰上税警的突击检查。因为这只名叫“牛肉”的黑贝没别的好处，只有一点，只要远远看到穿制服的人，就会大声示警，提醒市场里的人小心。

没想到在门外跟狗纠缠不清的，竟是一身警服的安德烈。我急忙呼喝“牛肉”松嘴，它悻悻地放开安德烈的裤腿，转了几圈还是不肯罢休，围着他呜呜低吠。

我笑着问安德烈："你怎么这会儿就过来了？"

方才一番挣扎，把安德烈弄得狼狈不堪，连帽子都歪在一边，但他丝毫没有顾上整理仪容，冲过来拉起我就走："跟我来。"

"干吗干吗？"我甩开他的手，"我还得看店呢，你干什么？"

"见鬼！"一向斯文的安德烈居然骂出声，固执地拖着我往市场外走。

手腕顿时奇痛入骨，望着身后越来越远的店门，我烦躁地挣扎："你想干什么？存心砸我的饭碗吗？快放手！"

他站住，转身面对着我，脑门上密密麻麻的一层汗珠。

"安德烈？"我十分诧异。

他并没有立刻说什么，脸扭到一边，站了好半天才吐出几个字："孙出事了。"

我瞪着他，一时没有反应过来。

他低头看着自己脚尖，小心地说："孙昨天晚上被人打伤了，现在人在医院里。"

这回听明白了，我不由自主握紧拳头，咬着牙问他："那你还磨蹭什么？带我去！"

在医院的病房门口，看守的警察不许我进去。安德烈把他的同事拉到一边，低声商量了很久。

那人看看我，终于松口，不情愿地说："两分钟，马上出来。"

安德烈赶紧道谢，一边带我进去，一边还忙着替同事解释："孙还未脱离危险期，不适宜见人。"

我对他的话几乎充耳不闻，三步并作两步走过去，几乎是扑到病床前，然后我的脑子嗡的一声响，眼前一片漆黑。

孙嘉遇躺在那儿，头上裹着厚厚的纱布，暗红色的血迹依旧在透过绷带往外浸透。

他身上如何我看不到，因为严严实实盖着被单。乱七八糟的管子和电线从被单下面伸出来，各种颜色的液体正通过那些透明的管子流进他的身体。

他的左手却被铐在头顶的床架上。

“伤得很严重。”安德烈脸色阴沉，声音里有无以言表的沮丧，“当时有其他嫌疑人受到刺激癫痫发作，值班的警察才赶过去，否则他就被人当场打死了。”

我的脑子里像飞进一群黄蜂，一直嗡嗡响个不停，眼前除了他的脸，只剩下一片空白。

“嘉遇。”我单腿跪在床前，低声叫着他的名字。

他的眼皮微微颤动了一下。

我知道他听得到我说话。我贴近他：“你能过去的，多少坎儿你都过来了。”

他铐在床栏上的手略动一动，我连忙伸手紧紧握住。

安德烈在一旁催促：“时间到了，我们走吧。”

我只当没听见，凑在他耳边说：“嘉遇，不管付出什么代价，我都要让你出去。”

他身子轻轻一抖，手指蓦然收紧，猛地睁开眼睛，口型是一个清楚的“不”，但没有发出任何声音。

我摇头，忍了多时的眼泪飞溅而出：“不，不，我不想再听你的话。”

他的目光凝结在我的脸上，像关了电源的电视机屏幕渐渐黑了下去，眼中的焦点消失了。

“嘉遇？”

他的头歪到一边。

床头的仪器开始发出尖利的报警声，护士按着对讲器大叫：“医生！医生！”

安德烈把接近疯狂的我拖出监护室，我无法反抗他铁箍一样的双臂，只能拼命踢他的小腿：“他都这样了，为什么还要铐着他？你们有没有良心？”

他忍着疼用力按住我：“玫，你冷静！”

我眼睁睁看着他们把他推进手术室，两扇大门在我眼前无情地关上。

时间仿佛凝固了一样，许久纹丝不动。

我呆呆地坐在手术室外的长椅上，右眼下的肌肉不受控制地跳动。安德烈走过来挨着我坐下，手放在我的肩膀上，轻轻拍了拍。

我想对他笑笑，却连嘴角都提不起来。四周乱糟糟的，耳朵里灌满了各种声音，金属器械的碰撞，医生护士偶尔的谈话，仪器的嘀嘀声……

那些声音忽远忽近，我不能理解它们的意思，也懒得去一一辨识。

不知过了多久，手术室内忽然传来某种仪器拉直了的尖叫，我听到炸了窝一样的嘈杂声，接着一个男人的声音大声喊着："一、二、三……"然后是连续不断的砰砰声。

砰，砰，砰……

一声接一声，如同重锤砸在我的心脏上。

"上帝！"安德烈手中的纸杯落地，骨碌碌滚出去很远，咖啡液泼在地板上，就像干涸的血迹。

"那是什么？"我茫然地问。

"电击，他们在做电击。"

他的话一个字一个字地进入我的耳朵，却像雨点打在油布伞上，砰砰响着四处迸溅，我听不懂他在说什么。

下午四点的时候，手术室的门终于打开。两个便衣警察过去和医生说话。我也想上前，却被安德烈紧紧拽住。

远远地透过人群，我只能看到孙嘉遇的脸，在透明的氧气面罩下，颜色惨白得不像真人。

"安德烈，请你放开我，我可以控制自己。"我试图保持平静。

安德烈根本不听我的，手指扣得更紧。

他的同事走过来："他不能再见任何人，你们回去吧。"

安德烈慌忙站起身道歉。

那警察看着我摇摇头，又对安德烈说："安德烈，我看她快要不行了，她需要休息。"

我坐着不肯走，安德烈没有办法，只好等我情绪稍微平复，才采取强制手段带我离开医院。

外面的天色阴得厉害，厚厚的灰色云层集结在北部的天空，空气中蕴藏着暴风雨前的反常宁静。

他为我打开车门，我愣愣地站着，身后似乎有个钩子拖着我的脚步，我抬不起腿上车。

“玫。”他想拉我的手。

我一把抓住他，就像抓住最后一根救命的稻草，扯着他的衣袖苦苦哀求：“帮我，安德烈，我要让他出去！”

“我不知道如何才能帮到你。”他慢慢拨开我的手，“对不起，我是个警察。”

“警察？你们警察都是狗屎！”我在伤痛之下突然爆发，“明明一个垃圾国家，还要口口声声公正和民主，告诉我，你们的民主和公正在哪儿？如果不是警察局收了别人黑钱找他麻烦，怎么会有今天？如果不是有人故意放水，看守所里怎么会出这种事？我们送的那些钱呢？都拿去喂了狗了吗？吃了原告再吃被告，你们比黑社会还要无耻！”

安德烈愕然地看着我，英俊的脸上出现一种痛楚的表情，混合着伤心和失望。他看我很久，然后低下头，一言不发地转身离开。

我愣了一下，这才意识到自己刚才做了什么，追上去一把抱住他的腰：“对不起，安德烈，我说错话了。”

这些难熬的日子，也只有他陪着我逐日挨过。

安德烈一动不动站着，终于艰难地开口：“你说得对，这真是个肮脏的行业！”

他用力掰开我的手，头也不回地发动车子离开了。

我已经完全脱了力，蹲在地上蜷缩成一团。

后来就起风了，硕大的雨点毫无预兆地从天上落下来。我在雨地里站着，无言地仰起脸，狂风挟着暴雨打在脸上，虽然像鞭子抽过一样的疼痛，却分明能减轻心中难以名状的煎熬和痛苦。

有人撑着伞从身边匆匆跑过，回头看我几眼，眼神完全像在看一个疯子。

直到一辆越野车在不远处停下，司机下车把雨衣披我身上，连搂带抱地将我塞进司机副座。

“邱哥……”我像见到亲人，到底哆哆嗦嗦地哭出来。

“别怕，我们这就去找罗茜，一定能救他出来。”邱伟专注地开车，神色异常凝重。

我们坐在罗茜家的会客室里，把来意通报之后，她还是晾了我们半小时才出来，身上披着一件桃子粉的浴衣，像是刚刚午睡起来。

只听邱伟说了两句，罗茜就板起脸："我早就说过，他的事我不会再管，还来啰唆什么？你们还是爷们儿吗？"

邱伟把脸扭到一边，胸口剧烈地起伏着，却不肯说话。

她站起身，不耐烦地说："你们走吧。"

我看看邱伟木然的神情，急得直接跪下了："姐姐，求你！现在只有你能救他！"

罗茜脸色铁青哼了一声："甭来这套啊，没用！"

我紧紧抱住她的大腿，仰起脸几乎声泪俱下："姐姐，只要他还在里面，那些人就有机会再来一次。"心情激荡之下，我说得语无伦次，"他现在还用着呼吸机……"

罗茜抬起头看着邱伟："她在说什么？"

邱伟站起来："嘉遇昨儿晚上进了医院。"

"他病了？"

"不是，外伤。"邱伟说得很平静，"我刚去警局问了一下，一共七处通透性严重外伤，四处骨折，那些人用的是铁床腿和削尖的木棒，压根儿就没打算留活口。据说警察进去的时候，墙上地上血喷得到处都是。人还没送到医院就停了呼吸和心跳，前后输了将近五千毫升的血……"

我失神地瞪着他，嗓子眼里一股腥甜直翻上来。我不明白他怎么就能如此冷静地吐出如此残忍的词句，它们简直像一根根尖利的冰凌刺进心口，生生把我的心剜了出来。

"你……你闭嘴，别再说了！"罗茜无力地挥挥手，制止邱伟再说下去。

邱伟也就听话地闭上嘴。

罗茜跌坐在椅子里，伸手去端咖啡杯，那精致的骨瓷杯就在她手中和杯碟碰得咔咔作响，咖啡液溅在她的衣袖上，把浅浅的粉色染成了一片棕红。

她抿口咖啡，神色逐渐镇静下来，抹抹唇角问邱伟："什么人干的？"

“没人知道。”邱伟惨笑，“现在连哪些人动的手都查不出来了，警察说，监视镜头那时候正好坏了。”

“这样啊。”罗茜居然也挑起唇角笑了笑。她的五官都长得相当大气，眉梢眼角微微上挑，不笑的时候也有一种张扬的艳丽，这个轻蔑的微笑，却让她的容貌带上几分阴鸷。

邱伟点头：“就这样。”

“我知道了，你们先回去。”罗茜再次起身想离开。

我不肯让她走，膝行几步拽着她的衣角不放：“求你……”

罗茜转头，对邱伟厉声喝道：“让她放手！”

邱伟蹲下身，拉住我低声说：“赵玫，快松手！”

“姐姐……”我不死心，还想努力挽救，但罗茜用力从我手中抽出浴衣，头也不回地上楼去了。

“我们回去。”邱伟扶着我的肩膀往外走。

坐进他的车里，我全身还在止不住地发抖，胸口像压着一块沉重的石头，呼吸都难以为继。

邱伟没有劝我，点起一根烟闷头抽了半天，等我逐渐平静下来，才开口说：“罗茜不拒绝就有转机了。这人脾气挺怪的，最讨厌别人啰唆。”

我泪眼朦胧地看着他：“真的？”

他点点头：“真的。”

我心里又升起一线希望，虽然这希望微弱得像夏日夜晚萤火虫的光亮。

Chapter 11 第十一章

往 事

一切都已结束，
不再藕断丝连。
我最后一次拥抱你的双膝，
说出令人心碎的话语。
一切都已结束，
回答我已听见，
我不愿再一次将自己欺骗。
也许，
往事终会将我遗忘，
我此生与爱再也无缘。
——普希金《往事》

那些天我不知道是怎么熬过来的，什么事都做不下去，也无法正常入眠，整晚坐在窗台上，一下一下啃着手指甲，把每根指头都啃得光秃秃泛着血丝。

邱伟打听到的消息，是他一直在重症监护室里，几次生命濒危，又被抢救过来。听到这些话时，我难受得简直要尖叫，想找个地方藏起来，再也不用面对这样刺心的折磨。最后我只能躲到卫生间哭一会儿，还不敢出声，生怕再给别人添堵。

在惶恐和焦虑中等了几天，罗茜果然打电话来，让我和邱伟到她家一趟。

这回她没拿捏什么架子，提前在客厅里坐着，等我们坐下就开门见山："我问过了，不是那边做的，他们还没那么大能耐。"

邱伟猛地抬起头，嘴微微张开，满脸惊疑："你确认？"

罗茜立刻拉下脸，非常不高兴："你觉得我是随便说话的人吗？"

"罗姐我没这意思。"邱伟慌忙解释，"就觉得奇怪，不是那边，难道……真应了我担心的那件事？"

罗茜斜眼看他："你想说什么？"

"是不是有人害怕了，怕嘉遇说出什么对他不利的东西？"

罗茜低下头，慢条斯理地品着咖啡，然后说了一句非常奇怪的话。她说："库奇马的连任，对政府里的某些人来说，是个噩梦的开始。"

邱伟显然明白她在说什么，沉默地点点头。

罗茜便接着说下去："要说这奥德萨一个港口，每年五千万吨货物的吞吐量，不知道喂肥了多少人，也难怪有人眼红。"

邱伟有点儿着急："那……嘉遇的事，挺难办是吧？"

"是啊。"罗茜点头表示同意，"如果只是绑架那件案子，想办法让原告改口撤诉就完了。可是涉及走私，数额又挺大，在基辅那边可是挂了号的，实在不好办。"

"那……"邱伟眨巴着眼睛，没词了。

我呆望着罗茜发梢下那两道秀丽的黑眉，努力理解着他们谈话中的含义，迷惑间颇为后悔自己平时从不关心时事。忽然间想起安德烈曾对我说过一句话，他说他们的政府向选民承诺，要彻底打击走私，清除海关腐败。他那时也意味深长地问我：你知道这时候入狱，意味着什么吗？

我渐渐明白过来，握着水杯的双手止不住地发颤，大颗的冷汗沁出来。

罗茜恰在这时瞟我一眼，眼神冷冷地含着冰霜："孙嘉遇又不傻，他自己比谁都明白，那天还能脑子进水一样执意报警，就是故意往死路上撞呢。"

我受不了她那种凌厉的注视，不由自主地垂下视线，但还能感觉到她两道目光像探照灯一样，在我身上上下逡巡。

房间里一时安静下来，各人想着各人的心事，似乎能听到彼此的呼吸声。

"罗姐，"邱伟打破沉默，费力地开口，"嘉遇的命在您手心儿里握着，该怎么做，您就说句话吧。"

"哟，这话怎么说的？我可受不起。"罗茜合起眼睛微微一笑，说得轻描淡写，但她分明早就在等着这句话。

"罗姐您在这奥德萨上下的人脉和能力，是个人都知道。您要办不成的事儿，再没人能办得成。嘉遇年轻不懂事，您就念个旧情，抬抬手帮他渡过这个劫吧。"

我没有想到，一向有点清高的邱伟，一旦拍起马屁来也是如此言辞恳切。

罗茜果然受用，语气立刻柔软了许多："真要把人弄出来，也不是做不成，就是得费点儿劲。基辅那边呢，有人愿意出手帮忙，不过开价高了点儿。"

“多少您说。”

“三十万。”停一停罗茜补充，“现金。”

“三十万？我靠！”邱伟倒吸一口凉气，说话间已经飞快地换算完毕，“那不就是二百七十万人民币？妈的真敢要啊，整个儿一个落井下石啊！”（注：当时人民币与美金的黑市兑换价为一比八点九）

罗茜闻言再次沉下脸：“你懂点儿事成吗？这么些年你简直白混了！就算是在国内，捞一个人出来你知道得花多少钱吗？”

“我没那经验也没那机会，真不明白，您给指点指点。”邱伟被数落得挂了火，但尽力压抑着。

罗茜也很不耐烦，两条眉毛全竖了起来：“你和孙嘉遇那小子一样，他妈的一对二百五！这人什么地位啊？他能开口答应帮忙已经不容易了，你还想和他讨价还价去？”

“那也不能狮子大张口啊。”

“邱伟！”罗茜拍了桌子，声音都变得尖厉，“别人看的是我十几年的面子，你爱要不要，人也不一定非要赚你这笔钱。不过我可提醒你一句，第一次庭讯，就算申请延迟，也拖不过八月底去。”

邱伟被挫得没了脾气，他慢慢别转脸：“嘉遇的资产全被冻结了，一下子凑三十万……”

“那是你的事。”罗茜毫不客气，“给你们十天时间，凑齐了再来见我。”

看着邱伟为难的样子，我忍不住插嘴：“我还有四万多美金，嘉遇留给我的。”

只有这笔钱，因为存在地下钱庄，变成奥德萨警方的漏网之鱼，依然可以提出款来。

两个人一起扭过头看我，但是表情各异。邱伟一脸无可奈何，罗茜却是惊异中带着点不易察觉的嘲笑。

“哎哟，他对女人还是这么大方啊？”她似笑非笑地看着我。

邱伟偷偷拽我的衣袖，示意我起身，一起向罗茜告辞：“那我们走了，这就筹钱去，您多费心！”

“行啊，好走不送。”罗茜坐着不动，但她眼神里的奇怪表情，又让我想起第一次见面时的情景。

一直走出很远，我还能感觉到她的目光，像是依然追随在身后。

离开那座豪华得令人窒息的别墅，我们在路边的快餐店停下吃饭。

“你说说你，怎么一点儿脑子都不动啊？”邱伟忍不住埋怨我，“打过几次交道了，罗茜和嘉遇以前是怎么回事儿你还不明白？在她跟前儿直杵杵地就把钱的事说出来，你不怕她泛酸吃味当场翻脸啊？”

我低着头，把手中的杯子转来转去，泪珠也在眼眶里转来转去。我不是犯傻，我只是想让他快点儿平安出来，可我好像总是选错时机说错话。

邱伟看着我，又摇头又叹气，最后还是交给我几个人的联系方式，并一一交代：“三十万咱俩得分头凑去。这几个哥们儿你都见过，去了好好跟人说，人家不借也别甩脸，都是将来低头不见抬头见的主儿。”

我点头，接过那张写满名字和电话号码的纸，小心地折叠起来收进书包。

邱伟不放心，再次叮嘱我：“这借钱的事儿，人借了是给面子，不借也不欠咱的，你可千万甭发脾气。”

我把脑袋点得像捣蒜：“知道了知道了。”

他看我一眼，想说什么还是忍下了，虽然忍得很辛苦。

等我跑过几家，才明白邱伟反复嘱咐我的原因，我也是第一次有机会见识到真正的人情世故，明白了什么叫做人情薄如纸。

这些人，都是曾经和孙嘉遇称兄道弟的朋友。有几个幸灾乐祸的风凉话说得极其露骨，有些还算客气，但那礼貌而疏远的笑容背后，我看到的只有避之不及。

孙嘉遇现在的价值，在他们眼里，已经直降为零，甚至负数，不再是当初趋之若鹜的时候。

再提到借钱，那笑容就变得愈发勉强，大多是直接拿出三四千美金交给我，但脸上的神色分明就是把它们当做打了水漂，不打算再收回。

我假装看不到那些令人难过的表情，依旧一丝不苟地写下借条，并按照邱伟的吩咐，注明半年之内连本带利归还。

CHAPTER 11
第十一章 往 事

在最后一家，我只借到两千美金，而且钱主人再三强调，要三分的利。这么高的利息，简直快赶上高利贷了。

我很想把钱甩在他脸上，然后掀翻桌子走人。但是想起邱伟的话，我咽下一口气，赔着笑脸在借条上签了字。

钱主人尚且一副悲天悯人的口吻："我的资金都压在货上了，哎呀，也就是看小孙遇了难处，才东挪西借凑出来的。"

我鄙夷地看着他，根本不想搭腔。就是这个人，每次在卡奇诺一输就是四五千，泡起妞来更是挥金如土。但我终究记起孙嘉遇跟我说过：谁的钱又是天上掉下来的？

这一瞬间我气平了。他说得对，别人的钱，爱怎么处置那是别人的自由。

"大恩不言谢。"我站起身告别。

那人的脸仿佛红了一红，或者是我看错了，说得出那种话的人，怎么还会保留脸红的功能？我捏着薄薄一沓美金飞快地出门，发誓今后再不要看到这个人。

晚上回去，我把当天借到的两万美金交给邱伟，加上他筹来的四万多，还有他自己手里的三万多现金，也不过十万美金，离三十万还差得很远。

望着那些新旧不一的钞票，邱伟牙疼似的嘬着腮帮，眉头紧锁。

"你甭着急啊，总会有办法的。"我虽然心焦如焚，但看他一筹莫展的样子，还是空洞地安慰他。

"没事儿，也不怪他们，这季节正是上货的时候，大家手里都缺现金。明儿我想想办法，先把手里的货抵出去再说。"

我嗫嚅片刻，到底忍着没出声。

今年春节时邱伟的妻子来乌克兰，我才知道他的岳家是东北人，岳父岳母和小舅子前些年先后下了岗，邱伟自己的家境也一般，所以他们两口子的经济压力一直挺重的。他万般无奈之下才辞职下海，就算赶得运气不错，在乌克兰折腾几年小有收获，赚的不过是辛苦钱。眼下正是夏季商品走得最俏的时候，他这批货一抵出去，就等于贱价出手，一季的奔波辛苦完全化为乌有。

我们俩默然对坐一会儿，他抬抬手，看上去疲累不堪，直接逐客："赵玫你先回去，有什么明儿咱们接着再说。"

我识趣地离开，走回家时已经精疲力竭，偏又赶上电梯坏了，中途坐着休息了两次才爬上九楼，最后站在楼梯口扶着膝盖又咳又喘，简直像肺结核三期病人。

“玫。”有人叫我的名字。

我抬起头，原来是瓦列里娅和伊万站在家门口。

“你们怎么来了？”我极其惊讶。

“来看看你。”瓦列里娅握着伊万的小手晃一晃，“伊万，给阿姨问个好。”

伊万照例绷紧小脸儿不吭声。

我上前抱起他，孩子身上有股宜人的奶香，我凑上去，索性在他的脸蛋和脖子上乱亲一气，伊万痒得咯咯笑起来。

“玫，我都听说了。”瓦列里娅走过来说，“孙还好吗？”

“他……不太好。”我把脸藏在伊万的胸前，用力忍住眼泪才低声回答。

瓦列里娅扶着我的肩膀，轻声叹口气：“你别难过，一切会好起来的。”

我惨淡地笑笑，几乎没有力气说话。

“来，钥匙给我。”她扬一扬手中的饭盒说，“我在中餐馆买了炒饭，你还没吃晚餐吧？”

我勉强打起精神，拉着伊万的小手在餐桌旁坐下，先拨了大半碗炒饭递给他。

伊万接过餐具就开始埋头苦吃，显然是饿坏了。

我看着实在心疼，忍不住责备瓦列里娅：“你们等了多久啊？大人可以忍着，你不能饿着孩子呀？”

瓦列里娅没有回答我的话，从提包里取出一个纸包放我跟前：“玫，这个给你先拿去应急，过几天我还可以再拿一点来。”

我打开纸包，里面竟然是一堆零碎的格里夫纳，各种面值都有。

我困惑地问：“这是什么意思？”

“我听人说，你在到处借钱。”

“那又怎么样？”

她垂着头：“这些格里夫纳折算成美金，应该有八千。我知道很少，你别嫌弃。”

我推开碗站起来：“瓦列里娅，你还要养活伊万！”

“我知道。”她没有看我，声音变得哽咽，“可是没有他，我和伊万活不到今天……”

“你拿回去。”我把纸包胡乱地塞到她手里，“他如果知道，绝不会同意用你的钱。”

瓦列里娅扁扁嘴，泪珠开始在睫毛上闪烁：“为什么？我一直没有机会报答孙！”

我还没有说话，一旁默不做声的伊万，忽然做出一个惊人的举动，他抓过一把钱放在我面前，口齿清晰地开口：“给爸爸，给爸爸。”

我吃惊地瞪着他，简直不能相信自己的眼睛：“伊万，你刚才说什么？”

小家伙方才分明是看着我的眼睛，清楚地表达了他的意见。

但伊万马上又不理我了，注意力再次回到眼前的饭碗上。

瓦列里娅摸摸儿子的脑袋，笑笑说：“他遇到一个很好的医生，这段时间有很大的进步。”

“真的啊？”我捏捏伊万的小脸蛋儿，真心替她高兴，“那太好了！”

“玫，”瓦列里娅看着我的脸色，小心地说，“还有件事我想告诉你。”

“什么事？”

“下下个礼拜日我要结婚了。”

“哎呀，新郎是谁？”我再次受惊。

她和我吃醋的往事仿佛还在眼前，转眼间物是人非，孙嘉遇已经成为她的过去。

“就是伊万的医生。”瓦列里娅抬起眼睛，灰蓝色的眸子里盛满了媚态，笑容却带着微微的羞涩。

“那……恭喜你！”

我咧咧嘴，勉强做出愉快的样子，不知为什么却有点儿心酸，颇替孙嘉遇不值。他身边的人，竟一个个离他而去。

“玫，你会来观礼吗？”她期盼地问我。

我想了想才回答：“如果他能出来，我和他一定去教堂。”

瓦列里娅上前，无言地拥抱我，在我耳边低声说："亲爱的请把钱留下，孙是好人，上帝一定会眷顾他。"

"谢谢你，瓦列里娅。"我拍她的背，趁机抬起手，悄悄抹去不知什么时候滑落的眼泪。

送走瓦列里娅母子，我关上门，取出那张地下钱庄的存款凭证和孙嘉遇手写的委托协议，坐在灯下看了许久。

明天它们就不再属于我，我的心里充满了眷恋和苦涩。

手指滑过那两行潦草的字迹，指尖下仿佛触到血肉的质感，就像滑过他的手心。泪光模糊里，前尘往事纷纷涌现眼前。那么多难忘的画面，那么多过去，到了今天，我真正能触摸到的，只剩下这两行字。

我伏在桌子上，为忍下痛哭的冲动，忍得喉咙口像有把锋利的小刀在切割。

室外的天气晴朗而燥热，我全身却是冰冷的，没有一丝暖意。

第二天上午，按照电话里的约定，我早早赶到地下钱庄。依然是那张书桌，书桌后坐着的还是那个面目模糊的中年男人。我站在那张桌子前，手里紧紧捏着凭证和协议，踌躇很久，才很不情愿地递给他。

眼睁睁看着两张纸被缓缓吸进碎纸机，和心里那个人的最后一点联系，如同脱线的风筝，就此断了。我心口的抽痛，就像蚕丝抽茧，千丝万缕，一根根缠上来，缠得我透不过气。

四万七千美金，再加上瓦列里娅执意留下的八千，一共凑了五万五，我全部交给邱伟。

邱伟的货也都抵押出去，只拿到十二万现金，仅仅价值本钱的六成。

他并没有抱怨一句话，可这一刻我很怀疑，生意场上究竟有没有真正的朋友？忘了是什么人说过的，他说，天下熙熙皆为利来，天下攘攘皆为利往。

原来并不是人人都当得起"朋友"这两个字。

但是比照罗茜提出的价钱，还差两万多美金，能借的地方都借过了，如今再去哪儿才能找到这笔钱呢？

"实在不行，只有借高利贷了。"邱伟说。

我吓得一哆嗦："没别的办法了？"

“尽量不碰那玩意儿吧，真逼到这步也只有它了。或者，还有一个办法。”

“什么？”

“抢银行去啊。”

“去你的。”我在愁肠百结中也差点笑出来。

“哎，说到银行我想起来件事。”邱伟皱起眉，“昨儿下午我在银行碰到老钱了。”

“嗯？”老钱这个名字已经变得如此陌生，我愣一下才反应过来，“他多久没露面了？现在在做什么呢？”

“不知道，瞧他得瑟的，居然又搬回原来的地方住去了。老子以前真是没有带眼识人！”提到老钱，邱伟就一脸的厌恶。

我立刻想到眼前最急的事情上去了：“对了，老钱又不走货，他手里应该有钱啊，怎么把他忘了？”

“不用指望他，他什么人我早看明白了。”邱伟冷冷哼一声，一向平和的眉目竟有些意外的狰狞，“嘉遇出事前还接过两单生意，定金都是他代收的。如今清关做不了，钱又不肯退，这笔烂账都算在嘉遇头上，妈的再让他逍遥两天，等我把手里的事料理清楚就收拾他。”

我正要接话，书包里手机响了，掏出来瞟一眼来电显示，我咬咬嘴唇递给邱伟看。

原来说曹操曹操到，这个电话正是老钱打来的。

“你跟他说话。”邱伟像看见瘟疫，马上退得远远的，“别让我再听到跟他有关的任何字。”

我只好走到一边接电话。

“玫玫啊，最近好吧？”老钱的声音还像以前一样黏糊，“妮娜进城来找你，现在在我这儿等着，有空你就过来一趟。”

我只是低低嗯了一声，不好多说什么。

“玫。”电话里换了人，果然是妮娜。

我问候她：“好久不见，你还好吗？”

“我很好，你不用担心。”妮娜平静地说明来意，“昨天下午我收到两份入学通知书，这就给你送过来。”

我的眼圈一下红了，和邱伟打声招呼，放下电话就赶了过去。

妮娜是自己进城的。我真的难以想象，她是如何拖着不方便的左腿，从公车站一步步挪到这里。

我走进曾经无比熟悉的客厅，屋子里没有任何改变，连餐边柜上被我擦得乱七八糟的玻璃门都维持着原样。

妮娜站起身，张开双臂紧紧拥抱我："孩子，我可怜的孩子！这些日子你是怎么熬过来的？"

我软弱地靠在她身上，眼泪汹涌而出。我无法控制流泪，唯一能做到的，只是拼命压抑着，不许自己哭出声音来。

她抱着我，一直等我平静下来，才把两个印着学校标志的信封递给我。

那两份入学通知，一份来自维也纳音乐大学，另一份来自格拉茨音乐学院，都是我曾经一心向往的学校，此刻却看得我心如刀割。几个月前申请学校时，我还梦想着能和孙嘉遇同赴欧洲，如今已经变成莫大的讽刺。

我还是小心地收起通知书，问妮娜："为什么不打电话让我自己去取？"

她回答："我想见见马克。"

我呆了呆，一时说不出话。我也想他，日想夜想，想得几乎疯掉，可我也没有办法见到他。

妮娜取出一本《圣经》交给我："我想把这个交给他。"

我认出来，这本《圣经》就是孙嘉遇在她那儿常翻的那本，妮娜的父亲留给她的纪念物。

"为什么给他这个？"

妮娜叹口气回答："我昨晚梦到马克，他对我说，面对未知的旅程他很害怕。我想告诉他，不要怕，在主的怀抱里，他一定会得到完全的安宁。"

面对她期待的神色，我不敢把他的现状告诉她，只能低下头敷衍："警局不允许任何人会见。"

看得出来，妮娜非常失望，但她还是吻吻我的额头："好孩子，坚持住，我父亲告诉过我，主绝不会抛弃他的孩子。"

我含泪点点头。

CHAPTER 11
第十一章 往 事

由于妮娜坚持要自己回去，我搀扶着她，一直把她送上公车，直到破旧的公共汽车在我的视线中绝尘而去，才转身往回走。

边走边翻着手里的《圣经》，忽然发觉封底鼓鼓囊囊的，好像藏着什么东西，拆开外表的羊皮封面，里面居然夹着十张绿色的钞票，上面有富兰克林胖胖的头像。

想起平日妮娜生活中的拮据和俭省，我杵在路边愣了半天。身边不时有公路车呼啸而过，扬起的尘沙迷住了我的眼睛。

我站了很久，在刺眼的日光下微微眯起眼睛，突然转身朝着刚才来的方向跑回去。

我要去找老钱，我想让他把邱伟提到的那笔定金退出来。那些钱搁以前可能不算什么，如今却是救命钱。

至少我不能让邱伟赔了钱之后，再去借高利贷。

听完我的要求，老钱先是惊奇地张大嘴，上下左右足足打量了我五分钟，嘲讽的笑意渐渐爬上他的嘴角："你有什么资格代表孙嘉遇？我是他的合伙人，你又是他什么人？情妇？还是小蜜啊？"

我被他气得浑身直哆嗦，咬着牙反唇相讥："就算你们是合伙人，那笔钱里也应该有一半是孙嘉遇的，你又凭什么全给吞了？"

"啧，啧啧，你现在变得挺厉害嘛！"他笑嘻嘻的，根本不把我当回事，"你给我个理由，说说，凭什么我要把钱分你一半啊？"

"你们合作这么多年，你就忍心见死不救？那时候你被当做人质，难道不是嘉遇救的你？"我忍着怒气试图解释。

他仰起头哈哈大笑："救我？是他跟你这么说的吧？"

"没有，他从来没有说过。"

他看着我问："那什么……我问你，如果你有亲人或者朋友被人绑架了，让你拿钱赎人，你会怎么做？"

我猜不透他到底什么意思，就闭紧嘴不肯回答。

于是他自问自答："你会什么都不想，赶紧拿着钱去赎人对吧？可是孙嘉遇呢？他怎么做的？"他伸出拇指和食指，在自己肩头比画着，"乒——这么一下，再偏两厘米，死的就是我，明白吗？”

“他这么做怎么了？最后还不是好好救你出来了？”

“嘿嘿……怎么了？”老钱冷笑，“他怎么就对自己的枪法这么自信呢？因为我的命他压根儿就不在乎！”

我觉得这人的思维已经走火入魔，和他根本讲不通道理，也就跟着冷笑，“他要是真不在乎，干脆由着你被人撕票不是更简单？”

老钱似乎被噎住，好久没有做声，眼珠子转了半天，忽然伸手摸我的脸，“玫玫，你知道我一直喜欢你。如果你想要钱呢，咱们也可以商量。”

我厌恶地避开：“我只要那笔定金。”

“成啊。”他退回原处，来回拈着自己手指，似在回味方才的触感，然后说，“钱倒是现成的，不过我得准备一下，你只能晚上来取。”

我狠狠地瞪着他，我一直在为自己以貌取人的态度检讨，这么看起来，以前我还真没有看错他。

他的目光始终没有离开过我的眼睛，脸上完全是猫捉老鼠的得意表情。

我摔门离开，在大街上茫然地乱走，浑浑噩噩间大脑一片空白，太阳底下出了一身又一身的冷汗。

后来我清醒过来，发觉手里还握着妮娜送的《圣经》。

我想了想，只有再去麻烦安德烈。

拨他电话的时候，手有点抖，心中更是忐忑。自上次他从医院负气离开，再也没有找过我，不知道他是否还在生我的气。

电话通了，安德烈的声音一如既往，没有任何异常：“您好，奥德萨警察局犯罪科，我是弗拉迪米诺维奇警官，请问我可以帮助你吗？”

“安德烈，我是赵玫。”我紧紧抓着话筒，生怕他开口拒绝，手心湿漉漉地开始出汗，“你什么时候有空？我有件事想请你帮忙，”

电话里有片刻沉默，我不安地等待着，隔了一阵他的声音传过来：“你在哪儿？”

“警察局门口。”

“你等等，我这就出去。”

我站在树荫下等他出来，抬头看到奥德萨警察局的标志，记起第一次来这里的情景，恍惚间竟像已经相隔一个世纪。

安德烈很快出现在大门口。今天他没有穿警服，只有一身便装，双手插在裤兜里，离我远远地站着，脸上的神情有点事不关己的冷漠。

“安德烈，”我努力让自己的声音变得自然，“有样东西，麻烦你能不能转交给孙？”

“对不起，我已经申请回避，不能再见任何涉案嫌疑人。”他果然委婉地拒绝。

我勉强笑笑，硬着头皮继续求他：“最后一次，求你了安德烈，以后我再不会为难你，再也不会了。”

他终于抬起眼睛凝视我：“什么东西？”

我把《圣经》递给他。

他接过，翻来覆去看了好几遍，神情显得有些惊诧：“就这个吗？”

“是。”

“可是看守所里有《圣经》提供。”

我低头，望着脚下自己的影子，缓缓说：“那不一样。”

他侧头想想，像是明白了我的意思，慢慢地抽回手，再来回翻一遍，开始松口：“我会交给负责的同事，如果里面没有违禁品，应该能交到他手里。”

我感激得不知道说什么才好：“谢谢你，安德烈！以前的事，都是我不好，对不起！”

他没有说话，眼神依然冷淡，脸上也没有什么表情。

“谢谢你！”我再说一次，知趣地告辞离开。

“玫，你等等。”他最终还是叫住我。

我停下脚步等他接着说下去。

“你真的不知道我爱你吗？”身后传来的是他备感困惑的声音。

我仰起脸笑了，眼眶却不由得微微发热，“我知道，我完全明白。可是我的心里只能容下一个人。”我转身面对他，坦然地解释，“《圣经》里说，求你将我放在你心上如印记。对我来说，孙就是那个印记。安德烈，我只能说对不起！”

“我明白了。”他神色黯然地点点头，“从下个月起，我就要离开警局去基辅工作了。玫，你自己多保重。”

他上前用力抱我一下，然后走开。

我呆呆地看着他的背影，心像被掏空了一块，我甚至忘了说再见。

他终于想通了，所以决定离我而去，所以他彻底解脱了。

中午白花花的大太阳射下来，热得人心思恍惚，我木然地坐在路边的长椅上，被阳光晒得满头是汗，而旁边就是枝叶婆娑下的树荫。

我不想挪动，似乎只有这样，才能驱散心口的冰凉，我已经忘了世上还有中暑这回事。

老钱的电话还是追过来："钱我准备好了，你来不来？"

海水反射着阳光，刺得我睁不开眼睛。我合上眼，眼前晃来晃去，好像浸在水中的照片，都是孙嘉遇包裹着纱布惨白的脸。

如今我只有他了，只剩下他了，我再也承受不起任何失去。

最后我说："去。"

那天傍晚下了场大雨，雨后奥德萨的星空呈现出无与伦比的纯净和灿烂，我闭上眼睛，看到的却是生命里最黑暗的一个夜晚。

邱伟从我手里接过两万美金时，几乎被吓到，他拆开一捆反复察看，直到确认不是假钞才狐疑地问："你用什么办法刮下来的？"

我故作轻松地笑笑，做出一副混不吝的样子，耸耸肩说："你就甭管了，女人自有女人的办法。"

他盯着我不出声。我被他看得心慌，为掩饰窘态，伸手拿过他的烟，抽出一根点燃，谁知第一口就被呛得咳嗽不止。

等我狼狈地抹掉咳出来的眼泪，发现他还在盯着我看。我以为他会说点什么，但他只是抬手取下那根烟，扔在地上用力碾灭，然后开口："走吧，去罗茜那儿。"

三十捆一百元面值的美钞，整整齐齐地码在箱子里，摆在罗茜面前，映得她的脸都有点发绿。

她拿起几捆钞票，放在手里把玩良久，瞅着邱伟说："听说你把货都抵押给别人了，损失挺大的吧？"

“还好。”

邱伟的回答简洁而生硬，硬得让我担心他是否会得罪罗茜。

意外的是，这次罗茜并没有在意，只是若有所思地点点头：“那就好。对了，有件事要告诉你们，算是好事吧。”

邱伟没出声，我却立刻支起耳朵，太久没有听到“好事”这两个字了。

罗茜笑笑：“那个人啊，他在中非的对头马上就要找过来了。”

她没有提名字，话说得更是模糊不清，但连我都明白她在说什么，心头顿时一松。

邱伟已经悚然动容，吃惊地问：“是……是您促成的？”

罗茜避而不答，轻描淡写地说：“他们之间的旧账让他们自己去清算好了，不劳我们动手。”

“罗姐，谢谢了！”邱伟这声谢，才是真正发自内心的。

“邱伟，你小子够现实的啊！”罗茜显然听得出其中的差别，撇着嘴哼一声，“还有，我托了人说情，今儿下午可以去医院看看嘉遇。”

我的心跳立刻加快，坐直身体热切地看着她。

“你就算了吧。”她斜我一眼，“他刚撤销重症监护，哪儿经得起你再折腾一次？”

我被噎得说不出话，只好舔舔干裂的嘴唇，从她脸上移开视线。

“不过我可以帮你带个话儿，有什么要跟他说的吗？”她施舍似的补充一句。

我仔细想了想，摇头：“没有。”

邱伟看看我没有出声，眼睛里全是怜悯和同情。我勉强笑一笑，表示没关系。

罗茜扶着箱子盖，不知为什么突然叹口气：“那天我把话说得没有一点儿余地，其实挺过意不去的，可是我真的挺难办的。你说这事儿吧，本来嘉遇也有不是的地方，我要是太偏袒他，比如替他把这钱拿了，以后在这地头儿上我就没法儿说话了。邱伟，你明白吗？”

邱伟咧咧嘴，露出一个牵强的微笑，不知道他是真明白还是假明白。

罗茜从箱子里抽出两沓美钞，推到他面前：“这些拿回去，算我一点儿心意。”

邱伟低头看看，却没有伸手。

她转手就把钞票扔在我怀里：“那你就先拿着吧。”

我把它们放在手心里上下掂一掂，居然“扑哧”笑出来。这挺括的质感如此熟悉，从老钱手里接过时的感觉，和此刻真的没什么区别。

真的，我的确感到可笑，世界上的事真是滑稽！

老钱对我说的最后一句话是：“你甭以为罗茜是什么救世主，这女的能混到今天可不是什么善茬儿，只怕这回她是想人财两得，盯的也是清关生意。”

把钱放在沙发上，我拉开门出去，没有说任何告辞的话。

沿着大路往家的方向走，街道上人来车往，我觉得吵闹不堪，闪身躲进路边的电话亭，从玻璃里面满心迷茫地看着他们。不知道这些路人当中，是否也有二十二岁的女人，像我一样在短短九个月里拥有这么多摧心的记忆？

不知过了多久，封闭的电话亭里温度渐渐升高，空了一天的肠胃开始翻江倒海一样地折腾。我蹲在角落里，直吐得筋疲力尽。

外边有人不停地敲着电话亭的门，我不耐烦，抬起头瞪着他，可能被我邋遢的样子吓到，那人退后一步，满脸惊疑地打量我。两人对视几十秒之后，他终于败退，转身跑了，跑得飞快。

我把脸埋在膝盖间笑起来，我猜他肯定把我当做精神不正常的人，不正常就不正常吧，我已经毫不在乎，这本来就是一个疯狂的世界。

后来，我感觉到被人抓着肩膀用力摇晃：“赵玫，你这是怎么了？”

“没事儿。”我抬起衣袖抹抹脸，镇静地站起来，“邱哥，我们回去吧。”

邱伟拉开车门没说什么，但看我的眼神就像看一个陌生人。

到了公寓楼下，邱伟为我解开安全带，侧头凝视我半晌：“嘉遇让我照顾你，我没做到，真的是……唉……”

他深深叹口气。

我笑笑：“你叹什么气啊？根本就不关你的事。”

他不说话，闷头点起一支烟，抽了一口想起我：“要来一根儿吗？”

“不用。”我摇摇头谢绝，“邱哥，你能再帮我找个工作吗？”

他叼着烟卷回头，困惑地看着我。

我这才想起，他一直不知道我在外打工的事，于是解释：“嘉遇受伤那天，我没打招呼就离开商店，让老板给炒了。”

“你为什么要去市场那种地方？鱼龙混杂，什么人都有，你一个学生，怎么吃得了那种苦？”

“我没钱了，手里一点儿钱都没了。”

他一哆嗦，烟头差点儿落在地上：“你们家没给你生活费？”

“我们家正需要钱。”我把脸转到窗外，慢慢地说，“我妈转了慢性肾衰竭，一个月要洗几次肾……”

他不相信：“嘉遇给你的，你就没留下一点儿？”

“没有，他比我更需要。”

他无言地看我半天，后来拿出钱包，抽出里面所有的纸钞，美金、格里夫纳胡乱地混在一起，统统都塞在我手里：“先拿着，回头我再给你送点儿过去，就别去打工了。”

我把钱放在他腿上，推开门下车。

“赵玫。”

我站住，回过头说：“邱哥，他已经欠你太多，我不能再欠你的。”

他一拳砸在方向盘上，顿时喇叭长鸣，嘀嘀响了很久。

我怔了一下，依然加快脚步进了电梯，低头按下关门键。

再多的苦累我终会习惯，可是我不想看到别人同情的脸色，因为我怕自己会可怜自己，再也没有坚持下去的勇气。

几天后，还是瓦列里娅帮我在市场又找了份看店的工作，所以她的婚礼，为着礼貌起见，我也要去观礼。

她虽然已经有了伊万，却是第一次正式的婚姻，难免兴奋和紧张。

婚礼当天，我向老板请了半天假，直接从店里赶过去，但仍然迟到了。等我气喘吁吁地拉开教堂的大门，牧师已经开始让新郎新娘在上帝面前宣誓。

新郎是个长相非常普通的人，起码比瓦列里娅大十岁。但是看得出来，出身背景都很好。重要的是，对她呵护备至。

我找个座位坐下，恰好牧师在问他："你是否愿意，无论是顺境或逆境、富裕或贫穷、健康或疾病、快乐或忧愁，你都将毫无保留地爱她，对她忠诚直到永远？"

新郎转过头，深情而持久地凝视着他的新娘。新娘穿着贴身窄窄的白色婚纱，金发上一顶小小的栀子花冠，美得几乎不像真人。

牧师再问一句："你是否愿意？"

他拉起新娘的手，清楚明白地回答："我愿意。"

"那么你呢？"牧师转向瓦列里娅，"你是否愿意，无论是顺境或逆境、富裕或贫穷、健康或疾病、快乐或忧愁，你都将毫无保留地爱他，对他忠诚直到永远？"

瓦列里娅羞涩地低下头："我愿意。"

祭坛下安静的人群起了一点儿小小的骚动，显然被这场面触动了。

身边的老太太抽出手绢擦着眼角，"真是美丽，对吗？"她抽泣着问。

我呆呆地看着他们，脸上痒酥酥的，似乎有什么凉凉的东西爬过脸颊。

"美丽的人，美丽的爱情。"老太太还在感动中继续。

忽然间我无法忍受，旁人的幸福简直让我嫉妒得发狂。我站起来快步离开教堂，并没有看到新郎新娘交换戒指和亲吻的场面。

站在教堂外的街道上，我仰起头假装看着天空，其实是为了隐藏满脸的泪水。

对面教堂的穹顶，此刻正映着日光璀璨生辉，一侧墙壁精致的石雕上，大天使长加百利的衣襟似乎在轻风中飘荡，白色的鸽群低低掠过晴空，这平时司空见惯的场面，却让我心头异常柔软。因为往日再平常不过的清平安乐，早已变成我心中最深的奢望。

十几天后的一个傍晚，我从市场下班回家，转过街角，眼看家门在望，忽然听到路边轻轻两声车号。

我回头，一辆鲜红的欧罗巴跑车在身边停着，车窗摇下来，罗茜对着我笑一笑。

“上车来。”她的声音不容置疑。

她领我去的，是那家旧俄罗斯风味的私人俱乐部，孙嘉遇经常带我吃饭的地方。

我们一落座，就有熟悉的领班凑过来为她点烟，亲手捧着菜单请她点餐。

“想吃点儿什么？”罗茜问我，“这家的牛排做得不错，来点儿好吗？”

她难得对我和颜悦色，我几乎受宠若惊，赶紧回答：“您甭破费，我随便吃点儿就行了。”

沙拉主菜一道道上来，我们两个默然对坐，谁都没有心思动一下刀叉。她专门来见我，绝对不是为了请我吃顿饭，这一点我心知肚明。

“姐，有什么话您就说吧。”

罗茜对着天花板吐了个烟圈，这才开口：“结果出来了。长期居留权被取消，十五天之内必须离境，不然就会强行行政遣返。”

她说得没头没脑，但我明白话里的主语是谁。我松口气，禁不住如释重负：“嘉遇什么时候能出来？”

她微微一笑：“人已经出来了，现在就住我那儿。”

我抬起头，沉默地看着她。

罗茜再喷出一口烟雾：“他现在只能靠轮椅进出，我家里地方宽绰，服侍的人也是现成的。”

我觉得口干舌燥，咽下一口唾液，费力地说：“我能见见他吗？”

“你想见他吗？”罗茜显然明知故问。

“是，我要见他。”我不肯示弱。

罗茜托着腮帮看我很久，平时她很少有这样女性化的举动。

我无言地回望她。

“哎小姑娘，我告诉你件好玩儿的事。”罗茜终于按熄香烟，扬起嘴角笑一笑，笑容里却有明显的讥讽，“昨天上午老钱到我那儿去了，他拿着一盘摄像带去找嘉遇，要拿这东西交换嘉遇在乌克兰七年结下的业务网络，要么他就要把那带子里的内容放到网上去。嘉遇没的选择，只能听任他摆布。七年的心血，你知道是什么概念吗？还有，你想不想知道那盘带子的内容啊？”

我耳边嗡地一响，一下跌坐在椅子里，睁大眼睛瞪着她：“你什么意思？”

“你觉得我什么意思呢？”她扬起眉毛冷笑，“两万美金和男人上次床，奥德萨顶尖儿的鸡也没这个价钱，你以为你是谁？”

我深深地吸口气，双手慢慢握成拳头，指甲几乎掐进手心。

“你想知道老钱做了什么是吧？”罗茜嫌恶地看着我，那目光刺得我坐立难安，“对，老钱动用了针孔摄像机。我说赵玫，你怎么就不动脑子想想，这事儿究竟合不合常理？是不是你觉得男人都该是冤大头？”

如同五雷轰顶，我紧紧攥着椅子两侧的扶手，微微闭下眼睛，眼前飞过点点青蝇。

原来我还是太瞧得起自己了。我总算明白，但是这个代价付得太大了。

“一个男人的救命钱，是女友用身体换来的，这是在拿刀子活活儿捅他，你明白吗？你让他还有什么脸见你？”罗茜的声音不自觉提高，招得旁边桌上的客人投过诧异的眼神。

我无法忍受她目光的逼视，低下头想找个地方蜷起身体，却控制不住牙关互叩的嗒嗒声。

罗茜再看我一会儿，声音忽然变得柔软：“赵玫，我像你这么大的时候，比你还傻。姐姐这就教你一句话，你要记着，永远别高估自己对男人的影响力，他们有自己的世界和原则。也别为他们牺牲，他们会感激你，但不会因为这个更爱你。”

我侧过头不出声，原来心疼到极点，就会变得麻木。

她叹口气：“嘉遇这人命犯桃花，这辈子就栽在女人手里。一动真格儿的准倒霉，先是一个范淼，接着是彭维维，然后是你。我第一次看到你被吓了一跳，眉梢眼角说不出的像，笑起来活脱和就是小一号的范淼。”

我怔怔地望着眼前的刀叉杯碟，张张嘴却发不出任何声音，像是完全失去了语言能力。我不知道后面还有多少意外需要我作好心理准备去承受。

罗茜仿佛没有看到我惨变的脸色，依然自顾自说下去，“嘉遇有没有跟你说过范淼？她比嘉遇低一届，是他们系有名的美女，千辛万苦追了一年才钓上手，跟朵花儿似的捧着，就差做个牌位把她供起来了。那年给老爷子办完丧事，嘉遇急着回匈牙利还债，把手里仅余的三十多万交给范淼，让她帮着付笔进货的尾款。没想到那妞儿看孙家树倒猢狲散，再也不是以前的孙家，居然不声不响办好了留学手续，却一直闷着不吭声，等他前脚离开，后脚她就带着三十万消失了。那可是九几年，三十多万还真当钱花。他被困在匈牙利，最惨的时候，手里只剩下六百美金，连回国的机票钱都不够。他没有办法，只好来乌克兰另打天下。”

说起这些，罗茜的脸上有一丝恍惚的微笑。

我能够想象得出，孙嘉遇初到奥德萨，举目无亲人地两生，她提携他帮助他，身处异乡的男女彼此慰藉，互取所需。

而事后，事后总是一样的。

我终于苦涩地问她：“他是恨她，还是忘不了她？”

罗茜再点起一支烟，无奈地笑笑：“以前追过你的小男生，隔这么多年，你还能记住他们长什么样吗？”

我怔怔地摇头。

“这就对了，女人只会对让她们流泪的男人念念不忘。男人也一样，他们只记得让他们伤心的女人。”

什么都不用再说了，我把头靠在手臂上，浑身发软，手脚都已麻痹，完全动弹不得。

最后罗茜把一个纸袋交给我：“公共场合别打开，回家再看。你要真为他好，就别再纠缠，让他踏踏实实地离开。”

她摸摸我的头发，想说什么终于没有说出来，叹口气结账离开。

我一动不动地伏着，时间长得惊动了领班，他过来询问：“小姐，是否需要帮助？”

我摇摇头，他对我笑一笑，悄无声息地退下。

我没听罗茜的劝告，直接撕开了纸袋，伸手摸进去，然后我控制不住地翘起嘴角。

纸袋里果真是五沓面值一百的美金。

另外夹着一张纸条，最上面写着“玫玫”，然后一片空白，最后才是一行歪歪扭扭的字：“忘掉这一切，继续你的梦想。往前走，会有人比我更爱你。”

我呆呆看着，实在忍不住微笑。

他还真是个妙人儿，第一个女友拐了他的钱跑掉，他就用钱一个个打发掉身边的旧人。

这就算是补偿吗？十个月的心碎情伤，换回四十多万，这笔生意，还真划算。

真是划算，我仍然只能微笑，因为实在哭不出来。

我把纸条凑在烛火上，眼睁睁地看着它缓缓地化为灰烬。

但我不相信，过去的日子里，那些点点滴滴中流露的真情和爱护，都只因为我是某个人的影子。

我也不相信，一起经历过这么多，几乎抵得上别人一生一世的相守，就因为我不识人心险恶再一次做下的傻事，他会忍心再不见我。

我完全不相信。

我心里存着一线希望，一天天数着日子。

但他始终没有任何音讯，直到第十五个夜晚像其他夜晚一样无声消逝。

一切都已过去。

窗外无名的古树，繁花早已凋落，枝头的绿叶开始泛黄，奥德萨这个漫长的夏日终于结束。

缘起缘灭，光转流年，所有的终会结束。

我开始收拾行装准备回国。孙嘉遇说得对，这个城市真的与我八字不合。

能送人的东西都送了人，我想把关于这个城市的一切记忆一笔抹去，我再也不会回来。

到机场送我的，只有邱伟。在安检口，我笑着与他道别。

“赵玫，别恨他……”邱伟看着我，欲言又止。

我打断他，努力露出最轻松的笑容，拎起行李大声说：“邱哥，如果你回北京，一定来找我，我请你吃饭。”

一路滑行，波音七四七终于轰鸣着冲上蓝天，从舷窗望出去，硕大的机翼下，是乌克兰广袤的原野，黑海波光粼粼的水面，在阳光下如金鳞点点，跳动不已。

这一天是八月二十四日，美丽的乌克兰平原已经初现秋意，但我再没有机会走在深秋温暖的阳光下，身后是黄叶飘零的海滨大道，眼前却如画卷一般，展开一片绚烂火红的山楂树林。

我对着窗外挥挥手。

再见，奥德萨。

再见，乌克兰。

尾　声

我的名字

一年半后的一个下午，我在学校的BBS上，无意中发现一个五个月前的旧帖。标题用黑色的粗体字写着：“不顾一切寻找中国学生赵玫！”

打开帖子，正文非常简单，只说让本人或者知情人看到帖子尽快联系，下面是邮箱地址和联系电话，最后的署名是程睿敏。

这个名字我还记得，两年前的北京首都机场，温柔平和的笑容，令人印象深刻。

我望着题目呆了好半天，才想起那段时间我人在希腊，所以没有看到。奇怪的是，为什么事后竟没有一个同学提醒我？再琢磨一会儿我明白过来，从来维也纳音乐大学报到注册的第一天起，我一直用的都是英文名字“May”，而帖子上显示的，却是拼音“Mei”，大概留意到这个帖子的人，都没有把这个名字和我联系在一起。

我迅速关上帖子，打算忘记这件事。以往的一切，我再也不想沾上半点关系。

但那天后来的几个小时，无论我做什么，不管看书还是练琴，眼前总是晃动着那触目惊心的几个字。

不顾一切。

我敲着琴键犹豫很久，还是回到计算机前，按照帖子上附的地址发了封邮件给程睿敏。

他的回复快得出乎意料，第二天我就收到回信，却是一封空白的邮件，里面什么都没有，只有一个网站的链接。

点进去，是Chinaren的同学录，我在毫无心理准备的情况下，迎面看到孙嘉遇的一张黑白照片，下面竟是他于五个月前因胃癌去世的消息。

主帖里说：在离开乌克兰前就已经发现病情，回国后进行第一次手术，打开腹腔二十分钟即行缝合，因为不再有切除病灶的必要，已经错过了最佳治疗时间。

发帖人就是程睿敏。

他在最后总结：世间最痛苦的事，就是眼睁睁看着朋友或者亲人，在你面前一天天枯萎凋谢，你却无能为力。这样的创伤，终其一生不能痊愈。

而照片后面的跟帖，充满了缅怀的文字和十年前的老照片。

那些或站或坐的集体照中，少年时的孙嘉遇并不十分触目，和他周围的同学一样，眼神清澈，笑容单纯灿烂，是可以透过显示屏触摸到的青春。

我定格在电脑屏幕前，手指不能移动分毫，视线渐渐模糊。那些我以为早已遗忘的往事，又在眼前一一鲜活。也许它们从来都没有离开过我，只是藏在某个黑暗的角落，一经召唤立即在阳光下现身。

我伸出手，打算像以前一样去摸他的脸，手指触到的却是坚硬冰冷的屏幕。他毫无知觉，依然隔着屏幕微笑注视着我，笑容依旧诱人。

我想起他摔伤后曾被我逼着作过一次全身体检，还有他最后的决绝和放弃，这其中的种种异常，当年我从未往心里去过。

恍惚中拨通程睿敏的电话，听我报上姓名，他“哦”了一声，随后陷入长久的沉默。

隔着六千公里的时空和距离，我听到他叹息一样的声音：“那时候我拼命在找你……维也纳音乐大学和格拉茨音乐学院都贴了寻人启事。你到底看到了，可是太晚了……太晚了……”

电话最终从我手中悄悄滑脱，无声地滚落在地毯上。

一周后我收到一个来自国内的包裹，包裹里是妮娜那本熟悉的《圣经》，同时附着程睿敏一封短信，信中说最后的日子孙嘉遇一直把它带在身边，直到去世。

我慢慢地翻开，柔软的羊皮在我的手指下发出细微的轻响。烫金的羊皮封面，因为无数次的摩挲抚摸，褪色磨损得十分厉害，尤其是四个书角，已经破得露出下面的底色，却被人用透明胶带细心地粘补过。

不知道为什么，也许是心电感应，我下意识地揭开那些胶带，拆开封底，果然，一张照片轻轻飘落在桌面上。

照片上是二十二岁的我，正靠在一架钢琴上，对着镜头笑得肆无忌惮。

翻到背面，我看到一行黑色的字迹，上面写着：我的女孩，祝你一生平安喜乐！落款是二〇〇三年八月二十四日，我满怀伤心离开奥德萨的日子。

世界在我眼前逐渐褪去缤纷的色彩，最终变成了黑白两色。

我记起那张被我烧掉的纸条，原来他是想用那些空白告诉我，他能为我做的，只有这么多。

可惜当时的我，以为自己从此看破红尘，看透了男人。

那时太年轻，我不懂。

如今我终于明白，却已经太迟太迟……

人们都说，奥地利的春天是世界上最值得留恋的春天，窗外此刻正是一个风和日丽的春日，西斜的日光透过白纱窗帘，在墙壁上留下模糊的光影。清风透窗而入，带来孩子们银铃一样的笑声。

我却听到心里细碎的一声轻响，仿佛就此关上了两扇冷宫的大门，所有的心事终化灰烬，关山万里，从此再无任何心愿。

伸出手，我看得到手心里流沙一样逝去的旧日时光。我曾经遗失在奥德萨的爱情，十个月的时间，竟成为一世一生。

原来爱一个人，由人由天，就是由不得自己。

那些属于生命里美丽的瞬间，当时并不觉得珍奇，当我回头时却发现，原来最灿烂的一刻已经过去。

奥地利的冬天也多雪，但是我再没有遇到一场雪，大得过当年喀尔巴阡山麓的那场雪。

我也再没有遇到一个人，像他一样爱我如自己的生命。

那个吉卜赛女人对我说：你的身体在一处，心却在另一处。在神的驱逐下，永不停息地流浪。

原来一切早已注定。

我认了命，反正怎么过，都是一生。

我的名字对你有什么意义？
它会死去，
像大海拍击海堤，
发出的忧郁的汩汩涛声，
像密林中幽幽的夜声。

它会在纪念册的黄页上
留下暗淡的印痕，
就像用无人能懂的语言
在墓碑上刻下的花纹。

它有什么意义？
它早已被忘记
在新的激烈的风浪里，
它不会给你的心灵
带来纯洁、温柔的回忆。

但是在你孤独、悲伤的日子，
请你悄悄地念一念我的名字，
并且说：有人在思念我，
在世间我活在一个人的心里。

——普希金《我的名字》

前　传

今夜我不会遇见你

罗茜在B大四年，名声一直不怎么好。客气的，说一句她风流债太多；不客气的，便直指她道德败坏，以玩弄异性感情为乐。别人这么说，也不是没有道理和根据的，从大一到大四，两件惊悚的风流案足以让她全校闻名。

第一件，发生在罗茜大二那年。一个新闻系的男生，因为爱上罗茜而和女友分手，结果那女孩一时想不开，半夜爬上女生宿舍的天台。幸亏被同宿舍的同学及时发现，没有酿成悲剧，最后涉案三人都闹了个灰头土脸，各背了一个处分。罗茜同时还得了一个外号，叫“名誉校长”。意思是说，B大的校长走出来，不一定人人都认识他，但是罗茜这个人，却是校内大名鼎鼎的新闻人物。一提到罗茜的名字，几乎每个人都会反应：哦，就是中文系那个长得有点像伊丽莎白·泰勒的女生？

最近这件事，则完全演变成一场血光之灾。身为中文系大三学姐的罗茜，是主角之一，另一个主角，却是一名大一新生，政经系的黄炜。

出事那天，已临近寒假前夕，大寒刚过，北京城内大雪初霁，正是一年当中最冷的季节。黄炜冒着寒风在女生宿舍楼下苦等罗茜四个小时无果，在晚饭前后人流量最大的时候，从羽绒服里掏出一把锋利的德国军刀，当众切断了左手两根手指，霎时鲜血喷涌，宿舍楼前顿时炸了窝一样，吵吵嚷嚷乱成一团：有被满地鲜血吓得号啕大哭的，有扑上去帮忙止血的，有狂奔而去找老师的……

黄炜在众人的包围之中，依然声嘶力竭喊着罗茜的名字，情绪激动地质问："我那么爱你，你为什么要这样对我？"

后来黄炜被送进医院，两根手指万幸是接回去了，可是功能却打了一半折扣，恐怕终生再也无法完全伸直。

事发时，罗茜就躺在宿舍里，耳朵里塞着耳机，一边听歌一边看小说，因此楼下的喧扰混乱她一直充耳不闻。直到舍友打饭回来，告诉她惨剧发生的经过，罗茜的目光才似乎呆滞了一瞬，随即若无其事地问了一句："人呢？"

"送医院了。"舍友回答。

她面无表情地"哦"了一声，重新塞上耳机，翻个身照样读她的小说，完全没有看到身后几个女生互相交换一下眼色，脸上纷纷露出深恶痛绝的表情。

罗茜在宿舍里的人缘不算很好，其他女生对她评价不一，但有几个词是空前一致的：孤僻、刻薄、冷血，还有——放荡。黄炜"断指事件"之后，在舍友的眼里，她已经变成了透明人。她们在一起谈论男生，交流毕业后工作的去向，共享零食，却默契地将罗茜孤立起来。只要罗茜一出现，原先叽叽嘎嘎的说笑声便会戛然而止，大家各自使个眼色，然后各忙各的，完全当她这个人不存在。

这种明显的敌意，罗茜感受得非常清楚，同样的情景发生过两三次之后，除了晚上睡觉，她就不怎么回宿舍了。不过，她并不发愁没有地方消磨时间，因为即使有黄炜的覆辙在前，约会她的男生依旧络绎不绝。仅仅一个周末的晚上，她就有上下两场约会，先和一历史系的男生跳舞，十点之后再与生物工程系的另一男生去看夜场电影。

打扮妥当挽着大衣出门，在宿舍楼门口的镜子前，罗茜停下脚步，略略站了片刻。

镜子里的女生，高挑而丰满，酒红色的紧身羊毛衫与蓝色的弹力牛仔裤，勾勒出三围分明的成熟身段，开得极大的V型领口处，裸露着大片白皙诱人的肌肤，而丰厚柔软的双唇，微微上挑的嘴角眉梢，更让她的五官充满与年龄身份迥异的妖冶艳丽。

这个样子的罗茜，在B大校园里穿行，总会赢来超过百分之九十的回头率，但背后那些窃窃私语里，却不一定都是褒义的用词。有人偷偷评价说，她颇像《埃及艳后》里的克莱奥帕特拉，具有毁灭性的魅力。更有促狭的物理系男生跟在她身后，手掐秒表嘴中念念有词，为的是计算她胸前双峰波峰至波谷的振幅与时间，以便计算出它们的平均颤动频率。

对这些不和谐的声音，罗茜完全不在乎，即使她知道那些约会她的男生，多数贪恋的不过是她的美色，她也不在乎。

对着镜子里的自己，罗茜挑起嘴角嘲讽地笑笑，心里再明白不过。即使她恶名在外，他们也肯和她厮混，并且肯从为数不多的生活费里，抽出几张钞票请她吃饭、跳舞看电影，不过是以为她身上有便宜可占。而且从他们谈论起黄炜时那种鄙夷兼幸灾乐祸的口气中就能知道，当目睹他人遭受痛苦时，男人比女人更缺乏同情心。

罗茜从镜子前离开，再次在心里下了结论：男人永远都是用下半身思考的动物，没有什么好东西，更不会有什么真感情。

但她的结论还是有一点疏忽，这世间没有绝对但真有异数，到底有人来为黄炜打抱不平了。

这天是个周日，天气阴沉，下午四点，光线就已昏晦不明，室外温度骤然下降。中午半融的积雪此刻又重新冻上，光溜溜的更加湿滑难行。

罗茜在校门口下了公交车，抱着一个双肩包，小心翼翼地择路而行。尽管她已经非常小心，但仍然不时趔趄一下。书包里藏着几个玻璃瓶，里面盛着母亲特意给她现做的辣椒肉丁和豆瓣酱。

她只顾专心护着怀中的易碎品，后面有人连声叫：“喂——喂——喂喂……”她都当做没有听见。

身后那人终于不耐烦，随着车铃脆响，一辆捷安特山地自行车擦着她的身体滑过，在冰面上轻盈地转过一个高难度的一百八十度，然后两条长腿一支，截住了她的去路。

眼见躲不过，罗茜只好停下脚步，摆出一个冷若冰霜的表情：“你要干什么？”她以为又是一个趁机套瓷的男生。

不料那男生一脸愠怒，骗腿儿从车上跳下来，将自行车随意往路边一撂，叉腰站在她面前，大声问道：“罗茜！黄炜还躺在医院里，你倒跟没事儿人一样！你这人有没有良心啊？”

罗茜立刻明白了，脸上慢慢现出她那招牌式的嘲讽笑容，同时用轻蔑的眼神上下打量着眼前的男生。

这人一看就是个大一的新生。先不说那种明明愣头愣脑却自以为成熟的表情，就从他羽绒服胸前端端正正别的那枚校徽上就能看出端倪。老生很少戴那个，因为不屑一戴，走在校园里，都是B大的人，谁又戴给谁看？只有一年级的小豆包儿，才会炫耀地戴着它招摇过市。

不过这小豆包儿的脸，虽然带着脱不去的青涩稚嫩，眉目却意外地英俊，个子也不低。罗茜的身高在女生里算是比较高的了，穿着高跟靴子也只到他眉毛下面，保守估计他至少一米八零。

罗茜心里有数了，把书包挂在肩上安置好，她开口："你是黄炜的同学？"

"啊，怎么地？"小豆包儿仰起脸来面带挑衅。

"跟他一个宿舍的？"

"嗯，我住他上铺。"

"你叫什么名字？"

小豆包儿不高兴了，拉下脸问："我叫什么关你什么事儿？"

他的表情虽然幼稚，声音却好听，音色相当清澈。是那种被中文系的女生形容为青檀击玉一样的嗓音。

罗茜笑笑："你要为同学打抱不平，总得让我知道你叫什么名字吧？"

"在下姓孙，名嘉遇。"他气鼓鼓地回答。

"哎哟，孙嘉遇……"这个名字让罗茜挑起眉毛，上下左右重新端详了他一番。

孙嘉遇是政经系91级新生里挺有名的一个人物，因擅长在公开场合和教授叫板而成名，对政治和经济问题常会发表一些稀奇古怪的理论。半年多的时间里，罗茜只闻其各种传奇而没有机会看到真人，今日总算见到正主。

孙嘉遇没戴帽子，本来挺漂亮精神的一个男孩儿，却理了一个傻呵呵的流行"富城头"——至少在罗茜的眼中如此。此发型的精髓在于前额四六开，后面剃得厚圆，乍看上去很像个鸭屁股，走路时还要配合地甩上两下，那才能显得够帅。

罗茜暗自撇撇嘴，嘲笑一下这些男生匪夷所思的审美，然后问：“你找我到底什么事？”

“我问你，罗茜！”孙嘉遇瞪圆了他那双本来就不小的眼睛，“你既然不喜欢黄炜，为什么还要招惹他？你到底对他做过什么，害得他去自残？”

他的声音很大，语气也很凶。罗茜被呛得差点背过一口气，她一边斜睨着孙嘉遇，一边冷冷道：“我只做过一件事……”

“对，你就做过一件！”孙嘉遇接话，用词非常戏剧化，“你始乱终弃！”

罗茜大笑，觉得这小孩儿傻得可爱，忍不住上手捏了捏他冻得通红的耳朵，凑近他的脸拉长声音道：“哎哟，你才多大点儿呀，真的明白什么叫做始——乱——终——弃吗？”

罗茜的手冰凉，指尖却飘散出一股柔腻温暖的香气，那是护肤品在年轻女孩皮肤上消融的味道。她温热的呼吸喷在他的脸颊处，孙嘉遇的脸蛋上立即泛起两团可疑的红晕。长这么大，他还没有和女生如此接近过呢。但他的表情很冰冷，冷冷地拨拉开罗茜的手，他的声音也冷而生硬：“那你这么大年纪了，懂什么是男女授受不亲吗？”

他说得认真，惹得罗茜更加笑不可抑，用拳头堵着嘴忍笑忍了好一会儿，她才回答：“我真不懂，你给我讲讲好吗？”

孙嘉遇不屑地勾起唇角：“有意思吗？你觉得这样有意思吗？”

罗茜说：“有意思！我觉得特有意思！”

“真无聊！”

罗茜笑：“怎么也比不过你当街调戏女生无聊啊！”

“谁调戏谁啊？”孙嘉遇跳起来，“你刚才……刚才还动我耳朵，你你你……你在猥亵我知道吗？”

“猥什么？你说我怎么你来着？”

“猥亵！”孙嘉遇说得斩钉截铁。

“哟！”罗茜咬着嘴唇，忍笑忍得十分辛苦，“你还挺能拽几个书面用语呢。都谁教你的？”

孙嘉遇瞪着她：“管着吗你？”

“我是管不着，可这词的属性，你用得不对，小孩儿。”

“对不起，我不姓小，也不叫孩儿。”

“那你叫什么？”

“孙嘉遇。”

“哦，对，你叫孙嘉遇。那孙嘉遇，你明白什么是猥亵吗？不明白？姐我教教你，猥亵就是用性交以外的方法实施的淫秽行为。你觉得咱俩刚才那性质，够得着猥亵的高度吗？”

B大女生向来以开放著名，但豪放到罗茜这种程度，还是很少见。孙嘉遇的脸顷刻红得像深秋的冻柿子，但他又不愿在女孩子面前示弱，强作镇定地说：“你们中文系的就爱咬文嚼字。”

罗茜笑眯眯地看着他：“你语文课尽逃课了吧？”

孙嘉遇诚实地点头：“是，我才不爱学那些八股文呢，浪费时间。”看到路边的自行车，他忽然想起自己来找罗茜的目的，原是为了兴师问罪，竟被她带着扯了半天不相干的事，连主题都给忘了。

“谁跟你讨论语文？”他恨恨地跺脚，“你什么时候去看黄炜？”

罗茜说：“我不去！”

“你凭什么不去？”

“我凭什么去？”

孙嘉遇额角的青筋都蹦起来一根：“他今儿这样子就是你害的！他再也不能弹吉他了，你知道吗？”

罗茜翻翻眼睛：“关我什么事儿？又不是我把他的手指头切下来的。”

“你你你……”孙嘉遇气得手都抖了，“你要脸不要脸哪？要不看你是一女的，我我我……我非揍你一顿！”

“你才不要脸！你一男的讲理不讲理？”罗茜也被激怒，搡着孙嘉遇的肩膀嚷，“你去问问黄炜，刚开始交往的时候，我有没有说过，两人只是玩玩，谁也不动真格儿的，他有没有同意？现在是他单方面毁约，凭什么所有屎盆子都扣我头上？孙嘉遇，你以为他是因为喜欢我才自残吗？我告诉你，才不是！他是因为被我甩了不甘心，咽不下这口气。好，如今他成全了自个儿，我成了别人眼里始乱终弃的荡妇，我他妈找谁说理去？”

她一厉害起来，孙嘉遇的气势便被完全挫败，怔怔地看着罗茜，他的两颗眼珠似乎变得又大又黑，仿佛所有的精神都凝聚在他的目光里。

罗茜受不了这样一双眼睛的注视，把脸扭到一边。

孙嘉遇没有再说话，默默地垂下视线，默默地扶起倒在路边的自行车，默默地骑上车走了。但他只走了十几米，忽然又扭转自行车骑回来。他亦步亦趋地跟在罗茜的身后，无视她不耐烦的神色，小声说：“我就想告诉你一句话，你别以为所有人都像你一样，都没有真心。你这种想法很狭隘，很自私，很以己度人，很那个……什么……你学过物理吧？哦，对，你是文科生。那你总听说过什么是作用力和反作用力？什么是能量守恒定律吧？我知道你没学过，可总该知道一点点吧？”

罗茜回头瞟他一眼：“这可不是一句话，七句八句都有了吧？”

孙嘉遇刹车，长腿支在地上维持着身体平衡，只把右边眉毛挑起来，两道眉毛一高一低，形成一个极其卡通的造型。

他说：“前面不算，那是免费大奉送，下边儿这一句才是浓缩的精华。”

罗茜站住：“愿闻其详。”

“罗茜，你不肯付出真心，别人又怎么会回报你真情？”

罗茜愣了片刻，蓦地抬起靴子照着孙嘉遇的自行车踹了一脚：“你个小屁孩儿！你懂什么？还教训我呢？滚！”

孙嘉遇挨了骂，却没有生气，反而做出一副恨铁不成钢的表情，看罗茜的眼神就像医生看病入膏肓的患者，然后摇摇头，一提车把，再来一个潇洒的漂移转弯，迅速扭转方向，脚蹬蹬得飞快。

这回他真的走了，再也没有回头。

罗茜在原地站了很久，不小心把大量冷空气吸入肺中，呛得她不停咳嗽。方才那一瞬，她的心完全乱了，是那种一时间想到无数并不具体的悲哀的那种乱。孙嘉遇最后一句话，直接触到了她心灵深处隐秘的一块伤。

这一生，她不知道能不能遇到一个人，值得她付出所有的真情。

黄炜在一个多月后出院，他的手指再植成功，并未留下残疾。因为这件事，他成了B大的名人，赢得一个“情种”的名声，也博得罗茜同系一个师妹的青睐，拼命地追他，两人很快开始成双入对地现身校园。

而罗茜侥幸没有受到任何书面处分。不过经此一劫，尤其是系主任和她严肃谈过一次话之后，罗茜的言行收敛了许多，至少在学校里再见不到她和男生公开出入。B大的文凭，她还是很在乎的，不希望最后落到一个被开除学籍的下场。

至于孙嘉遇，后来的日子，除了断断续续听到一些关于他的传闻，罗茜再没有见过他，直到这一年的暑假，她陪母亲去医院看病。

实际上，罗茜母亲的肝区疼痛已经持续很久了。罗茜催促过多次，让母亲赶紧上医院看看，但她一直找各种理由拖着不肯去。

那几年罗茜的母亲日子过得并不好。三年前，罗茜的父亲为了一个年轻女人，犯下生活作风错误，连仕途受累都在所不惜。像其他性格刚烈的女人一样，一发现丈夫的婚外私情，宁可玉碎也绝不瓦全，罗茜的母亲立即提出离婚，并且同意了一份对自己极其不利的离婚协议。在这份协议里，尚未成年的罗茜被判给了父亲，因此房子也留给了父亲，母亲只身一人提着两只旧皮箱离开家门，住进一间单位临时出借的北向平房。平房的条件非常不好，冬天没有暖气，只能靠蜂窝煤取暖，夏天通风极差，每到下午热得像蒸笼一样，和家中三室一厅的新房相比，简直是天壤之别。

罗茜当时想不通，母亲为什么会作出这样的选择。几年之后，当她亦为一份感情辗转蹉跎之时，才知道这么做的原因，不过是不敢面对现实，不过是不甘心，不过是幻想有一天他还能心存负疚回心转意。

可那年罗茜未满十八岁，显然难以理解其中的婉转挣扎。她能做的，只有三件事。第一，以一个未成年女孩的全部力量仇恨着父亲的薄情，由此影响到她对整个男性群体的仇视，抛却对爱情的无限憧憬，迅速蜕变为一个游戏感情的轻浮女生。第二，故意和嫁过来的继母作对，气得她经常哭哭啼啼地向父亲告状。父亲在后妻和女儿之间左支右绌，有时候难免偏袒年轻的妻子。罗茜一怒之下做了第三件事：收拾行李搬去与母亲同住。

临走前，她指着父亲发了毒誓：我没有你这个爸爸！这辈子我都不想再见到你！将来就算要饭我都不会到你家门口！否则我出门就被车撞死！

平日罗母独来独往，和邻居没有任何交集，女儿周末假期能和她做伴自然高兴，但她的人变得厉害，原来干净利落的一个人，如今衫垂袜甩，疲惫邋遢。面对女儿让她看病的哀求，她常说的一句话是，我死了那边儿才称心呢，似乎已完全放弃了自己。对母亲的固执，罗茜也无可奈何。这回估计实在是疼得厉害，她才答应罗茜一起去医院看看。

到了医院方知道，B超检查的预约，已经排到了一个月以后。

母女两人颓丧地坐在诊疗室的门外，正是七月最热的几天，大暑，溽热的空气中有几只苍蝇在头顶嗡嗡盘旋。母亲的肝部又疼起来，她蜷起身体，前额的头发浸透冷汗，全都贴在脑门上。

看着母亲蜡黄的脸，罗茜心里难受得厉害，酸楚之气一阵阵涌上头脸，逼得她几乎流出眼泪。最后她咬咬牙，跟母亲说："妈，你先回去吧，我找找同学，看有没有熟人帮忙加个塞儿。"

话是这么说，但罗茜明白，除非她能回去找父亲——可二十一岁强烈的自尊心，绝不允许她食言，否则能帮忙的只有她自己。

送走母亲，罗茜在医院门外的小卖部买了两盒"红塔山"揣在包里。对着玻璃窗的影子，她整整头发，将衬衣的纽扣再解开一粒，年轻饱满的胸部便在领口边缘若隐若现。

坐在B超室门口负责叫号的，是个头发长长的小伙子。当罗茜以书包做掩护，将两包烟偷偷塞给他时，小伙子拉下脸："干什么？别来这一套啊！"他的眼睛却在罗茜的颈部胸部溜来溜去，眼神像两把沾满糨糊的刷子。

罗茜忍着浑身不自在，硬是挤出一脸媚笑，膝盖貌似无意磕碰着小伙子的膝盖。她那两条从牛仔短裤里延伸出来的大腿，修长圆润，白花花地晃花了小伙子的双眼。

小伙子终于接过香烟，冰凉粘湿的手指似乎无意中拂过罗茜裸露的大腿。罗茜激灵灵打了个寒战，浑身都激起一层鸡皮疙瘩。但她再次咬牙忍下了，充满期望地望着他。

小伙子却说："我做不了主，你得找科主任，所有预约检查单都要她签字。"

罗茜瞪着他，忽然扬起手，将他桌面上的东西全部扫在地上，同时骂了一句女孩子绝不该骂的粗话：“我X你妈！”

内科主任是个嘴唇奇薄的中年女医生，看着眼前的年轻女孩：白衬衣宽大的下摆拦腰系出一个轻盈的死结，短得不能再短的牛仔短裤，露在外面的是二十岁的青春肌肤。她那X光一般的犀利眼神，明明白白写着“鄙夷”两字，那种对一切外表美好的东西的固有轻视，看得罗茜恨不能就地遁形。

她说出来的话，也像她的嘴唇一样薄而锋利：“这预约单上每个患者都需要尽快检查。哦，你妈情况特殊，那您告诉我，哪位患者的性命不重要，活该为你妈让路？”

罗茜败下阵来，落荒而逃。走出医院大门，她又热又渴，乏力得厉害，几乎一步都走不动了。她买了根雪糕，托着腮帮坐在马路牙子上，脑子里昏昏沉沉的，像被晒化了的柏油路一样黏滞混沌。

雪糕渐渐融化了，一滴滴顺着竹棒流下来，滴在水泥地上，形成一个个不规则的图形。罗茜盯着那些深色的印迹，心中无望的凄凉越升越高，眼前渐渐模糊，泪水也越聚越厚，眼看眼眶已经承受不住它的重量，被地心引力吸引着，马上要剥离出来形成一个完整圆熟的泪珠。

就在那颗泪珠将落未落时，一双白色的运动鞋踢踢踏踏经过她身边，走过去几步，突然又退回来。接着一个声音在她的头顶响起：“真的是你！罗茜，大热天你坐这儿干什么？”

悦耳的略带磁性的男中音，只听到声音还没有抬头，罗茜心里便冒出一个名字：

孙嘉遇。

孙嘉遇——这个男生的声音和面孔，都给罗茜留下过深刻的印象，那些流传在B大的关于他的江湖传说，和低年级女生谈起他时的一脸倾慕，更是加深了这种印象。

抬起头，她果然看到一张年轻的脸，正垂着眼帘打量她，阳光透过睫毛，在他的眼睑处留下浓密的阴影，发梢和睫毛都被夏日的阳光映成淡黄色。此刻的孙嘉遇，睫毛比头发还长。他那个郭富城式样的发型已荡然无存，头顶仅留有毛茸茸一层短短的发茬，让他看上去特别的幼稚，仿佛还有一种特别的委屈。

“你怎么啦？哭了？”孙嘉遇略皱起眉头，居高临下地看着她。

罗茜从不肯在人前示弱的，用力闭闭眼睛，再睁开时已经把摇摇欲坠的泪意生生挡了回去。

“放屁，你才哭了呢！”她拍拍屁股上的灰站起来。

孙嘉遇退后两步，把双手插进裤兜，摆出一个潇洒的姿势，同时耸耸肩，表示不和罗茜一般见识。这姿势是他从那些外国电影里学来的，他自己觉得格外有范儿。

和罗茜一样，孙嘉遇也穿着牛仔短裤，上身一件白色的圆领T恤，脚上则是一双运动鞋加厚厚的白色棉袜——这是当时男孩们夏天最时尚的装束，为了时髦，即使捂得运动鞋里汗流成河也在所不惜。

吸引罗茜注意的，是他T恤胸前一行醒目的黑字：别理我，烦着呢！

看着那几个宣言一般的黑字，罗茜忍不住笑了，暂时忘却了自己的烦恼，想张口调侃几句，但似乎是方才站得太猛太快了，她眼前的一切像被浸入了水中，开始漂浮不定，一阵强烈的恶心忽然涌上心口，胃部像被一只大手拧搅着开始翻江倒海，脊背上冷汗出了一层又一层。

恍惚中，她听到一个声音在问：“我扶着你能走得动吗？喂——喂喂——我靠——”

罗茜不记得自己有没有回答，后来的记忆对她而言都是支离破碎的。她只记得自己被放在什么人的背上，一路疾奔。等她清醒过来，发觉自己躺在一张窄窄的床上，不远处拉着一道白色的布帘。头顶天花板上一只吊扇正以最大速度嗡嗡旋转，空气流动带起黏涩的热风，毫无清凉之意。窗户大开，窗外的蝉鸣声让人愈加烦躁。

罗茜想坐起来，稍一抬头便觉头晕眼花，呻吟一声又躺了回去。

这轻微的声响惊动了布帘那边的人，一颗圆圆的脑袋从布帘另一侧探出来，短短的发茬湿漉漉的，额头发梢还残留着亮晶晶的水珠。

他说：“你醒了。”

罗茜转过眼珠，有气无力地喝一声："孙嘉遇，你过来！"

孙嘉遇笑嘻嘻地走出来，他身上那件文化衫不见了，规规矩矩穿着一件长袖白大褂，袖口一直卷到肘部，前胸背后皆有一个被汗浸湿的圆圈。

罗茜忘了自己想说什么，睁大眼睛问他："你捂黄酱呢？穿这么厚干什么？"

孙嘉遇撇撇嘴："还说呢，要不是你吐我一身，我至于三伏天遭这份罪吗？"他挺挺胸，"哎，我穿上白大褂是不是帅呆了？"

罗茜从鼻孔里哼一声："穿上龙袍也不像太子！"

虽然评价得刻薄，她的目光却一直没有离开孙嘉遇。

孙嘉遇比冬天的时候瘦了一圈，浓眉深目愈加分明，除了过短的头发，五官轮廓都在向"英俊"两字飞速靠拢。罗茜就这么盯着他看，同时心里暗笑，倒要看看他能坚持多久。

孙嘉遇果然被看得紧张了，插在白大褂口袋里的双手手心开始冒汗，开始怀疑自己是不是哪里不对劲。但他表面上的确是撑住了场子，任凭罗茜一双眼睛上下打量毫不动容，只是晒成小麦色的皮肤下面，渐渐沁出血色来，他到底羞涩了。

罗茜清楚地看到那点隐藏的红色，得意地笑出来，正要放过他，屋门吱呀响了一声，接着轻柔的脚步声走近，布帘那边有人问："小遇，你在跟谁说话呢？"

孙嘉遇回头："妈，我同学醒了。"

布帘拉开，一个四十多岁的女医生走进来。她的头发都掖在帽子里，眉目娟秀，和孙嘉遇竟有几分相似。

罗茜霍地收敛了脸上的笑容，换上一副庄重的模样。平时学校里再放浪形骸，在长辈面前她还是维持着该有的礼貌。她强忍着不适想坐起来："阿姨。"

女医生赶紧按住她："躺下躺下，等你感觉好点儿再起来，一会儿让小遇送你回家。"

罗茜问："我刚才怎么了？"

"中暑。"孙嘉遇忙不迭插嘴，"今儿预报的气温可是39℃，你傻啦吧唧地坐太阳底下，干吗呀？有什么想不开的？”

他妈在他背上猛拍一掌：“这孩子，有你这么说话的吗？”

孙嘉遇怪叫一声跳开：“妈，你这玄冥神掌修炼得越来越深了！我是您亲生的吗？虎毒还不食子呢，您下手怎么如此阴毒啊？”

女医生忍俊不禁，朝罗茜笑笑说：“这小子从小这样，从来不正经说话。”

罗茜也笑笑。对这种不拘形迹的母子关系，心里颇有一丝羡慕。她和自己的妈妈，印象里似乎从未如此亲热随便过。她的母亲事事要强，对一双儿女的要求也十分严厉，平日罗茜反而和父亲更接近一些。所以当他背叛家庭投入另一个女人的怀抱时，罗茜才会恨他入骨，发誓永不原谅。

她疲惫地闭上眼睛，不想再说话。耳边听到孙嘉遇的母亲在轻声叮嘱儿子：“这个值班室白天没人来，让她多休息会儿。你想用车送同学，得去给你爸打个电话，省得他知道了又骂你。”

看到那辆垂着深色窗帘的奥迪轿车静悄悄地开过来，一个秘书模样的人从司机副座下来，毕恭毕敬地为他们拉开后车门，罗茜心里暗暗咯噔一下。虽然她父亲的官阶不高，可她这方面的见识并不少。在北京街头到处跑着黄色“面的”的九十年代初，桑塔纳是最常见的公务车，四个圈的奥迪则是绝对的高端品牌，代表着权力和级别。她回头再看孙嘉遇，除了见多识广滋生出的进退有节的从容，倒瞧不出太多家庭背景的影响——他身上并没有多数红色贵族与生俱来的优越与傲慢。

车里的空调安静无声，暗色的窗帘击退了窗外的炎热，营造出一片清凉。罗茜谨慎地选择了沉默，除了回答孙嘉遇关于回家路线的询问，一路上她没有多说一句话。实际上她很想问问孙嘉遇，他那在医院做儿科主任的妈妈，能不能帮忙走个后门，让母亲早点儿做检查。一路上她斟酌再三，总不知如何妥帖开口。一向在男生面前游刃有余，面对孙嘉遇，她竟然莫名其妙地感觉紧张。

直到家附近的胡同口，罗茜下车，孙嘉遇趴在车窗前问她：“真不用我送你进去？你不是怕我见到你父母吧？喂，我这样儿，就算见你父母也不会给你丢人吧？”

罗茜似笑非笑地瞟着他。这个半年前在她面前还频频脸红的小男生，才一个学期的工夫，就被其他女生宠出了一张厚脸皮。

她说：“你明儿最好去一趟故宫角楼。”

“干什么？”

“跟城墙拐弯儿比比脸皮厚度。”

孙嘉遇面不改色，流利接上：“那你陪我去吗？你陪我我就去。”

罗茜回答他一个“呸”字。

顺着胡同里的阴凉处往家走，罗茜听到身后有脚步声嗒嗒追上来。余光瞥见是孙嘉遇，她只是放慢脚步，并未停下。

孙嘉遇也不出声，跟她并肩走了几步，才开口说：“上回黄炜的事，对不起。”

罗茜侧过头问：“谁对不起谁呀？”

孙嘉遇低头笑了笑：“你说的话，还算比较正确。”

罗茜拿白眼对着他：“我说过的话多了，你指哪句？”

孙嘉遇站住，笑得双眼弯弯，笑出了一口整齐的白牙。他将双手抱拳举于胸前，学着武侠电视剧中江湖人士的口吻，他说：“师姐，我欠你一个人情，将来若有差遣，上刀山下火海，小弟万死不辞！”

那天晚上，罗茜闭上眼睛，眼前就是孙嘉遇双手抱拳的样子，孙嘉遇的眉毛，孙嘉遇的眼睛。她歪过脑袋，仿佛就能看到他俊秀的侧影。

罗茜在黑暗里微笑起来。睡梦中迷迷糊糊地翻个身，她口齿不清地嘀咕一句：真讨厌！怎么跟个小屁孩儿纠缠不清？她那时还不知道，她已经被一种叫做爱情——那仅存在于年轻心脏中的情愫正正击中，在她毫不知情的情况下，在她的心里悄悄地生根发芽，静静酝酿着，预备要开出一朵硕大的花。

一个月后，罗茜母亲的检查结果出来了：肝癌晚期，合并胰腺转移。

手捧着诊断证明书，罗茜彻底傻了，像是一盆冰水兜头浇下，三伏天里只觉骨头缝里向外嗞嗞透着冷气，心却像落在滚油里，翻来覆去都是煎熬。医生的声音在她耳边嗡嗡作响，她竟是一个字也没有听进去。直到医生用笔尖敲敲她的手背，她才回过神来，听见医生问她：“你父亲呢？”

罗茜呆滞的眼珠略微动了动，缓缓摇头：“我没有爸爸。”

医生打量她，貌似明白地叹口气：“那你家还有其他亲戚吗？”

罗茜梦游似的点头：“有个哥哥。”

“那好，你回去和你哥哥商量一下，看需不需要把实情告诉你母亲。还有，下面该怎么办，是放弃治疗，还是采用保守疗法延长生命，你们家属要做个决定。”

罗茜好像突然从梦中惊醒，苍白着面孔一把抓住医生的手臂：“大夫，求求你！求求你救救我妈！”

大约是见多了情绪激动的患者家属，医生不为所动，只是冷静地一根根掰开她的手指，摇头说：“太晚了！肝上的毛病，可能和心情长期不愉快有关，对你妈妈好一点儿吧，小姑娘！”

那一天的内科门诊门口，来来往往的无数患者和院里的医生护士，不少人都对一个倚门痛哭的女孩印象深刻。

那女孩白衣黑裙，黑色的大圆裙摆上，洒满白色的雏菊。她趴在门框上，哭得纯粹而放肆，带着死心塌地认了命的绝望。

尽管已被医生判了死刑，罗茜和哥哥商量后的结果，还是将真实的病情瞒着母亲，只说是肝硬化需住院治疗。兄妹俩都觉得，只要生命还能延续，就有希望存在，现代医学发展得这么快，没准儿这期间就有对付癌症的特效药出现。

罗茜父亲不知怎么听说了消息，亲自送来三千块钱，被罗茜当街摔了出去。她这一生，是真的不会再原谅这个男人了！

候了半个月的床位之后，罗茜的母亲终于入院，床头的纸片上，写的病名是肝硬化。治疗的过程并不顺利。化疗和服用各种中药的副作用，让她母亲的脾气愈加暴躁，罗茜便首当其冲成为她言语暴力的受害者。因为知道母亲时日无多，无论多难听的话，罗茜都默默忍下了，柔顺地尽着一个女儿的本分，虔诚地祈求上天能给她一个奇迹。

可是罗茜母亲的病情恶化得很快，癌细胞迅速转移，她很快瘦成一把骨头，两个月后的某天晚上，终于走完了人生最后一段路程。弥留之际，她嘴里口口声声念着的，依然是罗茜父亲的名字。

罗茜父亲接到儿子的电话连夜赶过来，想见前妻最后一面，却被罗茜堵在病房门口，死活不许他进门。就在两人情绪激动纠缠不清的时候，罗茜母亲咽下了最后一口气，死不瞑目。

当夜，罗茜和哥哥为母亲守灵。没有呼天抢地和号啕痛哭，也许悲痛到了极点反而会让人变得麻木。罗茜只觉胸前像被人生生挖出了一个血洞，明明心中难过得像火烧一样，但翻来覆去也说不出要怎样做才能减轻一点儿痛楚。她靠在哥哥身上，想起从此后世间除了哥哥再无一个可亲可近之人，人生最后的退路和防线，都随着母亲的离去而消失，她感觉悲不可抑，张开嘴想要痛哭，眼睛却干巴巴得没有一滴眼泪，只能从喉咙深处挤出一两声哽咽。

如此熬到凌晨，窗外天色已经大亮，罗茜摇摇晃晃走出太平间的大门。门外是一个秋季微凉的早晨，初升的晨曦从建筑物的间隙挤过来，带着温暖的金黄色调，恍惚的光影里似立着一个虚幻的身影，被朝阳染上了一层淡淡的金色。

罗茜被明亮的光线刺痛了双眼，但她不敢闭上熬得通红的眼睛。她担心这一切都是幻象，等她再睁开眼，一切都会消失。

然而他走过来，站在她身前，透过空气传递过来的温度和呼吸都真实可靠。他低声说："我妈告诉我的。我来看看，万一你需要帮忙呢?"

罗茜捂着眼睛没有说话。

孙嘉遇犹豫片刻，慢慢伸出手，在她肩上轻轻拍了拍。

"阿姨已经走了，你自己更要保重。"他说。

罗茜接受了他的安慰，心中滋生出一阵温暖的酸楚，含着眼泪点了点头。此刻，她的心事如此沉重，如此绝望，她希望有人能借她一个怀抱，让她能扑进对方怀中哭上一场，仅此而已，她没有其他的想法或者企图。

仿佛是看懂了她的心事，孙嘉遇放在她肩上的手迟疑很久，最终伸开手臂，轻轻拢住了她的双肩。

这是一个没有分量的轻飘飘的拥抱，但是已让罗茜满足。她力不能支地靠在他的肩上，眼泪从脸上决堤一般肆虐而下。很久很久没有哭过了，即使是陪着母亲在医院里度日如年的日子，她也没有落过泪，此时所有的防线瞬间土崩瓦解。

似乎从那个早上开始，她的心里便有了一片小小的空白，刚刚容她把一个小小的影子放进去，她在日后得到的所有，都比不上这个影子在一个悲凉的早晨留给她的慰藉。

那天之后，罗茜发觉自己的泪腺似已干涸，后来的许多年，无论经历多艰难的境况，她再没有掉过一滴眼泪。

那一年罗茜大四，孙嘉遇大二。

孙嘉遇踩着一地玻璃心的碎碴儿趟过了他在B大的第一年，有意无意间不知伤害了多少少女的芳心，到了儿他栽在一个名叫范淼的女生手里。

这个女生比孙嘉遇低一届，他在迎新晚会上对她一见钟情。

罗茜听说过政经系的那次晚会，范淼代表新生表演节目，钢琴独奏《梦中的婚礼》。虽然台下没多少人听懂，但她在台上白衣白裙飘然若仙的形象，当即俘获了不少男生的爱慕之心，这些心如撞鹿的人群中，就包括孙嘉遇。

在孙嘉遇过往将近二十年的生命里，他几乎没有机会接触到精致的南方女孩。他父亲工作很忙，母亲也是一个视事业为生命的模范医生，从小他就是一个人吃机关食堂长大的，周围同学伙伴的家庭也基本上大同小异，因此在范淼之前，他从未想象过生活能被有心人经营得如此细腻温情。

他去过范淼的寝室，在一众花花绿绿的女生床铺中，她的地盘显得那么与众不同。雪白的绣花床单，小碎花的壁布与淡蓝色的床帏一起营造出一方温馨的私人天地。连她喝水的杯子都和别人不一样：最普通最便宜的白色搪瓷杯，外面套着一个粉蓝格格的棉布手工杯套，上面绣着小白兔和雪孩子——曾让孙嘉遇幼时流过眼泪的童话中的角色，因而显得极其别致，据说是范淼自己的手工。

他就是被这些小小的细节击中了软肋——当然主要原因还是范淼的漂亮，而彻底拜服在她的裙下。

曾经骄傲得如孔雀一般的孙嘉遇，一旦放下架子倒追女生，使尽浑身解数，却怎么也追不到点子上。费了几个月的工夫，范淼对他还是不冷不热不咸不淡。不过，她对谁都是这个样子，惹得一众追求者既满腔挫败不知所以，又不能放弃那点渺茫的希望。

孙嘉遇在女生面前的优越感全线失守，他陷入了长久的情绪低迷与不自信中，不得已，去向大他两岁的罗茜求救。

罗茜母亲去世之后，孙嘉遇跑前跑后帮了不少忙，两人的关系从此逐渐熟稔起来。那段时间，罗茜已从丧母的悲痛中慢慢走出来，但她和父亲的关系彻底交恶，坚决拒绝搬回父亲家，宁可一个人住在那间简陋的小北屋里。母亲的单位原要收回那间房子，考虑到罗茜的实际情况，只好让她先暂时住着，等她大学毕业以后再说。所以罗茜一进大四，就开始忙毕业分配，求在报社工作的舅舅帮忙弄个接收名额。她想先下手为强，找一个比较好的接收单位，除了实现她要做中国阿桑奇的理想，还能在离开学校以后，分配一间单身宿舍供她容身。

听完孙嘉遇愁眉苦脸的倾诉，罗茜不屑地说：“你们男生都是什么审美观？那范淼哪儿长得漂亮啊？小鼻子小眼儿，五官淡得好像用热毛巾一把就能抹干净，穿衣服跟四五十岁老太太的口味差不多。哦，她皮肤确实不错，上海人的底子都好，这得承认。”

“我觉得她很漂亮很有味儿啊！”孙嘉遇说，“你们女生就是喜欢对同性横挑鼻子竖挑眼。”

罗茜撇嘴：“我挑剔她干吗？她还够不上让我挑剔的资格。”

孙嘉遇说：“你就是容不得有人比你更漂亮呗。”

“放屁！”

罗茜叉着腰，她骂起人来还是一如既往的奔放，柳眉倒竖，上挑的眼角让她的艳色里带上一丝凌厉。

她发脾气的时候，孙嘉遇就一直歪着头看她，等她气息平顺了，他颇为赞许地一点头："你生气的样子可是比她好看。"

罗茜气得要将他撵出门，孙嘉遇拿脚顶着宿舍门，赖兮兮地不肯离开："我的问题你还没给解决呢。"

罗茜冷笑一声："那种上海小女人，浑身都挂着精打细算的小算盘，不见兔子不撒鹰的。她装来装去，就是为了待价而沽，专等着你们这群傻瓜前仆后继。你只要把你爸的背景跟她透漏一二，保证她自己上赶着就扑上来了，还用得着你傻啦吧唧地去追求她？"

孙嘉遇像被踩了尾巴的猫一样跳起来："你就是嫉妒！范淼才不是那种人。"

罗茜照着他的脚背狠跺一脚，趁他哎哟一声蹦开，她砰的一声摔上门，在里面大声嚷了一句："笨蛋！没见过比你更笨的！"

恰好管理宿舍的老师经过，批评她不爱惜公物。罗茜还嘴硬，连声嚷嚷："门坏了我赔钱成吗？"其实她也不明白自己为什么会生这么大的气，或许因为孙嘉遇口口声声说她嫉妒。

"我嫉妒她？"罗茜跟自己说，"一黄毛丫头，毛都没长齐呢，我要嫉妒她，岂不是天大的笑话？"

孙嘉遇显然没有采纳罗茜的建议，依然锲而不舍、艰苦卓绝地追求着范淼。那会儿男生追求女生的方式还比较淳朴，不过是请吃饭请跳舞请看电影之类的，没有如今花样翻新的手段，最出格的也不过是抱着吉他在女生宿舍楼下唱一夜情歌。

每回见到孙嘉遇，罗茜都忘不了冷嘲热讽几句："还在做孝子贤孙伺候着哪？""还没有完成从奴隶到将军的转变啊？"

说急了，孙嘉遇就会回两句："你怎么这么热衷毁灭美好的东西？毁灭了别人你感觉很爽吗？"

罗茜说："白痴！傻瓜！再加笨蛋！"

孙嘉遇便垂下眼睛双手合十，叽里咕噜念了一大段。

罗茜听不懂，着急地推他："你嘀咕什么？骂我呢？"

孙嘉遇一本正经地嘘一声："别吵别吵，我在念经，唵嘛呢叭咪吽！戒嗔戒怒戒打人。”

“噢嘛什么？”

他哈哈笑：“记不住吧？记不住我教你，来，跟我一起念：All money go my home!”

气得罗茜哭笑不得。

转眼到了春节，孙嘉遇的母亲知道罗茜没有其他地方可去，便邀请她来自己家里过节。

除了孙嘉遇，另有一个与孙嘉遇同龄的男生也常驻孙家。孙嘉遇介绍说，这是他高中同学，叫程睿敏，关系最铁的发小，知书达理，品学兼优，尊师重道，秀外慧中……看他费力地推销，颇有撮合他跟罗茜的意思。可惜这两人根本就不来电。

那个男生总是面色冷冷的，没事儿就捧本书看，也不爱说话，虽然长得清秀，可是鼻子上架着一副眼镜，人就显得特别文弱。罗茜才不喜欢这类书呆子呢，她对孙嘉遇的良苦用心嗤之以鼻。

寒假很快结束，开学后罗茜去外地实习了两个月，等她回到学校，政经系系花范淼居然已经名花有主，终于成为孙嘉遇的女朋友。

罗茜是在去食堂的路上，无意中撞到两人手拉手在校园里散步，看上去男的英俊女的清丽，金童玉女一般的模样。那一瞬间她似重新回到母亲去世那一刻，再次体会到万箭穿心的滋味。她忘了吃饭，转身就往宿舍跑，踉踉跄跄一路飞跑，边跑边用力按着心口的地方。

她心疼，疼得一时间难以呼吸。

她以为自己十分强大，以为自己早已看破男女之情，以为自己游戏感情从不投入就不会受伤，以为凭借自己的美貌能在感情的世界里所向披靡，没想到伤害会在这里等着她。那埋藏了七个月的不能见光的感情，还没有萌芽就夭折在黑暗里。

一夜工夫，罗茜脸上那层属于少女的润泽气色便消失了。她忽然迷上了武侠小说，一套套从租书店借回来，一天一夜时间便能读完四本。她一本一本地看下去，困了倒头便睡，饿了便让舍友从食堂随便带点儿馒头包子。

作为中文系的学生，以前她并不喜欢看这类东西，但她现在读进去了，她发现世俗的故事和文字里反而有简单的快乐。

在床上晨昏颠倒腻了一个多星期，她爬起来，吃饭洗脸，化妆穿衣，好像完全恢复了原来的状态。

再按按胸口，她觉得那里已经和金刚石一样无坚不摧——再不会被一个人的只言片语牵动喜怒哀乐，再不会仅仅听到那个名字就感觉到放在心里的小小的窃喜，再不会说到某句相关的话或听到某首有所深意的歌就会想起他，再不会在话语里假装不经意提起他，其实只是想打探他的消息，再不会一次次失望却又克制不了自己的期待。

她再不会为情所伤。

五月底，毕业分配方案下来了。罗茜被分到京西门头沟地区一个基层文化站，一个清闲得不得了的事业单位——几份报纸、两杯茶水就能打发掉一天的地方，距离京城将近五十公里，每星期只能回一次北京。

这个结果如晴天霹雳一般，让她惊得大脑一片空白。

按说分得差的不只罗茜一人。因为上面有政策，应届毕业生一律不得留在机关，全部下基层锻炼。但罗茜想不明白，自己跑来的报社指标，原以为铁定是自己的囊中之物，为什么会落在另一个学生的名下？

她抱着一线希望去系里核实，希望是名单被搞错了。可得到的答复却是：木已成舟，不可更改。再托舅舅去报社询问，报社领导说，报社原是点名要罗茜的，但校方答复，像罗茜这样生活作风败坏、道德水准低下的学生，不适合在报社这种地方工作，同时推荐了另一名成绩优秀的学生，党员，人品正直，绝对可靠。对报社来说，不过是招一个符合条件的应届毕业生，至于招谁，并没有多大分别。

想起去外地实习前，辅导员曾吞吞吐吐暗示她，一定要盯紧分配的事，千万别掉以轻心。罗茜歪起一边嘴角冷冷笑了，明白自己还是天真得可怕，竟然轻信管分配的人对她的承诺，她忙活了几个月，原来都是在为别人做嫁衣。

一点一点，她将派遣证撕得粉碎。

也许每个人的心里都有一片黑暗，但不是每个人都有机会让它蔓延。当罗茜将手中的碎片抛洒进窗外的夜色中时，她分明看到，那些曾经细小的焦虑、愤怒、痛苦和悲伤通通纠结在一起，最终滋生出茁壮的黑色藤蔓，缠绕在身体的每一个角落。

上天既然不给她路走，她死都要再趟出一条路。她的青春，她的美貌，不是用来消耗在门头沟那种远离繁华的荒凉之地，消耗在无望的等待和琐碎的时光里。

六月底，八九级毕业生陆陆续续离校了。

虽然之前的每一天都在期望着这个日子，即使在学校的日子并不是多么愉快，但这一天真的来临，面对宿舍一片狼藉，罗茜心里还是充满留恋。

出了校门，他们失去的，将是一个嫩绿的青葱的伴随他们十几年的身份——学生，他们中的很多人，也许这一生将不再相见，而未来却充满未知的迷茫和挑战。

她几乎拖到了最后一刻才离校。

傍晚的时候，孙嘉遇按照约定来帮罗茜收拾行李。

其实自从他和范淼正式拍拖，再加上罗茜多数时间在校外实习，两人大半学期都没有见过面。昨天忽然收到罗茜的口信，她说时日无多，孙嘉遇该是你兑现承诺的时候了。孙嘉遇才想起去年暑假他许下的那个愿赴刀山火海的诺言来，所以今天他义不容辞地来践约了。

罗茜住的宿舍早已走空，六张光光的床板，到处是旧报纸、旧书，还有破烂的杂物，仿佛经过一场彻底的洗劫。只有罗茜的铺位上还留着凉席和床单，没有开灯，她一个人安静地坐在黑暗里，像一个单薄的黑色剪影。

“罗茜？”孙嘉遇站在门口叫了一声。

凝固的剪影晃动起来，从黑暗中移动到略微光亮的地方。

“你怎么才来？”她的声音有点齉，像是得了重感冒。

“回家找尼龙绳和塑料布，找了好长时间找不到……咦，为什么不开灯？”

“咔嗒”一声，灯光顷刻雪亮。

看清楚罗茜的模样，孙嘉遇像被强光刺激到，眼睛一下眯了起来。

罗茜穿一件无领无袖的短袖碎花睡衣，柔顺的布料贴着身体水一样流下，饱满的胸部，窄窄的腰，浑圆的臀部，都在衣服下若隐若现，薄薄的衣料难掩其美好的形状。

他的目光无意中落在最不该看的地方——衣服胸前两点明显的凸起，灯光下无处遁形。显然，她的睡衣下面没有戴胸罩。

孙嘉遇的脸迅速充血，想调开目光，可那个地方像磁铁一般，牢牢吸引着他，让他的眼睛难以移动分毫。

罗茜是多么敏感的人，孙嘉遇的异样被她捕捉到，顺着目光向下一看，立刻就明白了。

她掩着嘴打个哈欠：“不好意思，刚睡起来。”

她嘴里说着不好意思，可脸上没有一丝不好意思的表情。

孙嘉遇不由得吹了声口哨。

罗茜在他脑袋上敲个栗暴：“小流氓！”

孙嘉遇彻底红了脸，赶紧转过脑袋，嘴却不肯吃亏：“你个女流氓！”

“小流氓！”罗茜骂回去。

“女流氓！”

罗茜笑嘻嘻抬腿踢他一脚：“流氓哎，快点儿帮我把这几个箱子捆好。”

孙嘉遇惦记着半夜的球赛，只求快点儿完事好赶紧走人。罗茜四年的行李并不多，一只装四季衣物的皮箱，三只装满书和杂物的纸箱。他一件件捆扎打包，热得满头大汗。

罗茜抱着手臂在一旁看热闹，没有一丝打算动手帮忙的意思，只是从身后细细端详着孙嘉遇。

他正踮着脚从上铺往下拿东西，裹在运动长裤里的两条腿结实修长。再向上则是柔韧利落的腰与端正宽阔的背。他用力踮着脚，微微仰起了头，明亮的灯光下，就见他那个毛茸茸的圆脑袋，短短的头发下似乎蕴藏着一种稚嫩的热力。

罗茜眼睛里似有一层水雾隐隐约约飘过。

走廊上有人经过，走到这间宿舍门口时，无意探探头，看到屋内一坐一站的两个人，触电一样缩了回去。

罗茜走过去关门，不知想起什么，手搭在门锁上半天不动，神色忐忑不定，最后她轻轻反锁上门。

孙嘉遇并没有察觉她的小动作，还在卖力地忙活。罗茜的东西虽然看着不多，但收拾起来也费了不少时间。等所有琐碎物品都进了箱子，最终只剩下罗茜床上的被褥和简单的洗漱用品。孙嘉遇直起腰，瞟一眼腕上硕大的潜水手表，这才惊叫一声："糟了，过十点半了。"

十点半女生宿舍关门，看门的老太太又是极其认真负责的一个人，简直把楼里的女生当做自己家孙女一般看管，生怕她们在男生那里吃了亏。这会儿下去找她开门，不但要费一番工夫，而且准会被当众批评教育，嚷嚷得满楼皆知。

孙嘉遇可不愿意闹得动静太大，再传到范淼耳朵里去，依着她的小脾气，只要她冷下一张脸，半天不跟他说话，他就得百爪挠心一样难受很久。

"这可怎么办？怎么出去啊？"

看他急得热锅上蚂蚁一样满屋游走，罗茜反而笑微微的，带着点儿戏弄的口吻说："一楼水房有个窗户，原本是可以钻出去的。"

孙嘉遇如蒙大赦，松口气就要去开门，罗茜背后幽幽地追了一句："可惜前两天被保卫处的人给钉死了。"

孙嘉遇泄气了，干脆一屁股坐在地上。

罗茜好整以暇地趴到床上，双手支着下巴，从床栏杆的缝隙里望着他："还有两个办法，就看你有没有胆量了。"

"甭吊人胃口，快说吧!"

"第一呢，"罗茜不紧不慢竖起一根手指，"从这个窗户下去，要是你技术好的话，准能毫发无伤地从四楼爬到一楼。"

"别扯了，你以为我是007啊？"

"那就没辙了，只有最后一个办法了——就这一个办法啦。"

孙嘉遇气急败坏地跳起来："姐姐你一次把话说完好不好？别跟挤牙膏似的，逗我玩儿呢？"

罗茜说："留下来过夜，明早开门溜出去，神不知鬼不觉。"

孙嘉遇被这个大胆的建议吓住了，眼珠骨碌骨碌咕噜转了半天，才行使否决权："不行，晚上会有人查宿舍。"

"毕业生的宿舍，才没人管呢。"罗茜仰面躺下，双手交叉放在小腹上，安静地闭上眼睛，"路我给你指了，你自己看着办吧。不行你就下去找吴老太太，求她给你开门。"

孙嘉遇站着斟酌半天，似乎只有这最后一条建议比较可行。他屈服了，委委屈屈地打量四周，揉揉鼻子问："都是光板儿床，我睡哪儿？"

罗茜朝床里挪挪身子，拍拍身边的空位置，没有睁眼，也没有说话。

孙嘉遇把脑袋摇得飞快："不行不行！孤男寡女，同处暗室，干柴烈火，冰雪交融。我可不敢保证，半夜会不会犯错误。"

罗茜睁开一只眼睛，似笑非笑地瞟他半晌，打了个呵欠说："那我就睡了，您请自便吧。"

两人正说着话，宿舍楼里熄了灯，屋里顿时一片黑暗。

罗茜翻个身，脸冲墙合上眼睛，假装睡着了。

过了一会儿，她听到对面的床板被压得吱呀作响。孙嘉遇翻来覆去调整着躺卧的姿势，可是无论哪块地方落在床板上都硌得难受，更别提床板上的毛刺不时扎在裸露的皮肤上。

二十分钟后，他忍无可忍地爬起来，小心翼翼地摸到罗茜的床边，曲着腿悄无声息地躺下，将身体蜷得像一只烹熟的大虾。

罗茜睁开眼睛愣了一会儿，听他的呼吸时快时慢，时重时轻，被扰得心烦意乱，终于忍无可忍，从脑袋下抽出一个枕头，砸在他身上。

孙嘉遇伸手摸一摸，也就接过来，毫不客气地垫在自己脑袋下面。再伸伸腿，把自己调整成一个相对比较舒服的姿势，然后满意地叹口气。到底年轻，身体一放松，不过几分钟，他的呼吸就变得匀细绵长，就那么睡熟了。

睡到后半夜，他忽然被什么动静给惊醒了。他的人醒了，可是被唬得一动不敢动。

是罗茜从身后抱着他，丰满的胸部紧紧贴在他的背上。他感受到了来自女性身体的压力，那令人身心沉溺的柔软细腻与温暖。

“孙嘉遇！”她的声音模糊得似梦中的呓语，“以后你会不会忘了我？”

他的后背像过电一样阵阵发麻，只能咬紧牙关抵挡着身后的诱惑，把呼吸刻意加重，假装还在熟睡状态中。

身后柔腻的温软轻轻吻上他的脖颈。

诱惑持续升级，他无法再装睡了，软弱地抗议：“罗茜，你别这样。”

“孙嘉遇，你有没有喜欢过我一点儿？”

温热的气流丝丝落在他的耳根处，让他全身酥软，清楚地感觉到自己某个生理部位的变化。

“孙嘉遇，你喜欢过我吗？哪怕一点点？”罗茜问得执著。

“那个……一点点……还是有的，可是……”

他的话被堵在半途，再也说不下去。罗茜找到他的脸，一下下亲着他的脸颊和嘴唇，然后凑到他耳边低声问：“我给你，完完整整地给你，你想要吗？”

孙嘉遇的呼吸时急时缓一片紊乱，浑身控制不住地打着摆子，却不敢回答，也不敢动，只能直挺挺地躺着。他知道自己快顶不住了，一呼一吸都是热浪，脸也变得滚烫。

罗茜引导着他的手，轻轻放在一个地方——温热的，柔软的，丝缎一样光滑的触感，顶端如同小鸟的喙，硬硬地轻啄着他的手心。

耳朵里嗡地一声响，孙嘉遇感觉到一种类似时空坍塌的震撼，心脏狂跳，浑身肌肉绷紧得像一张满弦欲射的弓。他想抽回手，又万分舍不得，大脑一片混乱，心里却被什么东西撑得满满的，带着一种盲目无边的畏惧。

然而就在罗茜想更进一步深入的时候，他突然翻过身，紧紧抓住她的手，清清楚楚地说：“不行，罗茜！”

那晚看不到月光，窗外却有邻舍的灯光。他侧转脸，灯光便映进他眉弓下两泓深深的潭水里。在那里面，罗茜看到一个二十岁男孩惊人的克制，也看到他眼中的怜悯。

那一瞬间，罗茜忽然明白，原来他什么都知道。自己以为藏得很好的那份无望的单恋，原来都被他看在眼里。

很多年过去之后，当罗茜站在孙嘉遇的墓碑前，回忆起这个晚上的细节时，她还记得当时自己的委屈和仇恨。那一刻她简直委屈冲天，怒不可遏，张开嘴就咬在他的肩头上。

她感觉到他痛得浑身发抖，可他从头到尾没有发出任何声音。直到罗茜松开牙关，把他的肩头释放出来，他也没有说话。

他只是摸了摸一边肩膀上深凹的齿痕，又把那只手臂从罗茜的脖颈处伸过去，将她搂在自己胸前。

她的脸就贴在他的胸口，他的心跳就跳在她的耳边。他拥抱她的姿势和其他人都不一样，像是要用他的身体为她围起一座城堡。

可惜，她并不是城堡里那位需要他无限呵护的公主。

这时候他说话了。他说："你还是个女孩儿，将来总要结婚嫁人的，我不能害你。"

似听到非常可笑的笑话，罗茜埋下头笑起来，笑得眼角泪花飞溅。最后她抬起身体，再一次用嘴唇碰碰他的唇角，慢慢说了一句话："该走了，姐姐没什么可送你的，就送你一句话。你千万记住殷素素跟张无忌说过的那句话，以后遇到漂亮女人，一定不要相信她们，越漂亮的女人越会骗人！"

第二天罗茜就离开了中国。

就在孙嘉遇走在通往图书馆的路上，揣测着她前往京郊的这一路如何山高水长，罗茜已经提着一个随身的小皮箱，登上了北京至莫斯科的国际列车。在这趟七天七夜的旅程中，她并不是只身一人——在某个软卧包厢里，有一个男人在等她。

她没有告诉任何人，甚至包括她的父亲和哥哥，早在一个月前，她就答应了那个男人的邀请，答应跟他去俄罗斯和乌克兰。

这个男人她并不爱，但他可以带她离开北京，远离曾令她伤心的一切；他也答应她，虽然他不会给她任何名分，但一定会让她在将来的某一天俯视她曾憎恶过的人和事。

她也没有告诉孙嘉遇，虽然她在学校的名声那么坏，可她自始至终都是一个处女，在他之前，还没有男人碰过她的身体。她想把一个女孩最珍视的第一次，交给一个自己喜欢的男孩，但是他却不要。

列车一路向不可知的未来飞奔，远处是深蓝的夜空，天鹅绒一样的天幕上，挂着一个嫩黄的月亮，月亮下的村庄静寂无声。月光透过铁路边的树木与电线杆，波涛一样打在她的脸上。后来的岁月，罗茜再也没有见过如那晚一般明亮而萧瑟的月色。年轻的罗茜并不知道，她的人生从那一夜起，将会走出一段传奇。可她一生所有的爱情，也同样埋葬在那个晚上。

今夜我不会遇见你
今夜我遇见了世上的一切
但不会遇见你

——海子

后　传

假如我是真的

2009年，六年后的故事。

高阳第一次见到赵玫的时候，除了一心一意的惊艳之外，并未奢望过两个人还会有以后的交集。

那是美乐公司驻华二十周年的盛大庆典。为了运作这个为期一周的年度重要项目，整个公共关系部忙得人仰马翻。而身为美乐公司公共关系部的经理，高阳的记忆里已经半个月没有一个完整的睡眠。

兵荒马乱中一天天数着日子，终于熬到了最后一个夜晚。美乐公司的总裁特意从美国飞来中国亲致贺辞，在保利剧院迎来了庆典的落幕仪式，一场和谐而昂贵的音乐会。

直到八点整音乐会正式开始，高阳吊在半空的心才算放下一半，有时间退到休息室喝口水定定神，取出自己的长焦相机，打算为公司的年鉴留下一些非正式的花絮。

此刻，舞台上著名的小提琴家正演奏到如痴如醉的境界，淙淙流水一般的钢琴声恰到好处地托起小提琴细腻悠扬的华丽音色。高阳站在过道上，透过相机尽力搜寻着拍摄的最佳角度，镜头带着他的视线缓缓掠过灯火辉煌的舞台，忽然在舞台左侧的伴奏钢琴上定住了。

高阳从相机后移开目光，怔怔地盯着钢琴后的弹奏者，一时间仿佛把呼吸都忘记了。看了好一会儿，他才长长吐出一口气，忍不住拉近镜头，按下了连拍键。

会后拿过节目单，高阳记住了一个再普通不过的名字：赵玫。公司的资料显示，她刚从欧洲回来不久，现在音乐学院任教，当晚属于友情客串。

庆典结束，高阳给筋疲力尽的下属们放了年假，他自己则发扬风格留下来守摊。这天他的助理从外边回来，将一沓新洗出来的照片摊开放在他的办公桌上："头儿，洗印公司刚送来的，我替你签收了。"

高阳从电脑屏幕前收回注意力，漫不经心地瞟一眼，立刻拉开抽屉，将照片尽数扫了进去。

助理把一张粉脸凑在他的眼前，嬉皮笑脸地问他："您这么心虚做什么？那女孩儿是谁呀？"

高阳板起脸推开她："去去去，工作时间不要涉及个人隐私，赶紧干活去！"

助理却不肯就此放过他，笑嘻嘻地说："是女朋友吧？长得真漂亮，恭喜御弟哥哥，御弟哥哥您艳福齐天哪！"

高阳索性紧紧闭上嘴唇，对她的不敬置若罔闻。说起公共关系部，除了经理高阳，其他清一色全是靓丽的女性，加上高阳的助理正好七个，所以被刻薄的人戏称为"盘丝洞"，而高阳身为唯一的男性，自然跑不脱"唐僧"这个称谓。

不得已端起上司的架子，三言两语总算打发走助理，高阳这才拉开抽屉取出照片细细看了一遍。

照片上的女人，穿一件黑色的长礼服，长发盘在头顶，五官并不是顶美，相当传统的长相，一张凸凹有致的小圆脸，圆嘟嘟肉感的双唇，上唇微翘，每当她专注于指下的黑白琴键，便会露出一点白白的齿尖，不经意间显出些娇憨的气息。但她有一双特别的眼睛，带着和容貌极不相称的成熟。无意中望向镜头时，在浓密睫毛的遮掩下，眼神中似藏着无尽的往事和回忆，仿佛沉入了另一个未知的世界。

在音乐会现场，高阳就是被这双眼睛生生摄去了魂魄。

他一张张仔细观赏完毕，最终叹息一声，把照片锁进抽屉深处。这样的女人，不知道将来会花落谁家，但有一点是肯定的，就是注定不会属于他这种还在为房子、车子和未来苦苦挣扎的普通白领。

高阳虽然一向自视甚高，但这点自知之明，他还有。欷歔了几天，也就把这事抛到脑后，继续风生水起地统领他的“盘丝洞”，接着做他的公关经理。

但他万万没有想到，还能有机会再次见到他的梦中人。

一个慵懒的周末夜晚，高阳和几个外地来京的朋友泡在后海酒吧里消磨时间。中间去洗手间时，他看到了赵玫。

赵玫坐在吧台前，卷曲的长发都松松拢在一侧，一件薄薄的白色贴身长衬衣，一条磨得发白的牛仔裤，紧紧包裹着修长的双腿。旁边坐着的男士，大概是她的朋友，她正侧头看着他笑，钻石耳钉在灯下闪闪发亮。

高阳的双脚像被胶水粘在地板上，再也无法挪动。他真是喜欢她那种潇洒独特的气质，那种在办公室女性身上难以寻觅的秀韵天成。

在吧台和洗手间之间艰难挣扎半晌，借着酒意，高阳费力地咽口唾沫，终于身不由己地走过去。

“赵玫……”他直接叫出那个名字，看到对方诧异的神色，又赶紧改口，“赵小姐，您好！”

赵玫看着他没有回应，但脸上的表情分明是在问：“你是谁？”

高阳自诩见过无数大场面，这一刻却紧张得口干舌燥，说话都有点不利索：“对不起啊，我有点儿冒失。那什么，您月前为我们公司演出过……鄙姓高，高阳。”

赵玫微微蹙起眉尖，似乎努力回忆了片刻，随即笑起来：“啊，想起来了，有人指给我看过。”她促狭地挤挤眼睛，“我以为你姓唐……她们都叫你唐僧。”

赵玫的朋友看着高阳，绷紧嘴唇也没能忍住笑意，不过为着礼貌起见立刻把脸转到一边。

高阳的脸皮居然罕见地微微泛红，这种情景，用助理的话说，就是他被人“调戏”了，可他内心深处显然很享受这种调戏。不过赵玫的平易近人，也让他非常意外。原以为她应该是那种不食人间烟火的高傲艺术家脾气，没想到她竟如此活泼。

然后高阳就安静下来，因为实在不知道该说什么好。以前他从来没有觉得自己这么迟钝过。

最后还是赵玫先开口：“一起喝一杯好吗？我请你。”

高阳这才回过神，慌忙回答：“我请我请。”

赵玫微笑着点点头。她的朋友便站起身让出自己的座位，往旁边挪了一个位置。

高阳觉得不妥，连连道歉：“对不起，打扰了。”

那男人举起酒杯笑了笑，请他随意。

高阳于是不客气地坐下。

赵玫把朋友介绍给高阳。那男人三十多岁的样子，有一双会笑的眼睛。他向高阳伸出手，客气地自我介绍：“程睿敏。”

高阳亦职业化地同他握手，报上自己的姓名，同时在心里把自己和对方细细比较一番，竟然生出些自惭形秽的感觉。

程睿敏仿佛看透他的心思，淡淡说一句：“我是赵玫的大哥，她回国后也是第一次见面。”

高阳顿时觉得心情大好，顾不得琢磨赵玫的大哥为何会姓程，只抬手叫过酒保，给两个男人各要一杯白兰地，另给赵玫点了一杯龙舌兰。

她喝酒的姿态着实令他着迷，放肆中带着点儿不羁，却又不会让人觉得过分。

三个人的谈话漫无边际，从欧洲前年夏天罕见的高温到去年四川的大地震，几乎都是赵玫引领着话题。唯一对高阳有用的信息，是赵玫回国的原因。她说，她放弃一切匆匆回国，是因为母亲的健康状况欠佳。

离她的身体那么近，高阳觉得头有点晕，似乎酒吧内的氧气严重不足，尤其鼻端细细一缕幽香似有似无，那香气的尽头似有自己的生命，宛转缠绵，一点点钻入他的心底。

散局的时候，高阳抢着要付账，到底没有争过程睿敏，只得怏怏地放手，眼睁睁看着两人一起出了酒吧的大门。

赵玫没有和他说再见，看上去也没有任何再见的意思。

那个晚上高阳彻底文青了一把，喝得烂醉，朋友送他回家，四月的深夜春风沉醉，众人只听到他不停地自言自语，听仔细了，原来他在吟诵古老的《九歌》：“君思我兮不得闲，山中人兮芳杜若……”

这次酒后的表现，被朋友们当做一个笑话取笑了很长时间。

然而即便是山中人兮芳杜若，却终究是镜中花水中月，辗转至深不可得。一连几夜，他的梦中都有白衬衫的影子。

后来隔了很久，偶尔想起自己那天晚上的失态，高阳还是感觉不可思议。他不明白自己为什么会对一个只见过两面的女人念念不忘。他只记得，当她侧过头对他微笑的时候，他并没有像第一次那样惊艳，心却咯噔一声，异常地酸软一下。

酒精，一定是酒精的缘故，最后他总算为自己找到开脱的理由。

美乐公司有所谓的“四大公子”，编派的自然是条件比较好的单身风流男性。其他几位称得上实至名归，唯有高阳忝居末位很有凑数的嫌疑，但说起来也勉强当得起“风流倜傥”四个字。谁能猜得到，他也会有被人彻底无视的一天?

四月底的几场春雨升高了气温，北京2009年春季短暂的尾巴终于就此甩过去了。月初的公关部例会，高阳照例提前坐进会议室，等待下属们鱼贯而入。

一间不大的会议室，渐渐人满为患，高阳身处花团锦簇之间，耳听着身边莺声呖呖，娇声笑语不绝于耳，更有各种味道的香水扑面而来。不知为什么就想起赵玫的白衬衣，还有她身上那股若隐若现的清淡香气。

这一刻，他被自己的回忆撩拨得心猿意马，完全走神了。

会议一结束，他迫不及待地乘电梯下楼。公司旁边就是太平洋百货。他问香水柜台的促销小姐：“有种香水，闻上去好像茉莉花的香味，是什么牌子？”

促销小姐为他取出几款，高阳一样样闻过去，好像都不太像。直到她取出一个扁扁的瓶子，形状看上去很像西部牛仔随身携带的银酒壶，琥珀色的液体喷出来，高阳便被一股熟悉而清新的熏风层层包围起来，他激动地一拍柜台：“就是它！”

促销小姐趁机说：“先生您品位真好，这是世界顶级品牌，迪奥的

Diorissimo，送人最合适，来一瓶吧！”

高阳拎着迪奥的小纸袋回办公室，坐在桌前愣了半天，最后苦笑一声，拉开抽屉把香水扔进角落，因为他忽然想起来，他根本就没有赵玫的任何联系方式。

他想找，自然找得到，可是没多大意思，即使送出去了，又能怎么样呢？

于是那瓶世界顶级品牌的香水，只能委屈地在他的抽屉里躺了很久，久得他都忘掉了这回事。

他强迫自己忘记那场邂逅。多年的职业生涯，早已教会他不去过分奢望超出自己承受能力的东西，无论是职位，是豪宅，是华车，还是感情。

然而在一个周六的中午，在国展中心附近的家乐福超市，高阳再次遇到赵玫。他不得不相信，或许世界上真有缘分这回事。

他看到赵玫的时候，她正站在超市出口的花档前，背对着他专心挑选鲜花，脚边放着一个超市的塑料袋。她挑的是两打白色的玫瑰和菊花，很大一捧，几乎遮住她半边身体。付了款，她有些吃力地提起塑料袋出了大门。

今天她穿的是一条灰蓝色的丝绒长裙，裙角一路飘拂，露出精致的足踝，脚下是一双纤巧的灰紫色麂皮鞋。

高阳犹豫一下，便鬼迷心窍般跟了上去。

赵玫并没有注意后面的跟踪者，她站在路边试图打车，但正逢国展中心一年一度的大型人才招聘会，络绎不绝的人潮涌来涌去，想顺利登上一辆空出租车，必须同时具备眼尖腿快兼脸皮厚等诸多功能。她显然不擅此道，几次拦车都被手脚更加伶俐的人半途截走。人流把她挤到东又挤到西，她紧紧抱着怀中的花束，神色很有些无可奈何的茫然。

高阳迟疑很久，终于鼓足勇气上前招呼她：“我送你一程吧。”

赵玫似乎被吓了一跳，转头看到高阳，略微有些惊讶，但随即像想起什么，松了口气露出笑容：“是你呀，真巧。”

这个笑容让高阳感到安慰，不管怎么说，她还记得他。

“你去哪儿？我送你过去吧！”他说。

赵玫连连摇头：“谢谢谢谢，不用麻烦，我去的地方太远，实在不方便。”

五月的中午，天气还不是很热，她却额头鼻尖都见了汗，几缕额发沾了汗水贴在眉际，双颊被热气蒸得绯红。

高阳看得心疼，不由分说夺过她手中的塑料袋，转身道：“车在那边，跟我来。”

赵玫直到上了车还在客气：“真的太麻烦你了，要不你把我带到前面路口好打车的地方吧。”

高阳没接她话茬儿，直接问：“地址？”

“什么？”她转过脸。

“你要去哪儿？看朋友吗？”

赵玫的脸上忽然掠过一丝黯然，低头拨弄着花瓣，没有回答。

高阳马上反应过来问错了话。如今并非菊花的当令时节，她手里的花又全是白色，那么只剩下一种可能，她要去看的，是已经去世的人。

他赶紧道歉：“对不起。”

赵玫却摇摇头，过一会儿说：“你说得没错，是的，看朋友，今天是他的忌日，我去看他。”

高阳吐口气重复一次：“对不起。”

赵玫抬起眼睛看看他，反而笑了：“你真虚伪！”

高阳便不敢再胡乱说话，乘机下台：“往西走？”

“对，西山的福田公墓。”

出了西直门再往北转，高层建筑渐少，多的是青墙灰瓦的旧建筑。绿树上方的天空，相比人烟稠密的京城东北部，仿佛更加蓝翠深远。路上两人并没有多做交谈，因为赵玫的神色郁郁寡欢，已经清楚表明她没有聊天的心情，高阳只好一心一意专心开车。

这座位于香山脚下的著名公墓，高阳还是第一次见识，环境异常安静。暮春的阳光透过叶片的间隙洒落在丰厚的草地上，耳边静得只能听到沙沙做响的风声。

赵玫抱着鲜花下车，站得远远的，对高阳说：“我可能会在这儿待很长时间，您先回去吧，回头再找机会谢您！”

明明白白的疏远，一口一个“您”字让高阳听得非常难受，和酒吧里那个活色生香的赵玫，简直像两个人。高阳手插在裤兜里，淡淡地回应：“我第一次来，正好顺便逛逛，你随便吧。”

赵玫便点点头，什么也没有说，转身往墓地深处走去。

她决绝而去的背影噎得高阳竟然哽咽一下，返身坐进车里，他想马上驱车离开。至于沦落在荒郊野外如何回城，那是赵玫自己的事，跟他没关系。

在发动机的轰鸣声里，他忽然想起那个晚上的邂逅，当她笑眼弯弯地调侃他是唐僧时，眼角眉梢都似乎充满流转的风情。

高阳的心顿时软了，平时那点儿不达目的不罢休的倔犟劲又泛了上来。他拔下钥匙熄火，决心豁出一天的时间，奉陪到底。

福田公墓里安葬的名人极多，一座座凭吊过去，也颇能消磨一段时间，直到高阳觉得又热又渴快要坚持不住的时候，才看到赵玫低着头从去时的路上慢慢走回来。

“嗨——”他叫了一声。

赵玫抬起头注视他的一瞬，脸上现出几乎是受到惊吓的表情：“你还在呢？”

“啊。”高阳打算把不要脸进行到底，“等你一起回城。”

赵玫垂下眼睛，浓密的睫毛颤动几下，终于低声道：“谢谢你。”

回城的路上赵玫依然寡言，额角抵在车窗上，默默看着窗外流逝的黄昏风景。

她显然哭过，鼻头泛红眼睑微肿，脸上的妆已经全部糊掉，眼睛下面沾了一点睫毛膏的痕迹。

高阳很想伸手为她抹去，酝酿了半天还是没有足够的勇气，颓然将手放回到方向盘上，索然无味地建议：“晚上有约吗？找个地方一起吃顿饭？”

赵玫转过眼睛，在他脸上迅速扫了一遍，居然点点头：“行。”

干脆得让高阳大吃一惊，他本来已经做好被拒绝的准备。

赵玫勉强笑笑解释：“我不想这个样子回家让父母担心。”

高阳建议的地方，是一家有名的私人菜馆，位于什刹海附近的一条胡同深处。小小的后院搭着木架，上面爬满了荼蘼，一路走过，时不时会有细密的白色花瓣飘落肩头，丁香树下更是暗香袭人。

赵玫显然很喜欢这个地方，从洗手间出来，她的神色开朗了许多，脸上的妆容也明显修整过，多少恢复了高阳记忆中的旧观。

等菜的工夫，高阳找些无关紧要的话题问她："怎么样，国内的工作还适应吗？"

"不太好。" 她摇摇头，有些无奈，"人事太复杂，几乎应付不来。"

"刚回来都这样，我刚从澳洲回来那会儿，简直恨不得收拾行李再飞回去。过三个月，最多半年你就适应了。"

赵玫说："那就托你吉言，但愿如此吧。"

高阳一时顾不上说话，只是近乎贪婪地看着她：中式的立领，长发盘在脑后，成熟的装扮，脸上却有一种天真的孩子气。

身边半埋在土中的金鱼缸，在满院静寂中逸出波波的水泡声。高阳感觉有些恍惚，仿佛与现实完全脱节。

"赵玫，"他有些困惑地问，"像你这样的美女，怎么能为人师表呢？会不会有学生暗恋你？"

赵玫扶着额头笑起来："哎呀，现在的孩子见多识广，眼界高着呢，老师都是古董，根本入不了他们的眼。"

"我才不相信。"高阳故作神秘地凑近她，"告诉你一个秘密吧，我的初恋对象就是高中的英语老师。"

赵玫举起红酒杯，看似无意却正好挡住了高阳进一步亲近的企图。透过杯中殷红的液体，她分明在审慎地打量他。

"我也告诉你一件事，我最近闹的一个笑话，"她说，"我的一个学生，男的，刚上大一，前天来找我借唱片……"

"然后他说他爱你？"

"去你的！"赵玫被逗笑了，露出几颗细密的白牙，"我取了唱片给他，却到处找不到封套，然后我随口问了一句，'我没套，你带套了吗？'那孩子立刻脸红得像煮熟的螃蟹，撒腿就跑了。"

高阳当即哈哈大笑。

赵玫咬着嘴唇佯怒："你也不是什么好人。"

高阳为她续上半杯酒，忍笑问："这叫什么话？为什么我就不是好人了？"

"因为我五分钟之后才反应过来，他为什么会跑掉，臊得直想找个地缝钻。"

想象一下当时的情景，高阳笑着捶下桌子："能把老师调戏成这样，你这个学生太有发展前途了！"

赵玫笑得有些无奈，只把雕花的玻璃酒杯贴在脸颊上，似乎要用那冰凉的酒液褪去脸上的潮热。

这家私菜馆有一道私密的酒品，对外只说是用话梅浸泡的花雕酒，酒色暗紫，有一个风雅的名字叫做"如梦令"。很多人只觉得入口绵甜酸爽，不知不觉便会喝下很多，要到第二天早上，才能在头痛中领教这酒的后劲。

赵玫吃得很少，却喝下不少"如梦令"，此刻双颊晕红，很有点酒不醉人人自醉的境界。

高阳开始还试图阻止她："我不是君子，你这么醉在我面前，保不齐会出什么事。"

赵玫耸耸肩，照旧把酒当水一样喝下去，拿他的话当耳旁风。看得出来，她有很重的心事，就是在成心买醉，而且她的心事，显然和下午在福田公墓祭奠的那个人有关。

高阳很气馁。心仪的异性能够在自己眼前肆无忌惮地买醉，只能说明一件事，或者对方一点儿都没有把他放在心上，或者他让人放心得无所顾忌。

无论哪个原因，对任何一个男人的自尊心来说，都是一种赤裸裸的羞辱。不过，如果真要选择，让赵玫在他面前喝醉或在其他男人身边喝醉，他宁愿选择前者。

这一刻，他十分嫉妒那个已经去世却仍让她念念不忘的人。他很想知道，究竟是什么人，能让她在多年以后，依然为之黯然神伤。

结果菜式虽然精致，两个各怀心事的人都没有动几下筷子，酒却喝了不少。最后一道甜品"鹊桥仙"送上来，赵玫点着那个完整的被红酒浸过的雪梨，笑道：“这个名字取得太俗了，为什么不叫‘醉花阴’或者‘点绛唇’呢？那该有多么香艳。”

她颇有点醉意了，可是离真正的酒醉还有一段距离。

高阳解释：“这是赠菜，名字是店主起的，祝天下有情人皆两情长久。”

“以牛郎织女的故事祝福有情人？”赵玫面露惊异的表情，“鹊桥仙、鹊桥仙，牛郎织女最后隔河相望，一年才能见一次面，哪对情人愿意接受这样的祝福？”

这个问题高阳可没有考虑过，想了想，他说：“可能店主说的是秦观和苏小妹吧，他们不是终成眷属了吗？”

“愿有情人终成眷属？这个愿望太奢侈了！”

高阳点头表示同意：“对，我觉得也是。你想想，就一个‘愿’字，道尽多少悲凉无奈。”

这话文艺得太过分了，完全不是他的风格，可见高阳多少也有了醉意。赵玫用手托着下巴，微笑注视着他，漆黑的眼睛里，却有种说不出的迷茫，仿佛在极度渴望着什么。

从第一次见面，高阳就被她眼神里那点无名的渴望打动。但他不明白为什么会这样，芳华正盛的年纪，有份不错的职业，又长得这样美丽，为什么会有这样的眼神？

咳嗽一声，他再次尝试着劝解：“我那天看杂志，看到一篇文章，提到因纽特人的一个风俗。”

赵玫侧侧头：“什么？”

“那篇文章里说，假如因纽特人有亲朋去世，他们就会约定聚在一起谈论去世的人，关于他生前的点点滴滴，一直谈论五天五夜，到第六天的凌晨，大家相约一起忘却，从此再也不提起他一个字。如果有人再提起，他们认为会让逝者的灵魂不得安息。”

赵玫转开脸，声音一下变得晦涩：“只是忘却吗？嘴里不说，心里真的能忘掉吗？”

她完全明白他想说什么。

高阳说：“你想忘掉的事就一定能忘掉，忘不掉只是因为你不愿忘记。”

赵玫回过头，定定地望着他："高阳你太单纯了，你真的没经过什么事。有些事你用尽想象，也不可能想得出来。"

高阳摊开手，承认她说得对。除了偶尔的失恋和办公室中的倾轧，好像他还真没经过什么太大的挫折。他叹口气："是的，我也很遗憾，我没有一个让人叹息的过去。不过，这应该不是我的错吧？"

赵玫抱歉地拍拍他的手臂："对不起，我没有那个意思。我只是说，没有经历过，你不会明白。"

高阳安静地看了她好几秒，最终摇摇头，对此很不以为然。大城市的每一个角落里都挤满了人，无数苍白的脸下面藏着一颗同样苍白的心。谁又没有自己的故事？但不是每个人都愿意把自己永远封闭在黑暗的回忆里，再也不肯接受新的阳光。

他希望自己这一生都能一直往前走，抛却身后的一切不如意。

夜已深，店主出来将树上的灯笼点燃，摇曳的烛光在花影中流转，昏黄朦胧。风吹过，凋谢的花瓣飘落在肩头膝盖，带着残留的香气。远远一声汽车喇叭，更显得周围环境似幻似真，总让人有远离闹市的错觉。

赵玫转着手中的酒杯，犹豫了很长时间，仿佛想有所倾诉，却努力压抑，最终改为："去奥地利之前，我在乌克兰……十个月后离开……中间遇到一些事……有很长一段时间，整个人濒临崩溃，不能接触任何和音乐有关的东西，甚至一碰到琴键就会号啕痛哭。觉得生活没有一点意义，日出日落四季更替，但是它们和我再没有任何关系。我甚至开始恨上帝，恨上帝的光芒只照耀着别处，我却看不到一点儿他的眷顾。"

高阳没有说话，只是静静地倾听。

赵玫抬起头，正对着他，脸上是隐隐的哀伤："他跟我说，'往前走，会有人比我更爱你'。可他太高估我了……我真的做不到，做不到忘记他。后来当地同学介绍我去做义工，到医院陪那些孤零零将要离世的病人走完最后一程。我做了很久，终于开始明白他为什么让我走。到了最后时刻，为一线生机苦苦挣扎，人会失去所有的尊严。对亲人来说，那种情景是最大的折磨和痛苦，因为只能眼睁睁地看着，完全无能为力。"

高阳的眼神顿时黯淡下去。他虽然年纪不大，可是在公共关系这一行里滚了多年，早已是个人精一样的角色。看着赵玫的样子，再往深里多想想，基本上就能把事实猜出个八九分。她果然是一个有过去的女人，但他不知道这一刻自己该说什么，该做什么。握住她的手？搂着她的肩？好像都不对劲，他过去所有和女孩相处的经验，仿佛都失去了作用。

赵玫说："那些临去的人，无论生前活得如何痛苦，如何生不如死，在死前一刻总会有所留恋。临终的刹那，他们会忘记一切不快，只记得生命里最好的一瞬，最美好的回忆……高阳，你有过美好的回忆吗？"

高阳怔怔地点点头。

"那你很幸运……真的很幸运……所以我想，这样也好，毕竟我们一起经历过最美最好的时候 ……我终于好好地毕了业，荣誉毕业生中唯一的华裔，他一定喜欢看到这样的我，他要我一生平安喜乐……"

赵玫的声音渐渐低下去。

高阳低头喝酒，假装没有看到她渐红的眼圈。把她的话总结一下，他差不多能勾画出大体的轮廓。似乎是有个人，知道自己得了绝症，却把女友从身边赶走，免得目睹最伤心最难堪的时刻，连双方最后一点美好的记忆都荡然无存。

高阳试着把自己带入角色，片刻之后无奈地放弃。他并没被感动，只觉得可怕。这人对自己真是狠到了极点，他做不到。如果换成了是他，宁可哭着喊着，他也要逼对方目睹全过程。

可这招也真厉害，他算是住在她心里了，让她一辈子也忘不了他。

赵玫说完了，摇摇晃晃站起身："高阳，别在我身上浪费时间，我是个烂苹果，并不适合你。"

高阳的脸色变了变，再迟钝也该醒悟，她在明白地拒绝他。或许她答应和他吃这顿饭，为的就是这句话。但他原本漂浮不定的心脏，却因她毫无转圜余地的一句话，下意识地安定下来："小姐，十二年前我就十八岁了，早就有了民事行为能力，不用你教我如何做人。"

赵玫看着他微笑，然后眼泪缓缓流下了她的脸颊。

她彻底醉了。

最后高阳叫了出租车送她回去，然后一个人在夜凉如水的深夜，穿过半个城市，慢慢往家的方向走去。

北京的夏日，不到五点就已经天亮。高阳坐在护城河边，望着对岸丛生的芦苇，想了许久。

他承认自己不够豁达大度，对有些事情难免耿耿于怀。活人和死人争宠，向来没有太大的胜算。治疗那样大的伤口，需要很长的时间，也许十年，也许八年，甚至下半生。据说世上有两件遗憾的事，一个，是想要的得不到；另一个，却是得到。他已经可以预见到自己未来坎坷的情路。

衣袖上昨晚残留的香水，此刻依然暗香浮动，仿佛伊人仍在身侧。太阳升起来，阳光照在高阳身上，他终于感觉到温暖和希望。

世间总有些事，是值得一试的；世间总有些人，值得你辗转反侧。

而爱，说到底也不过是一件事。

取出手机，上面有他送赵玫回家时，要个花招留下的手机号。对着那个手机号，高阳内心挣扎良久，终于用赵玫的名字保存下来，再编辑一条短信发到她的手机上：

“你今天有课吗？下课后我去接你好吗？”

优阅吧ER

优阅吧，只为打造优质阅读。

知名青年出版人一草于 2010 年创建。

隶属于中国最具创造力的民营出版公司——博集天卷，

为其独属出版品牌。

优阅吧品牌形象为送书小松鼠。

看好这只松鼠，本本都是好书。

图书在版编目（CIP）数据

曾有一个人爱我如生命：完美纪念版 / 舒仪著. —长沙：湖南文艺出版社，2011.8

ISBN 978-7-5404-5025-0

Ⅰ.①曾…　Ⅱ.①舒…　Ⅲ.①言情小说–中国–当代　Ⅳ.①I247.5

中国版本图书馆CIP数据核字(2011)第119260号

上架建议：长篇小说 · 女性言情

曾有一个人爱我如生命：完美纪念版

作　　者：舒　仪
出 版 人：刘清华
责任编辑：丁丽丹　刘诗哲
选题策划：博集天卷+优阅吧
监　　制：一　草
特约编辑：钟慧峥　布　狄
封面设计：熊　琼
版式设计：付　莉
出版发行：湖南文艺出版社
（长沙市雨花区东二环一段508号 邮编：410014）
网　　址：www.hnwy.net
印　　刷：三河市鑫金马印装有限公司
经　　销：新华书店
开　　本：787 × 1092　1/16
字　　数：250千字
印　　张：18
版　　次：2011年8月第1版
印　　次：2011年8月第1次印刷
书　　号：ISBN 978-7-5404-5025-0
定　　价：29. 80元

《那时年少》首部3D全媒体怀旧小说

只因那时年少，才把承诺说得太早

只因那时年少，才把未来想得太好

这个夏天，让我们一起回忆，一起感动吧！

MEMORIES

同名电影拍摄正酣

同名话剧即将上演

同名主题曲激情传唱

倾情作序：舒仪 桐华 桔子树

联袂荐读：王蒙 苏童 辛夷坞 今何在 Pluto 筷子兄弟

2011年7月30日 全国盛大上市